Le strade
83

I edizione: settembre 2004

Via Isonzo 42, Roma

Titolo originale: *Manfred's Pain*
Traduzione dall'inglese di Lucia Olivieri
Grafica di copertina: Maurizio Ceccato

ISBN: 88-8112-523-4

www.fazieditore.it

L'editore ringrazia per il contributo economico
la Ireland Literature Exchange (Translation Fund)
di Dublino, Irlanda
www.irelandliterature.com
info@irelandliterature.com

Robert McLiam Wilson

Il dolore di Manfred

traduzione di Lucia Olivieri

Fazi Editore

A Jo e Richard

PARTE PRIMA
Aspetta e vedrai

Uno

Da molto tempo Manfred desiderava morire. Così, quando scoprì quel nuovo dolore, decise di tenerselo per sé. Si fece riservato e possessivo, in tutto e per tutto come un vecchio padre ebreo con il figlioletto appena nato. Paragone pertinente, visto che quel dolore non solo era appena nato ma gli sembrava anche decisamente maschio, niente a che fare con le fitte da signorina o le artigliate da arpia cui era abituato. Era un grumo di dolore che non lo abbandonava mai, una possente spirale di malessere, corrosiva, virile.

Non che Manfred avesse mai nutrito progetti suicidi. Considerava il suicidio una morte da stupidi. Lui poteva aspettare con animo fiducioso: il suo dolore gli permetteva di sperare. Una morte attesa e bene accolta è molto più dignitosa di una morte autoinflitta.

Naturalmente, Manfred aveva già avuto molti dolori, e di vari tipi. Allora non aveva *sperato*. Si era diretto in buon ordine alla volta di medici e ospedali, puntuale e deferente. Si era docilmente sottomesso per decenni a giudizi e mistificazioni dottorali. Era stato un paziente modello.

Ma ora Manfred aveva altri progetti. Niente dottori. Non avrebbe parlato a nessuno del suo dolore. Non poteva acconsentire di essere esaminato da qualche imberbe medico generico o da uno specialista per nulla specializzato. Non avrebbe permesso che il suo dolore fosse snaturato e derubato del proprio mistero dall'imposizione di un nome. E soprattutto, non poteva permettere che venisse curato.

Il vecchio sapeva che quel suo oneroso compagno era araldo di qualcosa di ben più serio: l'annuncio di un nuovo, più grave male. Era quel che voleva. Sapeva che se solo avesse consultato un medico sarebbe stato catturato tra le spire di una terapia per malati incurabili che avrebbe avuto come unico risultato quello di spingerlo verso un declino e una morte di seconda mano. Se il suo deperimento fosse avvenuto in privato, per lo meno il suo dolore avrebbe avuto un'evoluzione originale e sconosciuta che lo avrebbe colmato di sorpresa, nonché di orrore. Era un'idea che gli piaceva. Un altro passatempo da aggiungere alla vecchia lista personale.

Un tempo Manfred aveva amato la vita ardentemente. L'aveva amata come si ama una giovane moglie. C'erano stati molti periodi radiosi: alcuni ricordi (i quali, aveva notato, man mano che invecchiava si facevano sempre più consistenti e corposi) erano euforici e iridescenti. Emma aveva sottoposto la sua vita a nuove categorie di deprivazione e di rimpianto, ma un tempo gli aveva comunicato forza e debolezza insieme. I lenti volumi dei suoi diari erano agguerriti e, a un attento esame, soddisfatti. Molte, molte cose erano state belle.

Ma molte erano state brutte. Tanta l'impotenza, lo smarrimento, il male fatto e quello ricevuto. La guerra lo aveva inaridito, aveva consumato una parte necessaria di purezza in lui. Lasciare sua moglie lo aveva mutato in cenere. Senza di lei la sua vita si era trasformata in un universo brullo e desolato. Per più di vent'anni si erano incontrati una volta al mese sulla fredda panchina di un parco. Martin, loro figlio, era cresciuto ed era diventato un uomo verso il quale non era mai stato capace di provare amore. Manfred si sentiva come un combustibile consumato. Non sognava la morte, ma desiderava con tutto se stesso di sbarazzarsi della vita. Desiderare di morire era il minimo, in fondo.

Tutte disquisizioni inutili, comunque. Emma l'aveva ucciso più di vent'anni prima. In quegli anni senza di lei aveva vissuto l'esistenza di un morto vivente. A notte fonda gli capitava di rileggere le sue vecchie lettere. Si rendeva conto, ora, che Emma aveva sempre saputo cosa sarebbe accaduto. Sapeva cosa si nascondeva dentro di lui, quale sfigurante terrore futuro. Ricordava che le proprie lettere erano state appassionate, euforiche; quelle di lei erano caute e misurate, sempre distaccate. Emma era stata attenta a lasciare poche tracce di sé.

La scia che la sofferenza si lascia dietro è qualcosa di imprevisto. Il rimpianto è un residuo: gli avanzi del pasto di un'altra emozione. La perdita di Emma aveva ridotto la vita di Manfred ai minimi termini. Il tempo esalava il marcio fetore del passato. Il mondo languiva esausto. Gli alberi erano privi di vigore e le maree fiacche e riluttanti. Persino il sole era velato di polvere.

La morte sembrava un'impresa facile. Il vecchio sentiva che avrebbe concluso la propria vita accompagnato dalla fine del secolo, vittima del suo effimero declino. Nessuno dei due aveva combinato gran che. E ora potevano solo condividere il dramma crepuscolare di due vecchi stolti che si raccontano la storia dei propri disastrosi sentimenti e giungono a calzanti conclusioni comuni: gli anni a venire sarebbero stati duri e ostili. La morte sembrava un'impresa facile.

Un tempo una morte autoinflitta gli era sembrata *molto* difficile. Prima della guerra c'erano stati quei problemi, il suicidio della sua ragazza. Non era male come ragazza. La madre di Manfred l'aveva trovata dignitosa, e poi era una gentile, grazie a Dio, anche se, è vero, piuttosto ordinaria. Nel suo vestito più blu (che faceva risaltare il colore dei suoi occhi) aveva sorriso a Manfred per poco più di un anno. Aveva diciannove anni ed era piacevolmente propensa a sfilarsi il suo abitino. Manfred l'aveva amata onestamente, con tatto e sollecitudine. Ma il suo abito blu si era scolorito e il suo sorriso era divenuto stucchevole. Finché, una sera, gli aveva chiesto di andare a casa sua, e quando Manfred era arrivato, si era semplicemente gettata dalla finestra. All'indietro, stranamente. (Manfred si era chiesto spesso se in quel modo le fosse stato più facile, se non vedere il vuoto le avesse reso il salto meno arduo). L'affilata lama del senso di colpa lo aveva trafitto all'istante. Ma non si sentiva responsabile: la disperazione delle donne è qualcosa di insondabile, qualcosa con cui gli uomini hanno ben poco a che fare.

Quella morte lo aveva lasciato cupo, freddo. Sua madre aveva pianto così tanto che lui sentiva di non avere altre lacrime da aggiungere. Un gran numero di persone gradevoli aveva avuto da dire una serie di cose sgradevoli a proposito della morta, e il dolore di Manfred si era trasformato in un piccolo dolore. Provava soprattutto sorpresa, sorpresa e imbarazzo. E nell'attesa della propria morte, in realtà, non sarebbe stato sincero se avesse detto di provare dolore, né grande né piccolo. Manfred desiderava morire da molto, molto tempo.

Da quando Manfred aveva scoperto dentro di sé quel nuovo dolore, esso era andato aumentando a pieno ritmo. La sua presenza si era fatta più persistente, incessante e inamovibile. Sembrava essersi collocato in un punto preciso del suo stomaco: in basso, appena a destra dell'arco pelvico. Manfred sentiva che non si era spinto ancora abbastanza in profondità: non si era ancora incuneato a fondo nelle sue viscere, ma era determinato, e in movimento. Era una certezza.

Era un buon posto per avere un dolore. Manfred non aveva mai avuto nessun dolore lì, a marcare quel punto del suo vecchio corpo subdolo. Gli piaceva il modo in cui quella particolare pagina bianca era contrassegnata da quel dolore che sembrava trovarsi bene lì, a pattinare dolcemente nelle sue viscere. All'apice della sua logorante attività giornaliera era una compagnia, un amico che continuava a punzecchiarlo. Era quasi piacevole starsene seduto accanto alla finestra in quei suoi pomeriggi cupi a sopportarne gli scherni e a fumare nel tentativo di placarlo, mentre il cielo si andava facendo buio e lui tirava le tende.

Qualche volta lo stomaco gli diventava duro e teso, come una vescica piena o una fiaschetta colma. Allora il dolore sembrava trivellargli la carne e richiedeva tutta la sua concentrazione. Doveva distendersi sul letto e massaggiarsi l'addome, avviare una serie di fragili negoziazioni, promesse di whisky o di gin. Quel dolore furibondo lo faceva scoppiare in amari singhiozzi.

Di tanto in tanto, quando il dolore si faceva più violento che mai, Manfred arrancava sino in cucina e apriva la credenza in cui teneva le medicine dei tempi dell'esercito. Brandiva boccette di aspirina e minacciava il proprio stomaco con paracetamolo, codeina e analgesici di ogni tipo. Al culmine dell'esasperazione, s'infilava in bocca manciate di pillole e si preparava a ingoiarle per placare il dolore. Ma non giunse mai a farlo. Sputava le compresse e le pillole nel lavandino dove si scioglievano spumeggiando per poi raggrumarsi, alla fine, in una macchia tossica sui piatti sporchi. Il male allora aumentava, incitato dalla sua viltà e dallo sforzo compiuto. A Manfred non importava. Amava il suo dolore. Lo allevava dentro di sé con affetto.

Altre volte il dolore diveniva quasi gentile e la pancia si faceva trasparente, limpida. Il dolore si posava con delicatezza nell'intestino, di traverso, come un feto, saggio e assopito. Sentiva, come una mamma col bambino. La gioia dolcissima di quella costante presenza silenziosa. La tenerezza con cui ne seguiva la crescita. L'asilo amorevole che gli offriva nel proprio ventre di dolore. Era una vera e propria maternità. Lo nutriva con il poco amore che gli era rimasto. A occhi spalancati, come un gatto nascosto in un angolo buio, Manfred rimaneva seduto in silenzio nella penombra e soffriva con gioia.

C'erano periodi in cui il dolore non si faceva sentire affatto. Erano i peggiori. Manfred diventava di cattivo umore, cercava di non mettersi ad aspettare che tornasse. Leggeva qualcosa, distrattamente, ma l'angoscia lo rendeva troppo debole. Alla fine, all'improvviso, oppure lentamente, il dolore tornava. Allora la sua felicità era perfetta. Nulla avrebbe potuto turbare la sua euforia. Nulla avrebbe punito quella generosità. Il suo cuore era pieno di gioia, radioso di speranza.

Era quasi felice. Trascorreva le sue giornate da solo, camminando per le squallide vie del suo quartiere. Andava da casa al negozio, da lì al caffè, e poi a casa di nuovo. I suoi vicini ignoravano questa sua nuova stramberia. Ne avevano visti molti di tipi fuori di testa, sempre soli. Lo sguardo della gente scivolava sulla sua figura trasandata e malferma, mentre lui andava e veniva con una mano sempre premuta sulla pancia, a scandagliare, convincere, rabbonire. Sorrideva e borbottava felice tra sé. Era strano: di tutte le cose che si sarebbero potute dire di lui, l'ultima era che fosse torturato da un costante dolore.

Due
(1932-1936)

A dodici anni Manfred aveva chiesto a suo padre di parlargli dei grandi problemi che già lo tormentavano. La risposta era stata decisa, sicura. «Comprendi bene cosa vuoi. Cerca di conoscerne l'essenza, di avvertirne il peso. E impossessatene». Il ragazzino ci aveva provato. Era stato un fallimento.

A tredici anni, ancora tormentato, aveva rivolto la stessa domanda alla madre. La risposta era stata decisa, sicura. «Comprendi cosa vuoi, figliolo. Con la massima chiarezza. E poi... aspetta di vedere cosa succede. I desideri sono pericolosi, causano dolore. È meglio aspettare e vedere cosa succede». Manfred si era messo ad aspettare.

Il padre di Manfred era così terrorizzato dall'oscurità da vivere inseguendo il giorno. In estate si alzava alle quattro del mattino e andava a letto prima del tramonto, nel tentativo di scacciare la notte dalla sua vita. L'inverno, con le sue inevitabili ore di buio, gli causava un'inquietudine che nascondeva a stento. Tutta la famiglia era obbligata a sottomettersi agli orari dettati dalla sua fobia e regolare la propria vita in base ai ritmi della sua paranoia. Questo fece sì che i tre figli, paradossalmente, non provassero alcun timore nei confronti dell'oscurità e della notte, cosa piuttosto rara per dei ragazzini della loro età. Impararono ad amare il buio. Ardevano dal desiderio di conoscere i segreti che incutevano tanto terrore al padre. E lui, consapevole del coraggio dei figli, temeva il loro disprezzo. Si fece più severo con loro e le sue tonanti esibizioni di virilità s'intensificarono. Gonfiò il petto e adottò un passo più deciso. I ragazzi crebbero. Lui si incurvò e perse vigore. Alzò ancora di più la voce e temette ancora di più il buio.

La madre di Manfred era stata una ragazzina esuberante e spensierata. La sua vivacità aveva preoccupato i genitori quando era divenuta adolescente. A sedici anni era quasi una celebrità dalle parti di Mile End Road. Era famosa per non avere fatto una piega quando il rabbino più severo di Londra l'aveva sorpresa a fumare impunemente il giorno dello Shabbat. La sua famiglia aveva sperato che il matrimonio con il padre di Manfred ponesse finalmente un freno alla sua esuberanza. Così era stato. Eccezion fatta per l'inflessibile rifiuto di indossare la parrucca da sposa e altre piccole ribellioni, il suo spirito contestatore parve acquietarsi. Trovò rifugio nella vanità, sviluppando un carattere così rigido e implacabile che si sarebbe detto quasi rabbinico.

Spendeva tutto quel che poteva per migliorare il proprio aspetto e dedicava enormi quantità di tempo e di creatività al proprio guardaroba. Non dimostrava alcuna simpatia nei confronti del popolo giudaico. Disprezzava gli uomini ebrei e derideva apertamente i cappelli, i cernecchi e le barbe stentate dei giovani hassidim. La sua apostasia, un vero supplizio per suo marito, era fonte di grande orgoglio e motivo di distinzione per lei che si considerava inglese al cento per cento ed ebrea soltanto quando qualcosa la induceva al sentimentalismo o quando un goy le rivolgeva un'offesa particolarmente scottante. Scimmiottava la moda americana e ammirava soltanto le donne gentili. Le sembravano più complete, più interamente donne. Non dovevano subire l'ignominia di parrucche da sposa, nessuna apologia ebraica del loro sesso. Erano fiere di essere donne e, elemento fondamentale per la madre di Manfred, erano abbondantemente ricompensate per la loro femminilità.

Amava coprirsi il viso di velette che catturavano una

luce soffusa. Come onesti cittadini, moglie e figli obbedivano alla legge del padre, ma era la madre che in casa deteneva il potere. La sua voce roca animava, rifletteva e solo apparentemente era servile. Il ragazzino ne scrutava il cuore, così imprevisto. Osservava come lei si muoveva, parlava e si riposava quando era con la famiglia. Nonostante provasse un velo d'imbarazzo, osservava anche il matrimonio dei genitori, testimone così delle piccole ribellioni, della complicità di lei.

Una volta stavano passeggiando in un parco, madre, padre e figli, nel goffo tentativo di godersi qualche raggio di sole. Una giovane coppia era distesa sull'erba, seminuda. La ragazza indossava un costume da bagno che aveva provocato l'ira del padre già a un centinaio di metri di distanza. Il ragazzo portava soltanto un paio di pantaloncini ed era disteso a pancia in giù mentre la ragazza gli spalmava dell'olio sulla schiena, la sua bella schiena bionda. Manfred vide sua madre rivolgere uno sguardo triste in direzione di quella coppia affascinante. Suo padre aveva bofonchiato qualcosa, accigliato e intimorito. Passando, aveva abbassato gli occhi, incapace di guardare in faccia sua moglie. L'improvvisa, serena risata del giovane aveva fatto trasalire Manfred. Quel suono sano e vigoroso l'aveva spaventato e ammaliato in egual misura. Il viso di suo padre si era contratto severamente nell'udire quella risata. La madre aveva chinato il capo ed aveva afferrato dolcemente la mano del marito, rassegnata, confortante.

Non era bella, e Manfred sapeva quanto ciò la ferisse: desiderava con tutta se stessa il dono arbitrario del fascino. Quando le camminava accanto, percepiva l'indifferenza degli uomini nei confronti della madre e sapeva quale supplizio fosse per lei. Era chiaro che in qualche modo ne attribuiva la colpa al marito. I tre figli facevano del loro meglio per dimostrare di credere nella favola della bellezza della madre. Lei li chiamava i suoi ometti e si aspettava che le offrissero quei tributi che inspiegabilmente i più maturi componenti dell'universo maschile le negavano.

C'erano, è vero, dei momenti in cui non gli era difficile

trovarla bella. Quando il padre di Manfred non era in casa, lei aspettava a lungo prima di accendere le luci e rimaneva il più possibile nella penombra insieme ai figli. Si sedeva accanto alla finestra e, nella luce sempre più fioca, le sue dita si destreggiavano tra aghi, spilli e piccoli capi di vestiario, mentre il suo volto andava scomparendo nell'oscurità. I suoi lineamenti si facevano sempre più vaghi e il ragazzino riusciva finalmente a vederla bella. In quei momenti provava una strana euforia nell'osservare le sagome confuse della madre e dei fratelli, della cui presenza lo assicurava soltanto il fruscio dei piedi sul pavimento o il giovane, rumoroso respiro. Nessuno parlava mai. Seguivano ognuno i propri sogni in tacito unisono.

Fuori di casa, il mondo gli sembrava quello di un racconto. Le ore passate a giocare a settimana sul marciapiede con qualche ragazzina. I cori di alleluia quando passava davanti a una chiesa il giorno del sabato cristiano. I Vangeli recitati a perdifiato. I cristiani che adoravano rumorosamente il loro Dio. Il signor Adler della porta accanto e la sua sfilza di figlie giovani e pallide. Manfred le amava tutte ciecamente e le corteggiava con caramelle e risate.

Quando poteva, usciva da Whitechapel e gironzolava per la città. Nelle vie maestose fuori del suo quartiere osservava le signore borghesi e i loro sonori baci di cortesia. Guardava i figli dei gentili e i loro padri. In quelle strade si sentiva povero ma eccezionale. Che potesse esistere un mondo simile era meraviglioso, una benedizione divina: lo faceva sentire un frammento di Dio.

Manfred e i suoi fratelli erano stati mandati tutti a studiare in uno squallido *cheder* vicino a Fashion Street. Anni di noia, Talmud e vecchi che farfugliavano incomprensibili devozioni. Poi i due figli più grandi erano passati alla Libera Scuola Ebraica. Ma il padre e la madre di Manfred avevano discusso aspramente una sera, dopo di che i due ragazzi erano stati trasferiti in una scuola per gentili vicino a Hanbury Street. Quando era diventato grande abbastanza, anche Manfred era stato inviato lì. Lui e i suoi fratelli erano gli unici ebrei in tutta la scuola.

I suoi fratelli erano cambiati in quella scuola. Erano diventati irruenti e virili, avidi di gustare le segrete gioie cristiane di quel luogo. Sopportavano con inesausto slancio ogni tipo di offesa relativa alla loro origine ebraica. La loro brutalità andò aumentando a un ritmo tale che presto la loro diversità non fu più motivo di derisione. Affrontavano con incoscienza tutte le sfide più audaci degli adolescenti gentili. Si azzuffavano, imbrogliavano, mentivano e si arrampicavano sugli alberi meglio di chiunque altro. L'ostilità dei loro compagni cristiani presto si sciolse in approvazione.

Manfred poté in parte godere dei frutti del consenso guadagnato dai suoi fratelli e non subì particolari molestie. Alcuni dei ragazzi più grandi lo apostrofavano con minacce e canzoncine del tipo:

Il Signore disse a Salomone
Tutti gli ebrei avranno un gran nasone,
Tutti eccetto Caino
Che ce l'avrà piccino piccino.

Lo chiamavano sporco giudeo o «nasuto d'un ebreo» e capitò che gli rifilassero un ceffone o un paio di calci. I suoi fratelli evitavano d'interferire. La tranquillità guadagnata nel mondo goy era costata loro troppa fatica perché potesse essere messa a repentaglio dal tentativo di difendere Manfred. Ma generalmente non lo maltrattava nessuno e, a volte, era persino oggetto delle simpatie degli altri ragazzi. Era sempre il bersaglio di un sacco di scherzi, essendo il più piccolo e ingenuo, ma la maggior parte dei compagni gentili lo lasciava in pace perché lo considerava un bambino poco sveglio.

La scuola. Accese discussioni sui cowboy e sulle partite di calcio. Un edificio con una facciata alta e un torvo cipiglio. E sogni di seni femminili. Non era difficile essere una celebrità: Billy Buck era famoso per la sua Meravigliosa Scoreggia da Quindici Secondi, a tutto volume e precisa come un orologio svizzero, come avevano avuto modo di verificare diversi spettatori imparziali. Watson il Puzzone era famoso perché suo padre era finito in prigione per furto con scasso (ma, per la vergogna imperitura del povero Watson, trapelò infine che si trattava di una semplice truffa). J.J. Russell era famoso semplicemente perché era il ragazzo più alto della scuola e si diceva fosse uscito indenne da una zuffa con un ragazzo di Bethnal Green uscito dal riformatorio.

La scuola. Un migliaio di ragazzi con la testa grossa, poco cervello e ancor meno autostima. Sensato, istruito e mentalmente sano, Manfred lì in mezzo era una specie di prodigio e furono fatte ottimistiche previsioni sul suo futuro. Sua madre sentì di avere sempre avuto ragione a detestare l'educazione ebraica e ottenne il suo trionfo sul marito.

La scuola. La luce accecante d'innumerevoli giornate. Il tronco di una quercia contro una ringhiera nera. Il palcoscenico di un teatro pieno di gente, e lui l'attore protagonista. I sogni di una prosperosa senescenza. Al ragazzino sembrava che il mondo fosse una bella torta di cui, se avesse avuto fame, avrebbe potuto tagliare una fetta a suo piacimento.

Era nato a febbraio, mese mostruosamente smorto. Uno dei fratelli gli disse che, di conseguenza, sarebbe diventato pazzo e sarebbe morto di morte violenta. L'altro fratello gli disse che era un orfanello cristiano, con un fratello gemello esattamente identico che viveva a Durban. I suoi genitori venivano pagati due scellini alla settimana per tenerlo con sé finché non avrebbe compiuto sedici anni. Ma quando entrambi gli raccontarono cosa facevano gli uomini con le donne, lui smise di credere a tutti e due.

Man mano che i vari tentativi del padre di Manfred di guadagnare le abbondanti somme di denaro che era convinto di meritarsi fallirono, la casa assunse un aspetto sempre più misero. Da ogni stanza scomparvero parte dei vecchi mobili tramandati da più previdenti generazioni passate. Raramente furono sostituiti e anche allora soltanto da qualcosa di poco costoso e volgare. Ben presto la casa assunse un aspetto schizofrenico. I beni di famiglia sopravvissuti al saccheggio lottavano per la supremazia con i nuovi arrivati. La tenue e bizzarra luce che i vecchi mobili di mogano e di quercia riflettevano scomparve, rimpiazzata da un lugubre e più grossolano chiarore.

Suo padre non riuscì mai a comprendere il motivo della penuria dei propri guadagni. Era una cosa che offendeva il senso di identità che coltivava dentro di sé. Era evidente che quando si guardava allo specchio vedeva un individuo completamente diverso dall'uomo che era realmente. Lo specchio gli raccontava storie impossibili, parlava di un uomo benestante e distinto. Man mano che la sua vita concreta andò sempre più divergendo da quello che vedeva nello specchio, il padre di Manfred divenne svigorito e depresso. Il Bar-Mitzvà di Manfred fu seguito da una colazione assai misera. Gli altri padri non riuscirono a nascondere il loro imbarazzo. Gli altri figli mostrarono tutto il loro disprezzo. I regali di Manfred furono un'accozzaglia di oggetti di poco prezzo: un calamaio, un commentario usato, due libri di preghiera completi, alcune monete e una singola banconota da una sterlina.

Il vecchio cominciò a fare progetti di un possibile ritorno a Berlino. I suoi fratelli vivevano ancora lì ed erano entrambi benestanti uomini d'affari. Lui aveva fatto l'errore di credere che l'Inghilterra gli avrebbe offerto delle possibilità. Aveva vissuto a Londra quasi quarant'anni senza alcun risultato. L'Inghilterra era un paese senza vita, non era un posto per gli ebrei. Lui aveva ancora la cittadinanza tedesca. Hitler non sarebbe durato a lungo. Potevano tornare tutti in Germania: la vita là sarebbe stata più facile. La madre di Manfred respinse sdegnosamente quei progetti. Con un marito e padre simile, sarebbero stati poveri tanto in Germania quanto in Inghilterra.

La madre di Manfred si dava da fare con tutta l'energia e l'amarezza di cui era capace per permettere alla famiglia di sopravvivere. Quando il denaro era scarso, il suo viso s'incupiva per settimane intere, e rivolgeva a stento la parola al marito. Si rammaricava di non avere delle figlie.

Non importa quale misero lavoretto stesse facendo il padre di Manfred, lei prendeva immancabilmente i soldi per mandare avanti la famiglia con aria sprezzante. Si occupava della casa senza grande abilità né particolare piacere. Malgrado tutti i suoi sforzi, talvolta dalla cucina usciva un profumino fastidiosamente festoso: pesce fritto, pollo bollito, carne di manzo al sale, fegato in padella. Mangiavano il pane azzimo della Pesach tutto l'anno. Nessuno si sentiva povero tranne lei. Quando la loro dieta era insufficiente, la madre di Manfred era irascibile, e il padre curvo dalla vergogna.

Ma suo marito allontanava da sé il proprio fallimento allontanando da sé i propri amici. A Manfred c'erano voluti diversi anni prima di notare come suo padre riuscisse sempre a trovare un pretesto per troncare i rapporti con gli amici che iniziavano ad avere fortuna. Quando finalmente il ragazzino si rese conto di quello stratagemma, provò un'indicibile vergogna ogni volta che suo padre tagliava i ponti con qualcuno che l'aveva tradito col proprio successo. Lo disgustavano i pretesti che accampava (qualche immaginaria scortesia, o un'altrettanto inesistente dissolutezza morale). Iniziò a disprezzarlo.

Malgrado tutto, però, gli piacevano diversi amici di suo padre, che peraltro aveva modo di vedere spesso. Suo padre era un ospite aperto ed espansivo, un uomo di compagnia. I suoi *compari*, come li chiamava sua madre, andavano spesso a trovarlo. I preferiti di Manfred erano due tra gli amici più intimi del padre, i due Tomas: Tomas il dongiovanni e Tomas il bullo. Emigrati tedeschi come suo padre, erano due tipi segaligni che parlavano di continuo, in modo precipitoso e stravagante. Erano terrorizzati dalla madre di Manfred. Era chiaro che la consideravano una donna indomabile e implacabilmente immodesta. Quando andavano a trovare il padre di Manfred, accettavano allegramente la compagnia dei ragazzi ma tenevano sempre d'occhio la porta per essere certi che non comparisse all'improvviso quella donna alta, l'esatto contrario della perfetta mogliettina. Un giorno, spinto da un recente contrasto, il padre di Manfred perse la sua solita compostezza e accusò aspramente la moglie.

«Quell'imbecille di mia moglie», bofonchiò. «Un errore imprevedibile. Che nostro Padre mi perdoni. Era alla ricerca disperata di un marito. Matrimoni privati e pubblica vergogna. Un supplizio».

Il suo colorito si fece più acceso man mano che si infervorava. Implacabile, raccontò delle sue notti insonni, della sua mortificante sistemazione in una stanzetta, da quando era scoppiata la guerra, di come si sentisse rifiutato, umiliato. Tomas il dongiovanni fece l'occhiolino a Manfred, ma Tomas il bullo assunse un tono censorio. Non erano discorsi da fare davanti ai figli, quelli. Con apparente leggerezza attribuì la colpa ai tempi: le nostre mogli sono diventate tutte così ostinate in tempo di guerra, disse.

I tre uomini e i tre ragazzi si voltarono. La madre di Manfred era sulla soglia, ferma, con la mano nera di carbone che spiccava contro il bianco della porta. Attraversò la stanza in direzione del padre di Manfred senza dire una sola parola. La bocca di lui si aprì in un debole cenno di supplica, senza riuscire, però, a produrre alcun suono. Lei gli diede un ceffone in pieno viso, lasciandogli una manata nera sulla guancia. Poi uscì, e nella stanza calò il silenzio. Il padre di Manfred iniziò a tremare e si coprì la faccia con entrambe le mani.

La scena cui avevano assistito aveva messo i due Tomas ancora più a disagio del padre di Manfred. Il loro imbarazzo lo riempiva di vergogna. Anche se rimasero suoi amici, nessuno dei due si ripresentò più a casa loro. Manfred sapeva che ai loro occhi suo padre non era un vero uomo, non era un vero ebreo. Anche sua madre lo sapeva.

La supremazia della madre di Manfred sul marito andò aumentando man mano che i figli si facevano uomini. Si sarebbe quasi detto che una nascosta sensualità si celasse nel suo atteggiamento nei confronti dei ragazzi. La facciata di cartapesta della virilità del padre si disintegrò rapidamente. I suoi esigui tentativi di salvare quel che era rimasto della sua sovranità non ebbero successo. La moglie non accettò proteste; le rimostranze del vecchio divennero sempre più fiacche. Manfred non era stupito dell'inettitudine del padre. Sapeva che un antico torto, un'antica ferita, lo aveva ridotto all'impotenza. Da alcune discussioni cariche di rancore, il ragazzo aveva capito che il padre, nei primi tempi di matrimonio, aveva tentato di soggiogare la moglie. Doveva averla picchiata. Lei non gli permise mai di dimenticare quell'errore, e Manfred alla fine comprese il significato di tutta una serie di allusioni e velati rimproveri uditi nel corso della propria infanzia. Provò vergogna per entrambi.

Una sera suo padre arrivò a casa coperto di sangue. Era stato malmenato, aveva il viso ferito e un grosso taglio sanguinante in testa. Era cereo e gli tremavano le mani in modo incontrollabile, tanto da non riuscire a tenere tra le dita il bicchiere di brandy che sua moglie gli aveva versato. Arrivò di corsa il loro vicino, il signor Adler, bianco in volto, atterrito. Il padre di Manfred impedì che chiamassero un medico, ma quando, il giorno successivo, cominciò a sputare sangue lo portarono in ospedale.

Non era il solo a cui era capitata una cosa simile negli ultimi tempi. Manfred sapeva che suo padre era stato pestato perché era ebreo. E la trovava una cosa estremamente stupida. Perché suo padre non poteva semplicemente smettere di essere ebreo? Manfred era spaventato per se stesso. Per colpa della stupidità di suo padre, anche lui adesso era ebreo. Ma non voleva essere picchiato. Non voleva essere ebreo.

Quell'anno suo padre iniziò lentamente a morire. Non aveva nessuna malattia, nessuna ferita. Iniziò semplicemente a deperire. Le notizie riguardo agli ebrei in Germania avevano su di lui l'effetto di continue pugnalate. Man mano che Hitler diventava più potente e gridava il proprio odio a voce sempre più alta, Manfred vide tutti gli uomini che conosceva farsi impauriti e tristi. Si strinsero intorno alle loro famiglie, cercando protezione nel calore che ne derivava. A suo padre anche quello era negato. Il ragazzino provava quasi pena per lui.

Morì prima di Yom Kippur e il suo corpo rimase cinque giorni nella sua stanza con le tende chiuse. I figli si muovevano per casa furtivamente, evitandosi a vicenda, schiacciati da un inconfessato senso di colpa. Il giorno della sepoltura un vecchio predicatore mai visto prima proclamò a gran voce che il padre avrebbe continuato a vivere attraverso i suoi figli. Fermi accanto alla bara che racchiudeva il corpo del padre, Manfred non potè alzare gli occhi sui suoi fratelli. Desiderava comportarsi nel modo giusto, ma non sapeva bene cosa dovesse fare. Ricordò il giorno del funerale della moglie del signor Adler. Il vedovo aveva singhiozzato, era caduto a terra, in ginocchio, gemendo a gran voce. I presenti erano rimasti visibilmente disgustati da una tale ostentazione di dolore. Soltanto Manfred ebbe l'impressione che quella fosse l'unica reazione possibile alla morte: una resa totale a un delirante sconforto. Sapeva che non sarebbe stato in grado di provare nulla del genere per suo padre.

Qualche mese dopo, quando aveva quindici anni, Manfred vide per la prima e unica volta sua madre nuda. Era una calda giornata di primavera avanzata, i suoi fratelli erano andati a Manchester in cerca di lavoro. Per la prima volta in tutta la sua vita, Manfred era solo con sua madre.

Il cielo appariva sconfinato, altissimo quel giorno, e l'aveva quasi narcotizzato. Manfred aveva trascorso il pomeriggio sulla sponda del canale, disteso sull'erba con le braccia sotto la testa. Osservando i peli biondi che gli erano cresciuti sulle braccia, si era meravigliato della propria meticolosa bellezza. Il suo corpo e quella sua peluria gli erano parsi immensi, inestinguibili. Il suo senso d'indentità prodigioso e infinito.

Al calare della sera, si era avviato verso casa con riluttanza. Il giorno si era liquefatto e la sua pelle sembrava palpitare. Era a disagio, la voluttuosa fragranza di quella giornata lo aveva turbato. Quando giunse infine vicino casa, il tempo mutò. Il cielo si era fatto minaccioso, spazzato da vortici di bellicose nubi scure che si andavano districando. Le strade si rabbuiarono violentemente, turbinosamente, e lui percepì un vento tiepido lungo la schiena. Gli parve di sentire migliaia di spilli sulla pelle calda. Affrettò il passo.

Entrò in casa. La cucina era vuota e il salotto immerso nel silenzio. Si fermò nel corridoio. Quella solitudine era inaspettata e, all'improvviso, clandestina. Le braccia non gli pizzicavano più. Cercò di rallentare il respiro. Dal piano di sopra veniva un rumore leggero d'acqua, il suono di spruzzi delicati e di leggeri colpetti di mani bagnate sulla pelle umida. Sua madre stava facendo il bagno. Il cuore di Manfred palpitava, la sua eccitazione era tanto intensa da essere nauseante. Sentì un panno che veniva strizzato, una breve cascatella di gocce. Si diresse verso le scale.

Salì lentamente. Gli scalini gli parvero ostinatamente interminabili. Salendo, vide che la porta della camera di sua madre era socchiusa. Una fioca chiazza di luce proveniente dalla sua finestra si stagliava sul muro lungo la scala. Manfred vi scorse una lunga ombra curvarsi e oscillare mentre sua madre si muoveva nella tinozza. Si vergognava di sé ma cedette all'istinto predatorio, salì l'ultimo scalino e si avvicinò furtivamente alla porta, aggredito da un impudente tormento.

Sua madre era in piedi, nuda, in una bassa tinozza e gli volgeva leggermente le spalle. Immerse un panno nell'acqua ai suoi piedi e si rialzò per tergersi amorevolmente le spalle. Sollevò il gomito e il ragazzo vide i peli che le crescevano sotto il braccio, radi ma scuri come un viluppo di ragni. Dal panno l'acqua le scivolò tra i seni e sullo stomaco arrotondato. Le sue cosce erano lunghe e forti, appena dischiuse e imperlate di fresche gocce. Si chinò di nuovo per immergere la mano nell'acqua e i suoi seni oscillarono nel flusso di quel movimento. Si rialzò lentamente, facendo scorrere il panno lungo le cosce e la pancia, per poi strizzarlo, premendolo tra le gambe. Se lo passò ancora una volta tra i seni, fin sulle spalle, e se lo avvicinò al collo con dolci, deliziosi colpetti. Il suo corpo liscio luccicava nella penombra.

Volse lo sguardo in direzione del ragazzo. La sua espressione non mutò. I suoi occhi scivolarono via di nuovo. Si chinò nella tinozza, roteò la mano nell'acqua inzuppando ancora il panno. Si rialzò. Il panno gocciolò inutilizzato sul fianco per un istante. Poi se lo portò al seno. Si arrestò bruscamente, strizzò il panno e lo lasciò cadere sul pavimento. Senza uscire dalla tinozza, si volse e afferrò un asciugamano posato sulla specchiera. Si girò di nuovo verso il figlio, con l'asciugamano intorno al petto come una fusciacca. I suoi occhi incontrarono quelli di lui, senza ombra di rimprovero.

Tre

Sebbene fosse ancora presto, la mattina sembrava languire, svigorita, mentre Manfred si aggirava piano nel bagno. Fuori il cielo era di un bianco smorto, più invernale che primaverile. Una pioggerellina finissima picchiettava sulle case e sui tetti. Il selciato luccicava debolmente e l'erba era curva sotto le gocce. Una giornata così, solitamente, lo avrebbe contrariato, ma era giovedì e i suoi giovedì erano privi di nuvole, nella promessa di quel che gli avrebbero offerto. I loro vivaci colori non potevano essere offuscati.

Mentre ascoltava il lontano, speranzoso brontolio del bollitore, Manfred si esaminò il viso nello specchio del bagno. Nel freddo tagliente diverse chiazze di pallore erano comparse sulla sua pelle in segno di protesta. I suoi occhi si spostavano rapidi da un punto all'altro dello specchio sottile, incontrando il proprio riflesso solo per un istante. Era felice di vedere che i suoi occhi erano ancora attraenti. Inquieti e luminosi, non erano cambiati. Erano ancora i suoi occhi. Il resto era invecchiato spaventosamente: il suo viso era franato, imploso. Un tempo ne era stato rattristato, ma ora trovava quasi eccitanti quelle trasformazioni che di anno in anno segnavano il suo declino. Era interessante fare la conoscenza di tanti volti via via diversi l'uno dall'altro. Un diversivo, un passatempo che illuminava le sue giornate. Qualche volta lo facevano persino apparire sofferente, saggio. E la cosa non gli dispiaceva affatto.

Ma il collo era davvero impressionante. Era come un

sacco vuoto, tutto grinzoso e incartapecorito. Gli scendeva giù dal mento, sin sulla gola, un gnocco cadente di pelle ricoperta di peluria. Quando voltava la testa, la pelle del collo ondeggiava e si dilatava fino ad assomigliare a un lugubre uccello putrefatto. Si domandava come mai nessuno avesse mai espresso il proprio ribrezzo alla vista di un simile disfacimento, ma poi si rese conto che in realtà non era uno spettacolo tanto insolito: era quello che la gente si aspettava di vedere nei vecchi.

Manfred era sorpreso del proprio invecchiamento. Gli sembrava un evento inverosimile, assurdo. Com'era potuto accadere? Non si era accorto della sua comparsa. Come altri, Manfred aveva contato gli anni che passavano e ne aveva dedotto l'inevitabilità numerica del proprio declino, eppure ciò che si era ritrovato davanti agli occhi, quella incontrovertibile dimostrazione pratica, l'aveva colto alla sprovvista. Aveva la sensazione di avere subito un'ingiustizia. Si chiedeva se anche altri che avevano la sua stessa età si sentissero vecchi. Probabilmente no. I vecchi non avevano niente in comune se non il luogo della loro giovinezza, non la loro imprevista decrepitezza.

Le sue riflessioni furono spente dai ruggiti di dolore del suo stomaco. La prima zampata della giornata. Si piegò in due finché non si ritrovò a terra, accovacciato, con le natiche posate sui talloni. Era una posizione appropriata, perché quel dolore era simile a una crisi acuta di costipazione. Una pesante clava gli premeva dolorosamente sullo stomaco. Ansimò affannosamente, senza riuscire a tirare un respiro profondo. Il sudore gli imperlò la fronte. Sollevò la testa e guardò il soffitto. Iniziò a contare.

A cinquanta, il dolore si era addolcito. Il sudore sul volto del vecchio in un attimo divenne gelido, iniziò a tremare di freddo. Si lavò rapidamente la faccia e l'acqua gelata anestetizzò la pelle cadente e inutile. Sentendo in lontananza il rumore del bollitore elettrico che si spegneva, Manfred si rincuorò un poco. Si infilò la vestaglia da casa e fece fare alla sua grande sciarpa verde due giri intorno al collo avvizzito.

«*Chiudi quella bocca del cazzo!*».

Il grido giunse soffocato ma chiaro. A quanto pareva il signor Webb stava affrontando un'altra mattinata difficile. Manfred udì le prime salve di suppellettili che immancabilmente accompagnavano le divergenze di Webb con le sue compagnie femminili. Una ragazza iniziò a lamentarsi con la voce impastata. Manfred si domandò come fossero le notti di Webb se le sue mattine erano così sconvolgenti.

«*Guarda cos'hai fatto, brutta troia!*».

Manfred si accese una sigaretta mentre il caffè si raffreddava un po'. Il suo dolore gli indirizzò un nuovo, tremolante segno di saluto, riavviando le trattative giornaliere. I suoi pensieri si volsero alla necessità di vestirsi. Sarebbe stata una giornata vuota, senza nulla da fare, nessuno da vedere. La sua solita telefonata del giovedì sarebbe stato l'unico evento rilevante. Avrebbe indossato il suo abito antracite, in tinta con la sua faccia.

Sentì una porta sbattere e i singhiozzi di una donna invisibile sovrastare lo stridore dei cardini, apparentemente più vicini. Manfred udì qualcosa crollare contro la sua porta di casa e farfugliare qualcosa in tono vendicativo. L'amichetta di Webb evidentemente era stata buttata fuori. Non era la prima relazione di Webb che finiva così, anzi. Mentre beveva il caffè, Manfred si domandò se avrebbe dovuto prestarle aiuto. Sapeva che non era una buona idea lasciarsi coinvolgere nelle complicazioni romantiche di Webb, ma se non interveniva, la donna poteva anche addormentarsi nel corridoio e quella sarebbe stata proprio una bella seccatura.

Finito il caffè, si diresse svogliatamente alla porta. La aprì e rischiò quasi di inciampare nella sagoma infagottata riversa sulla sua soglia di casa. La donna, avvolta in un lenzuolo sudicio, era assolutamente immobile. Manfred sperò che Webb non l'avesse uccisa. Diede cautamente una spintarella alla sagoma a terra con una mano, non sapendo quale estremità stesse toccando. Nessuna reazione. Spaventato, scosse il corpo con maggior vigore.

«Signorina», esclamò ansiosamente. «Mi scusi, signorina… signora? Sta bene?».

La sagoma scattò a sedere come un coltello a serramanico, ancora avvolta nel lenzuolo. «Sparisci!», disse. «Sparisci, porco cazzo!».

Manfred si rialzò, sgomento, mentre il lenzuolo, scivolando giù, scopriva il viso di Webb, paonazzo, in preda a una rabbia inconsulta.

«Che cazzo...?». Vedendo Manfred, s'interruppe. «Quella sgualdrina mi ha chiuso fuori». Questa considerazione parve riaccendere la sua collera. Manfred lo guardò attonito sollevarsi completamente nudo e lanciarsi contro la porta del proprio appartamento sferrando pugni e calci e gridando come una belva inferocita. Quello schiamazzo fu presto accompagnato da un cacofonico fracasso non molto dissimile dall'altra parte della porta. Webb si arrestò un momento per ascoltare.

«Mi sta distruggendo l'appartamento, quella troia. L'ammazzo! Giuro su Dio che la faccio a pezzi».

Webb si scaraventò di nuovo contro la porta come un forsennato. Manfred vide il giovane nero che abitava nell'appartamento al piano di sopra che guardava giù dal pianerottolo. Indossava soltanto un paio di pantaloncini e aveva gli occhi gonfi per il sonno interrotto. Guardò Manfred e l'obesa nudità del suo vicino. Mentre Webb continuava ad accanirsi contro la porta saltellando, i suoi genitali sobbalzavano orrendamente.

«E falla finita, Cristo santo!», esclamò il ragazzo. «Sto cercando di dormire».

Webb lo ignorò. Era difficile che, nella sua furia, avesse sentito. Il giovane scese e si fermò accanto a Manfred a osservare tranquillamente lo spettacolo.

«Cosa sta succedendo?», domandò.

«Penso che abbia avuto una lite con una donna. L'ha chiuso fuori».

«Difficile credere, a guardarlo, che possa avere una donna».

Manfred doveva ammettere che i due uomini, nella loro nudità, offrivano un contrasto impressionante: il giovane alto ed eretto, Webb un compendio di difetti e volgarità.

«Cosa si può fare con uno così?», esclamò il giovane, con un interrogativo, vago disprezzo.

In quel momento Webb sferrò un violento calcio al pannello inferiore della porta. Si udì un tonfo inquietante. Webb gridò e cadde in avanti, andando a finire dritto dritto con la faccia sulla moquette. Si strinse il piede contuso tra le mani cercando di soffiarci sopra, incurante del sangue che iniziava a colargli dal naso.

«Il mio piede! Il mio piede, porco cazzo! Mi ha rotto un piede. La strangolo quella sgualdrina».

Il giovane lo osservò quasi con ammirazione. Si volse verso Manfred sorridendo.

«Bisogna ammetterlo. Non si arrende facilmente».

Trasportarono Webb sul divano, in casa di Manfred. Venne fuori che Garth, il giovane di colore, era un infermiere. Esaminò il piede di Webb, dichiarò che il naso non era rotto e sparì lasciando Webb a imprecare, imbestialito di essere stato visitato da un negro.

Una volta che Garth se ne fu andato, Manfred scrutò il suo indesiderato ospite con una certa preoccupazione. Webb era ancora completamente nudo, fatta eccezione per il lenzuolo lercio avvolto intorno al suo stomaco dilatato. Per quanto fosse più coerente e certamente più calmo ora, Manfred temeva che potesse svenire o vomitare sul divano. Guardò ansiosamente l'orologio. Non aveva idea di cosa fare per sbarazzarsi rapidamente di quell'uomo.

«Signor Webb… signor Webb? Come si sente adesso?».

Webb gli rivolse uno sguardo offuscato. Manfred spinse verso di lui una tazza di caffè. La prima cosa da fare era cercare di fargli passare la sbornia. Webb si mise a farfugliare che non voleva nessun caffè del cazzo. Manfred iniziò a disperare: avrebbe perso tutta la giornata.

«Per favore, deve berne un po'… si sentirà meglio dopo, glielo assicuro».

Dentro di sé Manfred ne dubitava, ma era necessario trovare una qualche soluzione. Gli strinse le dita intorno alla tazza e andò in camera a vestirsi. Accese la radio accanto al letto per soffocare il rumore delle rinnovate proteste di Webb. Un indesiderato frammento di musica si diffuse nella piccola stanza da letto. Manfred non si diede pena di cambiare stazione. Mentre si vestiva in fretta, rasserenato dalla banalità del ritornello, udì Webb trascinarsi in bagno e gli inconfondibili rumori di una serie di conati di vomito. Fu sorpreso che Webb fosse stato in grado di arrivare in bagno. Senza dubbio, aveva vomitato nel lavandino. Manfred sorrise. Gli faceva quasi tenerezza quel buffone.

Tornato in soggiorno, i suoi nuovi sentimenti per il vicino furono messi a dura prova. La tazza di caffè di Webb era a terra, rovesciata e circondata da una severa macchia color cioccolato. Webb era seduto accanto al tavolo e canticchiava allegramente sotto voce. Si era lavato alla ben'e meglio il viso insanguinato e sembrava pronto per mettersi al lavoro.

«Ehilà, Manny. Fammi una tazza di caffè, ti va?».

Manfred sollevò la tazza rovesciata e scomparve in cucina. Erano già le otto passate. Doveva essere deciso se voleva far muovere quel deficiente. Versò del caffè tiepido nella tazza di Webb e si affrettò a tornare in soggiorno per evitare ulteriori catastrofi. Webb stava guardando le foto sulla credenza. Malgrado la sua andatura strascicata, Manfred tentò di raggiungerlo il più rapidamente possibile. Webb afferrò una cornice ossidata con una vecchia foto e tornò a sedersi. Sorrise con aria di benevolenza mentre Manfred gli posava davanti la seconda tazza di caffè.

«Chi è questa ragazzina?», domandò Webb. «Carina. È tua figlia?».

Manfred impallidì.

«È mia moglie, quand'era bambina».

«È morta?», domandò Webb.

«No».

Manfred si accese nervosamente una sigaretta. Aveva la bocca secca. Ne offrì una a Webb.

«No, grazie. Chi è il vecchio che è con lei?».

«Suo padre. Mio suocero».

«E lui, è morto?».

«Sì».
A questa risposta Webb sembrò un po' più soddisfatto. «Sembra un gambero. Ci andavi d'accordo?».
«Non l'ho conosciuto. È morto durante la guerra. Mia moglie l'amava molto. Era un medico famoso a Praga. Ha scoperto la cura per diverse malattie. È stato fucilato dai tedeschi».
«Peccato che non avesse trovato una cura per le pallottole».
Ci fu qualche istante di silenzio. Manfred gli lanciò un'occhiata torva. Webb aveva un'espressione interrogativa.
«Hai delle foto di lei da grande?».
«No».
Manfred tirò un profondo respiro, era disperato. La sigaretta aveva un sapore amaro, simile a quello del sangue, o del rame. Webb sbuffò.
«Neanche una?».
«No, neanche una».
«Mi prendi per il culo».
«Quella è l'unica fotografia che ho di mia moglie», rispose Manfred scrupoloso e guardingo. «Non si è più fatta fotografare da allora».
Webb scoppiò in una volgare risatina. «Un po' svitata, eh?».
Manfred deglutì lentamente. Aveva la bocca secca. Spinse il fumo della sigaretta sino in fondo ai polmoni e avvertì una morsa serrargli il torace in segno di protesta. Gli si inumidirono gli occhi e sentì che stava per soffocare. Esalò un filo sottile di fumo grigio e sospirò.
Webb continuò. «Dov'è che sta adesso?».
Manfred rimase un attimo in silenzio.
«Viviamo separati».
«Sì, questo l'avevo immaginato, tonto. Voglio dire, dov'è che sta adesso?».
«Abita a Londra».
«La vedi mai?».
Manfred sorrise triste. Era una domanda difficile. «Non esattamente», rispose evasivo.

«Ti manca?».

Manfred era sbalordito dall'insistenza di Webb. Non riusciva a spiegarsi perché fosse così curioso, se non forse per addurre nuove prove alle sue ferree teorie sulla biologica perfidia del genere femminile. Manfred non aveva nessuna voglia di parlare con quell'uomo di Emma e delle complessità del loro rapporto. Emma non doveva essere sottoposta a un simile esame.

«Sì, mi manca».

Webb ebbe un sorriso rattristato, senza dubbio ricordando una qualche sofferenza personale. «Perché non state più insieme? Si scopava un altro?».

Manfred iniziò a tremare dalla rabbia. Aveva sentito abbastanza. Strinse violentemente i pugni. Si sforzò di controllare la sua collera e cercò di cambiare argomento.

«Non pensa sia il caso di fare la pace con la sua ragazza?», domandò con il tono più mite che riuscì a trovare.

«Stai scherzando. Io le spacco la testa a quella sgualdrina».

«Non è un po' eccessivo?».

«Come?».

«Non sarebbe meglio trovare una soluzione più cordiale al suo disaccordo con la ragazza?».

Webb fissò attonito il suo interlocutore. Sembrava sospettare una leggera irrisione in quelle parole. «Nooooo», replicò. «Bisogna essere duri con queste troiette. Non ci si può far mettere i piedi in testa. È questo che vogliono, ma non bisogna dargli soddisfazione. Bisogna trattarle senza pietà se non si vuole finire nelle loro grinfie».

«Dubito che si possa ottenere affetto con la violenza», replicò Manfred, calmo.

«Non me ne frega un cazzo dell'affetto, a me».

«Ma deve desiderare anche lei qualcosa di più di una donna obbediente perché intimorita. Non può essere sufficiente, no? Che piacere può trarne?».

Fu la volta di Webb ad essere sorpreso di fronte all'insistenza di Manfred. Il vecchio iniziò a rimpiangere di essersi espresso in quei termini. Era un argomento spinoso e Webb era ovviamente allibito dalle teorie di Manfred. E comunque era una perdita di tempo: quelle squallide liti non erano affar suo.

«Mi perdoni, signor Webb. Non mi dovrei immischiare».

Webb lo fissò con aria incerta. La sua espressione si ammorbidì un po'. Scrollò le spalle.

«Non c'è problema», disse. «Spara. Ascolto sempre le opinioni degli altri. Non costano niente».

Manfred lo guardò sconsolato. Non era nelle sue intenzioni presentare a quell'uomo un'esposizione critica del meccanismo delle passioni. Maledì la propria stoltezza e si sforzò di trovare una frase evasiva.

«Temo che le mie opinioni a proposito delle donne siano il prodotto di un'esperienza alquanto ridotta».

Webb ridacchiò come un gatto con la tosse e scostò il lenzuolo dai suoi genitali grigi e raggrinziti. Sorrise fiero indicando il proprio pene, appoggiato alla coscia come un tubero avvizzito.

«Lo vedi? Questo uccello si è infilato dentro più di quattrocento... no, cinquecento donne. Ha visto fighe di ogni genere. Bianche, negre, francesi, mangiaspaghetti e a stelle e strisce: me le sono scopate tutte. E continuo ancora».

Manfred tentò di sorridere.

Webb proseguì. «E tutte, tutte quelle centinaia lo hanno trattato con venerazione. Hanno detto tutte che era il cazzo più grosso e più duro che avrebbero mai visto». Diede un colpetto indulgente e giocoso al suo membro afflosciato. «Ho cinquantacinque anni e ancora me ne trombo tre alla settimana. Come minimo. Quegli stronzetti coi capelli lunghi mi fanno ridere. Cosa vuoi che sappiano delle donne quei segaioli? Ho avuto più donne io di qualunque altro uomo che conosco. E non ho *mai* dovuto pagare. Mai! O una scopata è gratis, o non vale la pena di farsela: è il mio motto».

Con grande sollievo di Manfred, Webb si ricoprì i grossi testicoli turgidi. Sporgendosi verso di lui, sorrise nostalgico.

«Una volta mi sono persino scopato una ballerina. Niente male, alta una sega ma con grosse tette e cosce d'acciaio. Stava per svenire quando ha visto le dimensioni del mio uccello. Pensava che l'avrei sfondata perché era bassetta, ma quando gliel'ho spinto dentro è andata in delirio, mi ha supplicato di non smettere. Cavolo, quella sì che è stata una scopata».

Cereo, Manfred spense la sigaretta.

Webb gli rifilò una gomitata amichevole. «Ma la scopata migliore della mia vita me la sono fatta con un'ebrea. Nove volte in una notte, una dopo l'altra. Ne conosceva di giochetti. Era il suo primo cazzo non circonciso. E se l'è goduto, Cristo, te lo posso assicurare. Se l'è divorato». Giunse alla battuta finale con anticipata ilarità. «Segui il mio consiglio, Manny. Fa' come Hitler: tromba più ebrei che puoi».

Scoppiò in una risata fragorosa. A Manfred tremavano le mani quando cercò di accendersi un'altra sigaretta. Non doveva dimenticare che Webb era ubriaco. Non sapeva quel che diceva. Ma adesso aveva raggiunto il limite. Lui poteva sopportare tutto, ma non questo.

«Anche lei è stato sposato, non è vero?», domandò a Webb.

Sul viso di Webb si dipinse una smorfia carica di sospetto. «E questo cosa c'entra?».

«Ma è così, giusto?».

«Sì, e allora?».

«Se n'è andata?».

Webb impallidì e assunse un'espressione dura. «Come fai a saperlo?».

«Non lo sapevo».

«Come?».

«Non è difficile. Siamo sempre traditi da quello che ci preoccupa».

Webb era visibilmente innervosito. Il suo volto s'incupì, e parve prendere in considerazione la possibilità di passare alle mani. Ricordando, però, la propria nudità e che era chiuso fuori di casa, ci ripensò. La sua bocca s'arricciò in una smorfia d'irritazione.

«Sì, è fuggita di casa con un segaiolo di Birmingham.

Traditrice d'una troia. Almeno mi sono sbarazzato di quella rompicoglioni. Spero che quello le faccia un occhio nero un giorno sì e uno no. Amo le donne, ma le mogli non sono donne. Sono puttane».

Per la gioia di Manfred, Webb, ancora alticcio, si mise a singhiozzare. Manfred non riusciva a provare nessuna pietà per lui e tutte le commedie che faceva. Quell'uomo era un rappresentante del vasto sottoproletariato inglese, la classe più limitata, lenta di comprendonio e deprimente di tutta Europa. C'era un limite alla capacità di compassione di Manfred.

Il vecchio si alzò dalla sua sedia e attraversò il corridoio in direzione della porta di Webb. Bussò gentilmente e udì un confuso rumore di passi. Qualcuno, dentro, si era avvicinato all'uscio. Bussò ancora una volta gentilmente.

Rispose una voce femminile. «Sparisci, bastardo di un grassone che non sei altro! Non mi muovo da qui finché non mi hai dato i miei maledetti soldi».

Manfred sorrise.

«Signorina? Abito nell'appartamento qua davanti. Il signor Webb è da me al momento. Sono venuto a dirle che può andarsene senza essere molestata».

La ragazza non rispose. All'improvviso Manfred si sentì assurdamente felice. Quella conversazione aveva un suo fascino strano. Uno scambio galante con una fanciulla senza volto. Era bizzarro, come il frammento di una canzone appena orecchiata, come il pezzo di una storia. Di solito le sue giornate erano semplici, solitarie e prevedibili. Gli capitava raramente di scambiare qualche parola con un altro essere umano. Quella mattina aveva già condensato le eccitazioni di un mese intero.

«Signorina? Mi sente? Può andarsene adesso».

«Senti un po', carino, non so chi sei, ma ti posso dire che io da qui non mi muovo finché quello non mi dà i miei soldi. Non scopo per beneficenza».

«Comunque ritengo sia meglio che lei se ne vada», disse Manfred alla porta. «Se rimane, va soltanto incontro a un mare di problemi. È un uomo molto violento».

«Sei un suo amico?».

«No».

La ragazza invisibile sembrò addolcirsi. «Ti ha mandato lui?».

«No».

Si udì il rumore della serratura e la porta, per quanto bloccata dalla catenella, si dischiuse. Nella fessura tra la porta e lo stipite comparve un paio di occhi penetranti, appesantiti da un'abbondante dose di mascara.

«Come ti chiami, dolcezza?», domandò la ragazza.

«Manfred».

«Be', senti, Manfred caro. Ho passato tutta la notte con quel mucchio di grasso pieno di merda. Hai visto anche tu com'è messo. Non pretenderai che una ragazza se ne vada senza essere pagata dopo una notte così, no? Digli che può tornare nel suo appartamento, se mi dà i miei soldi».

Manfred arrossì. Prevedeva che ci sarebbero stati degli ostacoli a quel pagamento.

«Dubito che il signor Webb abbia del denaro con sé al momento. È completamente nudo, come lei certamente ricorda. Forse può essere più fortunata se cerca lì intorno. Nelle sue tasche, magari».

La ragazza sorrise con indulgenza. «Pensi che non l'abbia già fatto? Non c'è niente di niente qui, tesoro. Fa' il bravo, vagli a chiedere dove tiene i soldi. Digli che se non mi paga gli faccio a pezzi l'appartamento prima di andarmene».

Manfred guardò la fetta di viso della ragazza. Doveva essere piuttosto giovane e carina. Anche se era convinta di essere dalla parte della ragione, sembrava troppo giovane per avere l'annoiata risolutezza di una professionista navigata. Manfred decise di fare appello al suo buon senso.

«Per favore, se ne vada prima che arrivi il signor Webb. Se avessi il denaro, glielo darei io molto volentieri. Per favore, lo dico per lei. Il signor Webb è un uomo piuttosto irascibile».

A quelle parole gli occhi della ragazza si restrinsero. «Non me ne frega un cazzo se è irascibile. Voglio i miei dannati soldi».

Manfred non sapeva più cosa fare. «Aspetti un momento», disse. Tornò in fretta nel suo appartamento. Webb sembrava essersi addormentato: aveva appoggiato pesantemente la testa sul tavolo e incrociato le braccia sulla grossa massa del suo stomaco scoperto. Manfred sperò che fosse una posizione scomoda. Si diresse in camera da letto e guardò dentro il proprio portafogli. Ne estrasse due banconote e tornò nel corridoio. La porta di Webb era di nuovo chiusa. Bussò. La porta si aprì e ricomparve il viso grazioso e carico di trucco della ragazza. Manfred cercò di sorriderle amabilmente.

«Ecco, le ho portato del denaro. È tutto quello che ho», mentì. «La prego, lo prenda e se ne vada. Il signor Webb si è addormentato, ma si sveglierà presto. Per favore, se ne vada».

Sventolò le banconote davanti al viso della ragazza. Gli occhi di lei si illuminarono.

«Quant'è?», gli domandò bruscamente.

«Venti sterline».

La ragazza scoppiò in un'acuta risata sprezzante. «Venti sterline! Devi essere fuori di testa. Venti sterline per una notte intera e un bocchino!».

All'improvviso Manfred si avvilì. Non aveva fatto una piega nell'udire quella frase orribile. Sembrava fosse l'unico a vergognarsi di quanto era accaduto quella notte. L'indignazione della ragazza era gravemente male indirizzata. Non era stato *lui* a beneficiare dei suoi piacevoli servizi. Mercanteggiare sul prezzo dei piaceri sessuali di un altro era un po' troppo.

«È tutto quello che ho», disse tristemente, evitando di guardare la ragazza negli occhi. «Se li prende e se ne va, almeno se ne andrà con qualcosa. Se aspetta, non otterrà null'altro che problemi da parte del signor Webb. La prego, li prenda».

La ragazza ci pensò un momento. «D'accordo», disse. «Li prendo. Ma sei fortunato che mi piaci: altrimenti non l'avrei fatto».

C'erano volute due ore per liberarsi di Webb e un'altra per calmarlo appena aveva visto come la ragazza aveva ridotto il suo appartamento. Quando Manfred riuscì finalmente a defilarsi, Webb continuava a imprecare, nudo e senza essersi ancora lavato. Era un uomo disgustoso come pochi.

Manfred aveva saltato la colazione, così da Mary, malgrado fosse ormai tardi anche per il pranzo, ordinò qualcosa da mangiare. Ma gli era passato l'appetito. Seduto davanti al piatto pieno, si apprestò a riflettere sugli eventi della mattinata. Che lui sapesse, era la prima volta che parlava con una prostituta. Sorrise. Ne aveva fatto passare di tempo. Durante la guerra aveva visto molte puttane e molti uomini in cerca dei loro servizi. Le ragazze lo avevano sempre fatto vergognare e sentire in colpa di essere anche lui un uomo, della stessa razza di Webb.

Era una cosa strana. Ma *andare* con una prostituta era ancora più strano. Che piacere ci poteva essere? La pacchiana finzione del sudore di una puttana. Masturbarsi in confronto era più dignitoso.

«Caffè, Manny?».

Manfred trasalì. Sorrise all'ansioso beccuccio di Mary. Quanto gli sarebbe piaciuto che quegli inglesi, quei gentili, la smettessero di usare quella disgustosa abbreviazione del suo nome. Emma aveva sempre detto che si trattava di un malcelato insulto, ma Manfred sapeva che si trattava soltanto di un goffo tentativo di affabilità. Un goy che vuole essere amichevole desidera renderti altrettanto ridicolo di lui.

Si scostò il più possibile mentre la vecchia mano tremolante di Mary portava il bricco del caffè sulla sua tazza. Era un rischio che si correva costantemente in quel posto: la maggior parte dei clienti abituali di Mary era stata scottata più di una volta. Un giorno alcuni giovani operai di un cantiere vicino avevano portato con sé alcune maschere da saldatore e le avevano indossate terrorizzati ogni volta che Mary si avvicinava. Manfred aveva riso, ma lei era stata alquanto infastidita dallo scherzo. A differenza di Manfred, non pensava di essere vecchia.

«Dimmi tu basta», gracchiò con tono accattivante.
«Va bene così, grazie», disse Manfred.
Mary scorse il mucchio di cibo ancora intatto nel suo piatto. «Com'era?».
«Molto buono, grazie, Mary».
Il sorriso di Mary si fece apertamente sensuale. «Quel che mi piace di te, Manny, sono le tue maniere. Non ce ne sono molti come te tra quelli che vengono qui».
Manfred arrossì imbarazzato. Si domandò come poter accordare tanta, incomparabile cortesia alla richiesta di essere lasciato in pace. Ma gli fu risparmiata la fatica, perché Mary sgusciò via in fretta per lanciarsi all'attacco di un altro cliente, seduto lì accanto. Manfred aprì il giornale: una dichiarazione di concentrazione cui ricorreva regolarmente per scoraggiare eventuali conversazioni. Fece scorrere rapidamente lo sguardo sui titoli.
Avrebbe voluto telefonare a Emma immediatamente. Non era possibile, non gli era permesso chiamarla se non a sera. Sarebbe stato inutile provare a telefonarle prima: lei avrebbe semplicemente riagganciato. Manfred aveva provato centinaia di volte e centinaia di volte era stato inutile. Le proibizioni di Emma erano semplici. Erano le sue richieste ad essere complesse, a volte.
Sua moglie gli era stata razionata. Una telefonata alla settimana. Un incontro al mese. Una routine severissima. Era tutto quello che gli restava di Emma. Un amore scolorito, pugnalato a morte. Più di vent'anni a una telefonata alla settimana e un incontro al mese. Le sue giornate, senza Emma, erano tragicamente spoglie. Era una sofferenza inammissibile. La moglie che amava e senza la quale era costretto a vivere. La moglie che amava e che aveva perso.
Si udì un soffocato grido di dolore quando dal bricco di Mary il caffè bollente si riversò addosso a uno sfortunato cliente. Manfred si concentrò sul suo giornale. C'era un titolo riguardo a una qualche atrocità commessa dallo Stato di Israele nei confronti di qualcuno. Manfred, ebreo in trasferta, non era sorpreso né deluso dal nuovo Stato di Israele. Non si trattava di un sogno infranto. Anzi, da tempo si

aspettava che finisse in questo modo. Sapeva che sarebbe andata così. Era la lezione appresa dalle vittime del secolo: alla fine i buoni si indeboliscono e i malvagi prosperano. Dopo la guerra Manfred aveva perso molti amici a causa della propria mancanza di entusiasmo per il feticcio del nuovo sionismo. Era stato quasi con divertimento che l'aveva osservato deteriorarsi. Anticipare gli eventi arreca sempre un sottile piacere. Per Manfred, almeno.

L'uomo che Mary aveva scottato si stava scusando imbarazzato. Era un uomo piuttosto giovane con gli occhiali e i capelli che si andavano diradando. La vecchia Mary stava chiaramente godendosi il suo disagio. Nonostante le sue artificiose dimostrazioni di materna premura, non amava i suoi clienti. Il giovane le infilò in mano alcune monete e se la diede a gambe, paonazzo di dolore e d'imbarazzo. Manfred lo guardò attraversare la strada di corsa e rischiare quasi di finire sotto il furgoncino di un tappezziere.

Un silenzio impacciato scese nel caffè mentre gli altri avventori si sforzavano di ignorare la scena ignominiosa di cui era stato protagonista il collega appena uscito. Manfred diede inizio alle manovre di fuga. Era un procedimento delicato. Mary non gradiva che i suoi clienti se ne andassero. Anche dopo aver concluso il proprio pasto e pagato, il fatto che uscissero era per lei un insulto personale.

Per lasciare il locale era necessario sgattaiolare via. Una volta finito di mangiare, si doveva sorseggiare con nonchalance mezza tazza di caffè, o di tè, ma era importante lasciarne metà. Se Mary avesse sospettato che la tazza stesse per svuotarsi, sarebbe volata a riempirla di nuovo. Invece, con la tazza a metà, si aspettava il momento opportuno, magari leggendo (erano pochi quelli che entravano da Mary senza un giornale, la loro lancia per combattere il drago). Quando il caffè, o il tè, non era più troppo caldo e si poteva deglutirlo in un sorso solo, lo si mandava giù e ci si dileguava. Non era una buona idea lasciare la tazza a metà e andarsene semplicemente quando Mary non vedeva. Quell'avanzo di caffè, o di tè, era abbastanza per farla andare su tutte le furie. La volta successiva Mary avrebbe starnutito, tossito, sputato o magari persino pisciato nel vostro piatto.

Manfred sorseggiava lentamente il suo caffè cercando di non pensare a sua moglie. Stava cominciando a preoccuparlo un po' la scarsa frequenza delle sue fitte. Di solito quel locale era uno dei luoghi in cui il dolore si presentava con maggiore costanza: il carico eccessivo di cibo sembrava regolarmente sollecitare qualche genere di protesta da parte del suo stomaco. Quel giorno non era così. Come al solito, il mancato arrivo del suo gravoso compagno lo metteva in ansia.

Ritornò al suo giornale. LONTANA L'UGUAGLIANZA RAZZIALE, DICHIARA IL COMITATO DI CONTROLLO. Diede una scorsa all'articolo. A quanto pareva, le minoranze etniche (sorrise al pensiero di far parte di una di esse) avevano ridotte possibilità di accesso al mondo del lavoro e alle libertà civili fondamentali: non era un grande scoop. A Manfred sarebbe stato difficile dire di che colore fossero gli affari, sia che li facessero gli ebrei o gli irlandesi o chissà chi altro. Ma non gli sembrava un problema: amava le differenze e i colori. Ricordava l'Inghilterra prima che arrivassero tutte quelle tinte diverse. Ricordava la tediosa monotonia di quell'egemonia della pelle bianca.

Garth, il ragazzo del piano di sopra, non sembrava avere avuto troppi problemi a trovare un lavoro. Quella mattina aveva detto a Manfred di essere infermiere caposala, o meglio, per usare la sua espressione, ben più colorita, un'infermiera con le palle. Lavorava in un ospedale poco lontano. Webb si era già più volte aspramente lamentato di dover vivere sotto lo stesso tetto con un «cioccolatino». Per Manfred, invece, si trattava di una prova di cosmopolitismo. Gli piaceva Garth: aveva l'aria di essere un bravo ragazzo. La collera di Webb aveva raggiunto il culmine quando aveva scoperto che la ragazza di Garth era bianca. Il vecchio si chiese come Garth e lei riuscissero ad andare in giro in quella città, appestata com'era da una massa indiscriminata di Webb.

GIUDICE UCCISO DA UN'AUTOBOMBA A NEWRY. Manfred vide Mary dirigersi in cucina e comprese che quello per lui era il momento giusto. Aspettò un istante per essere certo che non si trattasse di una finta. IL PRIMO MINISTRO ACCENNA A POSSIBILI TAGLI ALLE TASSE. Mary non ricomparve e lui scolò il caffè rimasto nella tazza. Diede un'ultima scorsa al giornale (IL COMITATO NOMINATO DAL SENATO RIMANDA GLI ACCERTAMENTI). Rivolse un cenno di saluto alla giovane e burbera cameriera di cui nessuno (Mary compresa) sembrava conoscere il nome. Spinse una manciata di monete verso di lei mentre la ragazza lo fissava con ottuso risentimento. Le rispose con un fiacco sorriso e si diresse verso la porta.

Riprese a respirare più liberamente quando si trovò finalmente fuori, sul marciapiede. Per un attimo pensò che era una vera follia continuare ad andare in quel posto: non era un caffè, era un campo di battaglia. Ma pranzare da solo non gli piaceva e non aveva nessun altro posto in mente dove andare. E poi, in un certo senso, era affezionato a Mary e non voleva essere sleale con lei.

Facendo tintinnare le chiavi in tasca, Manfred si diresse pigramente verso casa. Malgrado il dolore non fosse ancora ricomparso, era inspiegabilmente tornato di buon umore, un'allegria che traeva origine dalla sua età e dai suoi acciacchi. Il suo appartamento era a poco meno di un chilometro di distanza: al passo post-geriatrico con cui adesso procedeva poteva sperare di giungervi per l'ora di cena. Sorrise a quel pensiero.

Nella vetrina dagli infissi di legno di una merceria, Manfred vide i colori della memoria di una Londra sbiadita che stava ormai scomparendo: marrone e oro. Qualche volta stentava a ricordare che in realtà il passato non era stato in bianco e nero come sembra credere la stragrande maggioranza della gente. Le tonalità abbrustolite dei negozi di Whitechapel, le vetrine abbellite da ricchi infissi di legno fatti con i migliori alberi dei commercianti ebrei. Aveva trascorso interi pomeriggi a guardarle. Allora vi aveva vista riflessa l'immagine di un ragazzino. Adesso Manfred non guardava più nelle vetrine. Cercava di evitare lo sguardo del suo tormentato io attuale.

All'improvviso un lembo di sole gli colpì il viso come lo

schiaffo di un bambino. Abbagliato dalla polvere e dal riverbero, sollevò le mani per ripararsi gli occhi. In quell'istante le ginocchia gli cedettero e inciampò. Un dolore violento gli scoppiò nello stomaco come un tamburo battente. Emise un gemito sconvolto, mentre l'aria gli veniva a mancare. Ansimò disperatamente e il dolore si fece ancor più lacerante. Passa, pregò. Adesso.

Stava per cadere in ginocchio, sfinito, sconfitto, quando un vecchio collie malandato corse fuori da un cancello aperto abbaiando e ringhiandogli intorno alle gambe. Manfred si raddrizzò e quel movimento gli dilaniò le viscere. Cercò di dare un calcio all'animale, ma mancò la mira e nell'impeto incontrollato del gesto rischiò quasi di cadere.

«Bastardo!», gli ruggì contro. Latrando infuriata, la bestia evitò abilmente un altro calcio e gli si lanciò addosso con rinnovata ferocia.

Un uomo con addosso una giacca lurida chiamò il cane. Quello non obbedì subito, godendosi il piacere di ringhiare ancora un po' intorno alle gambe di Manfred prima di trotterellare via soddisfatto. Manfred si diede qualche colpetto ai vestiti e si preparò a ricevere le scuse dell'uomo con malagrazia. Ma quello si limitò a fare un sorrisetto e ad allontanarsi, congratulandosi col collie.

L'incidente era avvenuto davanti a una macelleria, e il macellaio uscì a vedere cosa stesse succedendo. Aveva il grembiule imbrattato di sangue e una sigaretta tra le labbra sorridenti. Pareva che per quel giorno avesse ormai ucciso tutto quel che doveva uccidere e fosse pertanto propenso a fare un po' di conversazione.

«Tutto a posto?».

Manfred trasalì a quella nuova domanda in una giornata per lui insolitamente affollata di gente.

«Sì, grazie», borbottò. Si premette le mani sulla camicia, alla ricerca del dolore che l'aveva fatto piegare in due. Era scomparso. Quel cane invelenito gli aveva fatto un favore.

«È una vergogna», sentenziò l'amichevole macellaio.

Manfred fissò il viso unto e fumoso dell'uomo. «Come, mi scusi?».

«Dovrebbe essere vietato», continuò quello. «Ci dovrebbe essere una legge che lo vieti».

«Sì».

L'uomo assunse un tono confidenziale, assorto. «Dovrebbero fare come fanno in Alabama».

Manfred si passò una mano sulla fronte. «Cosa fanno in Alabama?».

«Li fanno dondolare al vento», sorrise il macellaio.

«Mi scusi?».

«Li appendono. Li impiccano. Allora sì che non se ne vedrebbero più tanti in giro».

Soddisfatto, il macellaio salutò Manfred e rientrò indolente nel suo negozio. Manfred s'allontanò atterrito.

Tutto d'un tratto il suo quartiere sembrava essere popolato da tagliagole e pazzi furiosi. Webb era perfetto per un mondo simile. Era per persone come Manfred che non c'era più posto.

Il rombo dei reattori di un piccolo aeroplano disegnò in cielo una lunga striscia di fragore. Manfred amava quel rumore. Niente a che fare con lo stridore predatorio dei jet. Il mondo aveva perso molto quando erano scomparsi i reattori. L'aria si stava facendo più mite e il sole metallico e minaccioso. Non era la luce adatta a un vecchio. Non solo, il suo abito antracite era troppo pesante e lui stava cominciando a sudare. Era stanco. Avrebbe voluto essere a casa, al fresco.

Ma la solitudine del suo appartamento gli destava un senso di ripugnanza: non valeva la pena affrettarsi per arrivare in quella casa vuota. Non c'era nessuno a riempire quell'appartamento. Una telefonata alla settimana, un incontro al mese. Col passare degli anni l'assenza di Emma era stata assorbita dalle stanze e dalle loro pareti. La solitudine si era andata accumulando come una catasta di giornali vecchi: una pila di solitudine e senso di colpa. Senso di colpa dentro al lavandino e sotto i tappeti, solitudine negli armadi, negli spazi tra le scatolette di pomodoro e di minestra pronta.

Manfred distanziava con cura quelle scatolette per far

apparire gli scaffali più pieni di quanto non fossero. Riempiva il frigorifero con la stessa tecnica, accatastando miseramente sui ripiani la sua magra vita. Faceva scrupolosamente attenzione a comprare soltanto il necessario per un uomo solo: qualsiasi sovrappiù avrebbe portato con sé pensieri legati all'assenza. Manfred non aspettava nessuno e non sperava nell'arrivo di nessuno. Una parte di lei non gliela avrebbe mai tolta nessuno e lui aveva imparato ad accontentarsi di quella. Ma quando lucidava il fornello, quando puliva il frigorifero o gli scaffali, non riusciva mai a scrostare la vecchia patina polverosa di solitudine e senso di colpa.

Quella sera, in cucina, il vecchio era intento a prepararsi il solito thermos di caffè alla turca che gli permetteva di superare la notte. Era perfetto per lunghe notti pigre e dispeptiche, proprio come piacevano a lui. Guardò l'orologio appeso al muro. Era tardi. La sconfinata solitudine della notte lo aspettava. Rimaneva spesso sveglio fino al mattino, senza chiudere occhio, leggendo o semplicemente sorseggiando il suo caffè immerso in penose riflessioni. Amava l'oscurità sin da quando era bambino. Qualche volta aveva la sensazione di essere davvero se stesso soltanto di notte.

Il più delle volte dormiva, naturalmente. I suoi ricordi erano un carico gravoso e talvolta lo stremavano. Il sonno aveva ormai cambiato natura per lui. Non lo ringiovaniva più come un tempo. Era divenuto l'imparziale conclusione delle sue giornate, un appello senza speranza contro lo sfinimento. Ma quella sera avrebbe dormito. Non era ancora mezzanotte e l'idea di sopravvivere alle ore squallide e insonni prima dell'alba era priva di qualunque fascino.

E poi, a notte fonda si lasciava spesso andare a rileggere le vecchie lettere di Emma e voleva evitare lo strazio che ciò gli procurava. Un tempo era stato un piacere, ma le aveva lette così tante volte che ormai ogni gioia era svaporata. Di quando in quando, passava tutta la notte a fissare l'unica fotografia che aveva di lei. La tirava fuori dalla cornice e l'accarezzava con un dito. I bordi erano logori e arricciati, il suo cuore d'inchiostro stava spegnendosi in una pallida oscurità. Presto l'immagine sarebbe svanita, lasciando dietro di sé soltanto un pezzo di carta lacero e pieno di ditate.

Quella fotografia e quei pochi brandelli di parole erano più o meno tutto quello che Emma gli aveva lasciato. Ben poco: sommarie descrizioni, racconti, banalità. Le sue notti erano vuote e senza di lei si sentiva solo. Anche il tempo aveva cambiato volto in quella sua solitudine. Non era lento, come aveva pensato in passato. No, anzi, era molto più veloce del tempo reale. Sgocciolava via come un pugno d'acqua. Per chi è solo, anche la preziosa trama del tempo perde ogni valore.

Stava sprofondando nel sonno quando sentì suonare il campanello del portone d'ingresso. Rimase in ascolto sperando che rispondesse Garth, o Webb. Il campanello suonò una seconda volta. Con una certa riluttanza, Manfred uscì nel corridoio. Attraverso il vetro gelato del portone vide una sagoma femminile illuminata dalla luce sotto il portico. Aprì. Gli apparve davanti la giovane prostituta di Webb, gli sorrideva amichevolmente.

«Ehi, salve. Ciao».

«Salve».

La ragazza frugò nella borsetta e gli porse qualcosa. Manfred fissò la mano tesa verso di lui con un certo sospetto: c'erano due banconote da dieci sterline.

«Sei stato così carino con me stamattina. Non me la sentivo di tenere i tuoi soldi».

Manfred era confuso. «Ma...».

La ragazza lo guardò con un sorriso indulgente. «Non preoccuparti. Gliel'ho fatta pagare io a quel bastardo pieno di grasso. Certi miei amici l'hanno sistemato a dovere».

«Capisco».

La ragazza allungò di nuovo la mano verso di lui. «Allora, li vuoi, o no, i tuoi soldi?».

Gli infilò le banconote in mano. Il vecchio arrossì e balbettò una serie di ringraziamenti confusi.

Lei continuò con fare espansivo. «Fai meglio a non perdere tempo con uno come Webb. È un pezzo di merda. Niente a che vedere con te».

Manfred arrossì ancor più di prima. Vide Garth che si stava avvicinando, sul marciapiede opposto. Cercò disperatamente di sbarazzarsi della ragazza prima che il suo vicino arrivasse. «Be', grazie mille. È stata molto gentile a restituirmi i soldi».

«Dio, come parli bene. Davvero». La voce della ragazza trasudava la mielosità delle donne volgari. Manfred tentò di sorridere, ma notò allarmato che Garth stava ormai attraversando la strada.

«Grazie ancora», bofonchiò. «Devo proprio rientrare ora. Mi dispiace, mi stanco facilmente». Si stampò un sorriso speciale sulle labbra mentre Garth saliva i gradini di casa.

«Be', senti, tesoro», disse la ragazza. «Mi chiamo Mandy. Chiamami se ti va. Ecco i miei numeri di telefono».

Gli porse un bigliettino da visita e Manfred si fece piccolo piccolo all'ammiccante sorriso di Garth che passava. E arrossì per la terza volta.

Mandy notò il suo disagio e il suo viso s'irrigidì. «Non dovresti vergognarti solo perché stai parlando con me».

«No, non è così», mentì Manfred. «Nient'affatto».

Lei lo guardò con un sorriso di pietra, ancora offesa. «Comunque grazie per stamattina. Devo andare. Mi aspettano in macchina».

Manfred guardò fuori e vide una grossa auto parcheggiata sul lato opposto della strada. Una spirale di fumo usciva dal finestrino aperto e Manfred scorse l'irrequieto profilo del protettore seduto alla guida. Gli si strinse il cuore per la ragazza. Malgrado la sua impudenza e il suo sorriso a buon mercato, gli parve improvvisamente molto giovane. Troppo per simili parassiti.

«Mi dispiace se il mio comportamento l'ha offesa», disse gentilmente.

«Non ti preoccupare. Non è una novità. Avrei il mio bel daffare se dovessi rimanerci male ogni volta. È così tutti i giorni dalla mattina alla sera, e la domenica, doppia razione».

Le tremolò un sorriso sulle labbra per un istante, quindi si voltò salutandolo con entusiasmo. Manfred la osservò salire in macchina sui suoi tacchi traballanti. L'auto si mise in moto scoppiettando e s'allontanò. Manfred richiuse la porta.

Garth era rimasto ad aspettarlo in corridoio. Guardò il bigliettino che Manfred aveva in mano. Sorrise. «Era la ragazza di stamattina?».

«Sì. Le avevo dato dei soldi per farla andar via. È tornata a restituirmeli».

«Sono rimasto qui nel caso ci fosse qualche problema», disse Garth. «Il nostro Webb è stato portato al pronto soccorso stasera. L'hanno pestato. Non ha voluto parlare con me, ma da quello che ha detto il dottore credo che il protettore della ragazza gli abbia dato una lezione».

«È ridotto molto male?».

«Non esattamente. Qualche costola rotta, qualche livido, un po' di punti in viso. Meno peggio di quanto non si direbbe dal suo aspetto. Ha tentato di azzuffarsi con uno dei portieri dell'ospedale. E si è rifiutato di rivolgermi la parola. Abito qui da un mese e ancora non mi ha degnato di uno sguardo».

All'improvviso lo stomaco di Manfred cominciò a contorcersi dolorosamente. Suo malgrado si portò una mano alla pancia e s'irrigidì.

Garth guardò il viso del vecchio farsi profondamente sofferente. «Si sente bene?».

Terrorizzato, Manfred cercò di sorridere. «Non è niente. Soffro spesso di indigestione». Si piegò su se stesso senza fiato mentre il dolore si faceva lacerante.

«Sembra un po' eccessivo per un'indigestione», disse Garth perplesso.

Manfred si raddrizzò. «Ecco qua», disse. «Vede, niente di grave. Sto bene adesso. Buona notte».

Garth comprese che sarebbe stato inutile insistere. «Be', se peggiora, si ricordi che sono di sopra. In fondo, sono infermiere». Con un ampio sorriso, si congedò e si avviò verso il piano superiore. Manfred rimase nel corridoio per qualche istante. Si massaggiò la pancia che sembrava svuotata di qualsiasi sensazione. Mentre apriva la porta del suo appartamento, sentì quella di Webb che si spalancava. Si voltò e vide affacciarsi il volto pesto del suo vicino. Webb gli rivolse un cenno di saluto.

«Era quella sgualdrinella, alla porta?», sussurrò.

«Sì», rispose Manfred sfinito. Quella giornata era già stata troppo lunga per lui. Stava perdendo la pazienza.

Webb guardò su e giù nel corridoio. «Cosa voleva?».

«È venuta a restituirmi i soldi che le avevo dato stamattina».

«Ah, sì, ci avrei pensato io, Manny».

«Be', non importa adesso. Buona notte». Si girò per concludere quella conservazione che era durata già troppo.

Webb sibilò qualcosa. Non era ancora contento.

«Che cosa voleva quello scimmione di un negro? È meglio che stai attento con quello. Meglio non dare troppa confidenza a certa gente». Spinse più fuori la testa bendata. La garza che copriva l'occhio sinistro gli dava un'aria assurdamente piratesca. «Ascoltami bene, Manny. Sta' a vedere. So io cosa fargli a quei figli di puttana. Ho degli amici nei bassifondi. E riguardo a quella puttanella da quattro soldi, ho in serbo qualcosa di speciale per lei. Aspetta e vedrai. Sta' a vedere».

Sulle labbra gli apparve un sorriso eccitato.

Venti minuti dopo, Manfred era a letto. Le lenzuola si erano appena riscaldate e il dolore era fastidioso ma non troppo intenso. Il vecchio, esausto, era contento di essere a letto. I suoi pensieri erano ormai pigri e intorpiditi. Sapeva che la notte, fuori, era uno scheletro di vane luci, viola, verdi e altri prodigi chimici. Chiuse gli occhi, grato della propria oscurità.

Aveva telefonato a Emma quella sera. Come al solito, lei non aveva aperto bocca, limitandosi ad ascoltare in silenzio i suoi lamenti e le sue pene. Manfred aveva parlato a lungo, ma non le aveva detto nulla. Come al solito, la telefonata aveva inasprito la serata e gli aveva fatto sentire ancor più la mancanza di lei. Ma ora la sua testa palpitava di storie d'amore senza castigo. Mentre il sonno s'avvicinava, dalla bocca aperta gli uscì un filo di saliva che si fece strada lungo la guancia sino a formare una piccola pozza fresca sul cuscino, su cui sprofondando nel sonno, appoggiò le tempie pulsanti.

Quattro
(1942-1947)

Dopo Beda Foumm a Manfred la guerra parve finita. La sua e altre due unità furono incaricate di sgombrare il campo di battaglia dai resti dei soldati italiani. Un gran brutto lavoro. I cadaveri erano ammassi informi di carne, simili a sacchi vuoti. Divise e volti uniformemente sporchi di sabbia e di terra. Alcuni corpi erano spappolati, altri si erano trasformati in blocchi di carne mutilati e mischiati a brandelli di altri uomini. Alcuni corpi erano anneriti e irrigiditi dal fuoco, altri andavano in pezzi non appena li si toccava. Per quanto teste e busti fossero carbonizzati, maciullati o triturati, sembrava tuttavia essere rimasta un'incomprensibile quantità di mani, mozzate o ancora attaccate alle membra. Il numero di quelle mani pareva superare mostruosamente quello degli altri resti umani: devono essere più resistenti di altre parti cui solitamente si concede maggiore considerazione. Raccogliere quelle mani fu per Manfred più repellente di ogni altra cosa. Anche se indossava i guanti, sollevare quelle dita senza vita gli sembrava una volgare parodia di una stretta di mano. E così, maledizione, le sollevava per il polso, piuttosto che toccare quelle dita gelide.

Ci vollero quasi sei ore. La bocca di Manfred si faceva sempre più secca ogni volta che toccava un nuovo cadavere. Gli altri soldati sembravano farsi forza man mano che lavoravano, ma per Manfred l'orrore e lo sgomento si facevano più intollerabili di minuto in minuto. Il fazzoletto che gli copriva la bocca e il naso era inzuppato di sudore mentre lui, scosso dai conati di vomito, continuava a tossire convulsamente. Quando arrivò la pausa per il pranzo, Manfred era sul punto di urlare. Spinse un altro corpo dentro la trincea e arretrò bruscamente quando una massa abbrustolita e appiccicosa fuoriuscì dalle costole scoperte.

Pochi soldati mangiarono. Si limitarono a bere tè zuccherato e a fumare disgustose sigarette senza alzare gli occhi da terra né parlare. Un fragile vincolo di vergogna li univa e gravava sul loro silenzio. Il tè non riuscì a inumidire loro la bocca e quando il biondo luogotenente ordinò di tornare al lavoro, la lingua di Manfred era ancora spessa e rasposa.

Finirono poco prima di sera. Il deserto al crepuscolo era uno spettacolo miracoloso: le colline di sabbia luccicavano sotto gli ultimi raggi di sole nel cielo livido. Sgombrarono per ultimi gli automezzi. Fu la cosa peggiore. Degli occupanti dei carrarmati distrutti non erano rimaste che pozze scure di sangue rappreso. In alcuni automezzi il metallo si era piegato e incurvato intorno ai corpi anneriti quasi a formare una culla che li proteggeva nella morte come non aveva fatto in vita. Molti cadaveri dovettero essere fatti a pezzi prima di poter essere estratti dai veicoli. Erano stati talmente devastati che si smembravano senza sforzo, con rumori nauseanti. Un mezzo blindato era stato in tal modo avvolto dalle fiamme che i due occupanti erano arsi insieme ai sedili e uno di essi si era trasformato in una mera macchia scura sulla struttura metallica. Manfred aveva tirato via, raspato tutto quello che poteva, ma non era riuscito a cancellare l'ombra che quei corpi avevano lasciato sui sedili metallici: non gli fu possibile pulire quelle macchie.

Dopo Beda Foumm, la guerra parve essere finita. Che altro poteva esserci ancora dopo una cosa simile?

Ci fu molto, molto ancora, e le macchie scure di quei due soldati morti apparvero presto cosa da poco. Ma Manfred non dimenticò mai Beda Foumm: il peso che la morte conferiva ai corpi umani, l'eccesso di mani e la bocca secca per lo sgomento e la vergogna. I cadaveri di quegli uomini erano simili a carcasse di cani: occhi opalescenti e polverosi, carne guasta. Da morti avevano perso ogni umanità, erano diventati qualcosa di superfluo, qualcosa di cui doversi sbarazzare: carni maciullate, sacchi d'ossa.

Tutto ciò aveva lasciato in lui un marchio profondo, che non riusciva a comprendere. Da ragazzino Manfred aveva faticato a credere alla morte. I vivi sono così indomabilmente animati e vitali che gli sembrava impossibile che il loro vigore potesse semplicemente avere fine. Quando era morto suo padre, si era trattato di un evento privo di sofferenza, quasi comico. Ma a Beda Foumm Manfred aveva conosciuto l'orrore. Non era stato il tanfo, né il raccapriccio. Non era quello il peggio. Il peggio era l'aspra, muta assenza di vita di quei morti, la loro inalterabile, irriducibile concretezza.

Bengasi, El Agheila, Sollum, Bir Hakeim, El Alamein. Dodici giorni di combattimenti, quattro giorni di riposo. Diciotto mesi di avanti-e-indietro. Gli inglesi avevano altalenato tra l'Egitto e la Libia, avanzando e ritirandosi, lasciando sul loro cammino una scia di morti. Si diceva che Auchinleck, il comandante britannico, fosse talmente strabico da credere che le truppe si stessero muovendo in linea retta.

La guerra era cominciata, era stata sospesa e poi era ripresa di nuovo. La Jugoslavia era crollata. Gli inglesi avevano evacuato la Grecia. I tedeschi stavano combattendo contro i russi e i giapponesi contro tutti, si sarebbe detto. Gli inglesi si arresero a Tobruk e la BBC annunciò che settecentomila ebrei erano stati trucidati in Polonia. I compagni di Manfred sembravano accogliere queste notizie imperturbabili. Non aveva nessuna importanza per loro chi avrebbe vinto la guerra purché potessero tornarsene, alla fine, in Inghilterra. L'unica cosa che destava la loro preoccupazione erano i bombardamenti tedeschi sulle città inglesi. Il resto del tempo lo trascorrevano tra il tedio del deserto e i massacri lampo in cui erano impegnati.

El Alamein, Bir Hakeim, Sollum, El Agheila, Bengasi. Dodici giorni di combattimenti, quattro giorni di riposo. Manfred era in un reparto d'artiglieria. Manutenzione, rifornimenti, requisizioni e linee di sbarramento erano tutto quel che gli era per lo più chiesto di fare. Era stato reclutato al secondo anno di guerra (secondo molti, in realtà, il primo vero anno di conflitto). Sedici settimane più tardi era stato inviato in Nordafrica. A quel tempo Saul, suo fratello maggiore, stava già combattendo in Birmania, mentre George, l'altro fratello di Manfred, era fuggito in America con una ragazza di Clapham. Manfred stava a metà strada: non era un eroe, né un vigliacco. Quando era stato chiamato alle armi, aveva indossato l'uniforme senza grande piacere, né particolare riluttanza.

Sua madre, che l'aveva schernito per più di un anno perché non combatteva per il suo paese come suo fratello, pianse amaramente il giorno che lui partì per il fronte. Quando fu inviato in Africa, aveva ormai smesso di scriverle: l'istrioneria da quattro soldi di sua madre lo disgustava. Sapeva che non le era mai stato facile amarlo. Ora che la guerra l'aveva fatta uscire dalla sua vita, Manfred poteva ignorarla senza tanti sensi di colpa.

Manfred era un soldato impassibile, sobrio e solitario. Non era benvoluto dal resto dei soldati del suo battaglione, che non si fidavano di lui, ebreo con un nome tedesco. Lui, che non era mai stato abituato alla compagnia di coetanei, si sentiva a disagio tra loro. Gli altri soldati davano vistosamente sfogo ai loro istinti, godendosi la libertà di costumi della vita cameratesca. Ruttavano, scoreggiavano, bestemmiavano e copulavano con brio. Uno di loro, un caporale tarchiato dall'aria molto giovane, si fece notare sin dall'inizio: Sidney Tapper, ex installatore di Barnet, venticinque anni e un predatorio istinto per gli affari. Trattava il denaro del battaglione come se fosse di sua proprietà. Era l'unico soldato che Manfred conoscesse a non disprezzare gli arabi. Per lui facevano parte a pieno diritto della cricca internazionale dei furbi. Un popolo con cui sapeva di poter fare affari.

Tapper forniva le prostitute a tutto il loro battaglione e non solo. Ovunque si trovassero, Libia o Egitto, Tapper era in grado di racimolare un po' delle sue «ragazze pulite a un prezzo ragionevole». Nelle retrovie di El Alamein requisì un camion per andare a caccia di donne ad Alessandria, città in cui aveva molti contatti, tanto stupefacenti quanto misteriosi, insieme a una decina di avventurosi commilitoni. Tapper provava una strana simpatia per Manfred, al quale più volte aveva cercato di offrire i suoi sordidi servizi gratuitamente. Insistette affinché si unisse anche lui alla combriccola in partenza per Alessandria. Il viaggio fu un incubo, tre ore di spacconate e di scossoni attraverso il deserto buio. Smontarono in uno squallido quartiere della città, un posto fetido, tra ragazze grassocce e insolenti. I soldati inglesi non ebbero esitazioni. C'erano poche stanze e molti di loro scoparono sotto gli occhi di tutti. Manfred guardò atterrito i suoi compagni buttarsi brutalmente e oscenamente sulle prostitute. Uno s'inginocchiò sopra una ragazza distesa a pancia in giù, si sbottonò i pantaloni e le eiaculò sulle gambe prima ancora di riuscire a penetrarla. Le ragazze fecero mostra di una sorprendente impassibilità e accolsero con un'aria stranamente placida la sconclusionata bramosità dei soldati.

Manfred e Tapper trascorsero la notte seduti sui gradini della casa, a bere gin e mangiare limette intere in compagnia di un cielo assurdamente stellato. Tapper era colpito dalla castità di Manfred: credeva si trattasse della conseguenza di qualche misteriosa proibizione ebraica. A differenza degli altri, trovava affascinante il fatto che Manfred fosse ebreo, la sua ingenuità, il modo con cui osservava tutto a occhi spalancati. Provava un interesse morboso per le storie del massacro di ebrei che di tanto in tanto giungevano dall'Europa. Aveva un'alta stima delle capacità affaristiche degli ebrei e questo, ai suoi occhi, li rendeva degni di un'ammirazione sconfinata. Non riusciva a credere che Manfred, ebreo tedesco, potesse combattere quella guerra così intricata e confusa senza perplessità.

«Ascolta, Tapper, amico mio», disse Manfred, ubriaco,

«ascolta quello che ti dico: è l'unica verità, l'unica legge della guerra. I buoni si indeboliranno e i malvagi prospereranno. Ricordatelo, vedrai che ti servirà».

Tapper aveva un altro amico, Spike, un gigante poco sveglio. La sua statura e la sua forza erano leggendarie tra i soldati del battaglione quanto la sua stupidità. Parlava instancabilmente della moglie, una ragazza dagli occhi stretti in una fotografia imbrattata. Mentre il povero Spike era in guerra, la moglie era andata a vivere nella stessa casa della madre e del fratello di lui. Qualunque insinuazione dei compagni riguardo alla moglie e al fratello veniva punita da Spike con immediata e inaudita violenza. Spike spezzava un numero incalcolabile di mandibole, nasi e costole senza riuscire a cancellare la subdola e insolente invadenza dei propri sospetti. Manfred provava compassione per lui: la costante, perplessa espressione di ingiustizia negli occhi di Spike lo commuoveva, inducendolo a trattarlo con gentilezza. Spike rispondeva con una servile e imbarazzante gratitudine. Senza volerlo, i tre uomini diventarono amici e trascorsero i giorni di tedio della guerra in una goffa alleanza.

La guerra era noiosa e bella. Era come giocare coi fucili a scuola. Si combatteva sporadicamente e, per la maggior parte del tempo, i soldati si abbandonavano a un'indolente lascivia e a speculazioni sul futuro che li attendeva alla fine del conflitto. Auchinleck era stato sostituito da un altro generale, una specie di faina, segaligna e con tanto di berretto, che divenne presto popolare per le spettacolari vittorie ottenute col vecchio e apprezzato metodo di dilapidare le vite dei suoi uomini. I giornali lo portavano in palmo di mano e i soldati ricevevano interdetti lettere delle mogli che ricordavano loro la grande stima che tutti dovevano tributare a quell'idiota. La notte, tra quelle monotone e fredde distese di sabbia, gli uomini si tiravano su il morale immaginando sempre nuove pene da fargli patire. Si dicevano i suoi *ragazzini*: la predilezione del generale per gli ufficiali di stato maggiore con un bel visino era nota a tutti. I soldati più attraenti sognavano che lui li notasse e li portasse via dal fronte per introdurli nel suo leggiadro harem personale.

Dopo Beda Foumm, i compagni di Manfred smisero di ascoltare i notiziari radio: la guerra si era trasformata in un evento immaginario, remoto e irrilevante come una fiaba noiosa. Manfred, invece, cominciò a trovarla molto più interessante: era come se fosse diventata una specie di racconto, una storia che non aveva alcuna somiglianza con la propria esperienza della vita militare. Gli americani erano sbarcati nei territori francesi dell'Africa settentrionale e Casablanca, Orano e Algeri erano state occupate; Manfred oliò pezzi d'artiglieria per una settimana e mezzo in uno squallido accampamento. Gli aerei americani avevano ormai conquistato il totale dominio dei cieli d'Africa; Manfred rimase due settimane su una pidocchiosa branda in un ospedale da campo australiano, con i postumi di una lussazione alla spalla subita durante una partita di calcio. Prima dell'inverno Rommel fu scacciato da Tobruk e Manfred fece la sua unica vittima di tutta la guerra sparando per errore su un mulo arabo con la mitraglietta requisita a un prigioniero tedesco.

A novembre rientrarono a Bengasi. Gli arabi non accolsero il loro ritorno con piacere. I tedeschi erano stati malvisti e per i libici c'era poca differenza tra i diversi bianchi in lotta tra loro. Tapper assunse il controllo di un ben organizzato bordello tedesco messo in piedi da un intraprendente caporale che aveva cortesemente lasciato sul posto persino i libri contabili. Per la prima volta in diciotto mesi, Spike ebbe la peggio in una zuffa contro tre neozelandesi che, non meno corpulenti di lui, riuscirono ad atterrarlo.

Arrivò l'inverno, più rigido e tagliente del precedente. Il deserto era battuto da venti gelidi e sferzanti. Gli uomini dormivano con le mani nei pantaloni, coprendosi i testicoli per riscaldarli un po'. Quando si svegliavano avevano il viso screpolato e spellato. L'offensiva (soprannominata l'Inoffensiva da Eddy Dunn, il ricognitore più in gamba di tutto il battaglione) rallentò sino ad arrestarsi del tutto. I libici ignorarono gli infedeli il più possibile, limitandosi a osservare come il deserto puniva la loro stupidità. Le giornate erano lente, soffocate da un'atmosfera di noia e di risentimento. Qualche volta un soldato veniva ucciso per essersi avvicinato troppo alla moglie di un arabo. La radio diceva che stavano vincendo la guerra d'Africa, ma chiaramente di quella vittoria era artefice qualcun altro. La loro versione della guerra era statica e futile.

A marzo i tedeschi contrattaccarono. Le battaglie furono aspre ma infruttuose e l'avanzata fallì. L'artiglieria inglese fece fuoco per giorni interi senza interruzione. Erano circondati da un fumo nero, grigio e bluastro come in una stanza piena di giganteschi fumatori di pipa. Spike era talmente sfinito che si addormentò sul sedile di tiro e non riuscirono a svegliarlo né pizzichi né calci né pugni. Un fuoco di sbarramento tedesco mandò in briciole tre Howitzer da dieci pollici: una canna si aprì in due come una banana matura lasciando i resti dei tiratori sparsi sulla sabbia a mo' di monito.

Dopo più di un mese di notti insonni e massacri continui, gli inglesi erano a Tunisi. Manfred e gli altri si fermarono a Sfax. In meno di un'ora Tapper aveva aperto un bordello in città, ma i suoi compagni preferirono dormire, ignorando le sue offerte di servizi a metà prezzo, al che Tapper prese una jeep e andò alla ricerca di più intraprendenti clienti sudafricani.

Gli uomini dormirono per quasi due giorni interi. I tedeschi non avevano del tutto evacuato Tunisi, ma nessuno aveva più voglia di approntare nuovi rifugi. Si addormentarono dove si trovavano, pronti a morire piuttosto che scavare ancora. Istupidito dalla stanchezza, Manfred sprofondò nel sonno e sognò i morti di Beda Foumm. Al risveglio vagò tra le sagome addormentate dei suoi compagni, così simili a esausti cadaveri. Li guardò contorcersi e gemere oppressi da sogni tormentosi. Provò compassione per loro, per quei soldati addormentati e sognanti.

Era quasi sera e il deserto mutava colore di minuto in minuto. Manfred rubò qualche sigaretta a uno Spike in stato comatoso e si preparò un po' di tè. Si sedette sul tetto di un carro rimorchio a guardare il deserto che sfumava nell'oscurità con cinquanta uomini addormentati intorno a lui. Il deserto era loro. La guerra in Africa era finita. Presto l'Italia sarebbe stata occupata e il conflitto forse terminato prima dell'estate. Un numero incalcolabile di corpi di uomini, che avevano fatto ritorno al luogo da cui provenivano, era stato disseminato su quel deserto che gli si stendeva davanti. Manfred non era frastornato, né si chiedeva il perché di tutto ciò. Guardò gli uomini addormentati con i quali aveva condiviso quella guerra. Osservando i loro volti scomparire nel buio, la guerra gli parve una cosa magica. Triste, ma pur sempre magica.

Quando l'unità di Manfred giunse in Italia, i soldati dell'esercito italiano si erano ormai tutti arresi. La disfatta in Sicilia aveva tolto loro ogni speranza. I combattimenti erano stati brevi ma sanguinosi. Circolavano molte storie: un commando tedesco a Catania aveva combattuto fino all'ultimo uomo con fanatico zelo. Sia gli americani che gli inglesi avevano fucilato i prigionieri. La guerra aveva smesso di fingere di non essere brutta. I compagni di Manfred ora detestavano gli italiani, dimenticando che anche loro erano morti, come tutti gli altri, a Beda Foumm. L'annuncio che l'Italia avrebbe combattuto al fianco degli alleati fu accolto tra mugugni generali. Non di meno, gli uomini furono felici di andarsene dall'Africa. L'Italia prometteva comodità e piaceri impossibili nel deserto.

Sbarcarono a Reggio Calabria. I tedeschi avevano occupato Roma, ma tutti speravano ancora in un'offensiva breve. Gli americani erano a Salerno, e Napoli si era arresa dopo aver subito gravi perdite. Il battaglione di Manfred si fermò fuori Loggia. Furono acquartierati in un villaggio semidistrutto in cui non c'era più neanche un giovane, erano tutti o partiti soldati o morti. Tapper desiderava disperatamente di raggiungere Napoli. Gli italiani erano storicamente noti per le loro capacità affaristiche, coltivate sin dal Rinascimento e dai tempi dell'impero romano. Il paese era già divenuto un sordido esempio di nazione occupata: la guerra aveva trasformato gli uomini in brutali codardi e le donne in puttane e ladre. Tapper si immaginava che gli americani girassero per il paese con i pantaloni sbottonati e pensare che altri ne avrebbero raccolto i frutti gli spezzava il cuore.

Il battaglione di Manfred devastò il villaggio in cui era alloggiato. In pochi giorni le strade e le case assunsero un'aria squallida e umiliata. Dopo una settimana, le strade erano cosparse di rifiuti e gli edifici imbrattati di sporcizia. Un vecchio con due giovani figlie graziose fu percosso con tale brutalità che non sopravvisse. I soldati abbordavano ogni donna che avesse più di dodici anni e meno di sessanta: quelle che non accettavano le loro profferte venivano violentate o picchiate. Manfred era sbalordito dalla disinvoltura con cui i suoi compagni mettevano le mani addosso a quelle donne, qualche volta persino in pubblico. Un giorno vide un educato caporale del corpo trasportatori malmenare una ragazza del villaggio. Aveva rifiutato le sue lusinghe e lui era andato su tutte le furie. L'aveva colpita in testa, a pugni chiusi, smettendo soltanto quando uno dei suoi compagni gli aveva rivolto qualche debole obiezione. Manfred era sempre più stanco di vedere donne con i volti coperti di lividi e le mandibole lussate. Quando potevano, gli ufficiali cercavano di ignorare e lasciar correre. In caso contrario, la punizione impartita non era mai severa, come se la distruzione di un paese occupato fosse l'ovvio quanto spiacevole risultato della vita militare. Manfred era pieno di vergogna.

Furono inviati a nord, verso Cassino. Man mano che il loro battaglione avanzava i tedeschi arretravano e ci furono soltanto leggeri scontri. Gli ufficiali iniziarono ad essere meno vigili e una generale trascuratezza s'impadronì dei soldati. Per pura imprudenza diversi uomini morirono uccisi da mine, cecchini, ordigni esplosivi. Tutti pensavano che ormai la guerra si sarebbe conclusa presto e quelle morti, nella corsa alla fine dei combattimenti, sembravano avere meno valore.

I tedeschi, tuttavia, si rintanarono all'interno del monastero di Monte Cassino. L'avanzata si fermò e l'artiglieria pesante venne allineata, ma poi giunsero ordini dall'alto di non fare fuoco sul monastero. Era troppo antico e troppo famoso per essere distrutto. Gli italiani erano alleati ora e non si potevano danneggiare i loro monumenti antichi. Gli uomini si lamentarono che ci sarebbero voluti mesi per snidare il nemico senza fuoco d'artiglieria. Nessuno diede loro ascolto.

Cassino fu un incubo. Due eserciti che si fronteggiavano in una strettoia letale. I combattimenti, per quanto intermittenti, furono terribili. Era arrivato un altro brutto inverno e le linee erano soffocate dalla neve e dal fango. A volte i caduti erano talmente numerosi e il tempo così inclemente che i morti rimanevano a lungo sul campo scomparendo dentro fosse piene di melma o schiacciati sotto le ruote dei camion.

Il battaglione rimase bloccato per mesi. Gli uomini erano sempre più depressi e amareggiati. Le loro speranze erano svanite e sembrava che la guerra dovesse continuare per sempre in quell'assurdo vuoto al centro dell'Italia. Persino Tapper non guadagnò nulla per tre mesi. Per Manfred il tempo a Cassino si trasformò lentamente in un torpido aggregato di orrori: accadevano le cose più spaventose con la monotonia priva di rimorso della lettura di un elenco o di un impassibile resoconto.

Il cuoco del battaglione morì quando una granata tedesca cadde sulla cucina della mensa. Un barile d'olio prese fuoco e le fiamme avvolsero il corpo del cuoco mentre le sue grida si diffondevano più alte del fragore dell'incendio. Il suo viso si contorceva orribilmente mentre bruciava. Alcuni soldati cercarono di domare le fiamme e rischiarono di bruciare anche loro. Alla fine, un grosso sergente di Newcastle estrasse la pistola e uccise il cuoco. Il suo corpo cadde all'indietro e finì di ardere a terra. Manfred non toccò cibo per tre giorni.

Eddy Dunn fu ucciso dal fuoco dei suoi compagni. Il corpo fu ritrovato in mezzo al cratere fangoso di una posizione avanzata, squartato in due dal torace ai fianchi, con le dita irrigidite intorno a una manciata d'aria. L'ufficiale che comandava la batteria che aveva fatto fuoco su di lui pianse come un bambino.

«Non è stata colpa mia», ripeteva tra i singhiozzi. «Non l'avevo visto».

«Non è stata colpa mia. Non l'avevo visto».

Un'unità di segnalazione requisì una fattoria per istituire un nuovo quartiere generale e vi trovò i resti decomposti di un'intera famiglia, i due genitori e quattro bambini, in cucina, con gli avanzi ammuffiti di un pasto non ancora concluso sulla tavola. Una granata aveva sfondato il tetto ed era esplosa in modo tale che l'interno era distrutto ma non vi era alcun segno esterno di devastazione. I segnalatori, imprecando infastiditi, se ne andarono in cerca di un altro quartier generale senza preoccuparsi di seppellire la famiglia.

Gli americani erano stati bloccati ad Anzio e circolavano diverse storie sul massacro che avveniva là. Il fango di Cassino lentamente si asciugò e, verso la fine di aprile, le condizioni dei soldati si fecero più tollerabili. Ricevettero ordine di fare fuoco sul monastero. All'inizio di maggio, il battaglione di Manfred prese parte a un bombardamento d'artiglieria in cui furono impiegati duemila pezzi. Il fragore del fuoco di sbarramento fu spaventoso. Manfred non era mai riuscito ad abituarsi al clamore delle detonazioni e ogni esplosione era come un boato che gli si irradiava nelle ossa, simile a uno spavento improvviso. Ogni minuto che passava, era convinto di avere raggiunto il culmine della sopportazione. Alcuni uomini diventarono sordi. Un artigliere morì d'infarto.

Scaricarono sui nemici migliaia e migliaia di granate e furono a loro volta bersaglio di un fuoco continuo. A un certo punto la battaglia perse ogni coordinamento. Mentre la fanteria avanzava, gli artiglieri continuarono a bombardare alla cieca lanciando granate alla rinfusa con meccanico zelo, del tutto incuranti di sparare sui propri soldati. L'assalto aveva assunto un impeto delirante e gli uomini continuavano a far fuoco mentre i mortai sobbalzavano e rinculavano come cuccioli festosi.

In quell'assalto finale a Cassino, Manfred vide di cosa sono capaci gli uomini. Qualcuno era riuscito a convincere migliaia di uomini che fosse nel loro interesse avanzare a passo doppio verso un centinaio di tonnellate di artiglieria nemica. Se è possibile convincere degli uomini a morire, è anche possibile persuaderli senza difficoltà a uccidere. Dalle posizioni dell'artiglieria avanzata, Manfred osservò attraverso il fumo uomini uccidere altri uomini con veemenza spietata.

Riuscirono ad avere la meglio alla fine di una settimana di bombardamenti ininterrotti. Quando il fuoco dell'artiglieria finalmente cessò, le orecchie di Manfred iniziarono a stridere e il suo stomaco fu colto da violenti conati di vomito. I polacchi furono i primi a fare irruzione nel monastero. I tedeschi, per quanto sconfitti, lottarono furiosamente. Quando la battaglia ebbe fine, le strade erano ricoperte di cadaveri. La cittadina di Cassino era mutilata, nelle strade si aprivano crateri di ogni dimensione, dentro i quali si era depositata una fanghiglia scura e verdastra. Rimanevano in piedi soltanto alcuni monconi di edifici. Tutto il resto, case e palazzi, alberi, erba e persone, era stato raso al suolo.

I soldati del battaglione di Manfred attraversarono la città massacrata felici di non dover essere loro a ripulirla dei cadaveri. Sul lato opposto di Cassino si fermarono davanti a un campo minato tedesco in cui erano stati abbandonati tre bambini italiani coperti di stracci. Manfred, Tapper e Spike guardarono impotenti i bambini terrorizzati correre verso di loro. Due misero un piede su una mina e saltarono in aria. Un ufficiale polacco che parlava qualche parola di italiano gridò al bambino sopravvissuto di rimanere dov'era. Il piccolo si fermò, una figuretta accartocciata nel mezzo del campo minato.

I polacchi andarono a prendere due guastatori tedeschi e chiesero loro la posizione delle mine. Seguendo le loro istruzioni, un soldato polacco tentò di raggiungere il bambino. Finì su una mina e rimase ucciso. In base alle rinnovate istruzioni dei prigionieri tedeschi, un altro polacco fece un secondo tentativo. Anche lui perse la vita. Infuriato, l'ufficiale polacco sparò a entrambi i tedeschi. Esasperato, Spike si infilò nel campo minato, prese in braccio il bambino e tornò indietro seguendo una perfetta linea retta.

Quello che accadde dopo l'assalto in massa a Cassino parve prevedibile e marginale. Gli americani riuscirono a superare lo sbarramento di Anzio dopo quattro mesi di combattimenti. Spike rimase ferito, colpito da una scheggia di granata nella gamba destra. Manfred e Tapper fecero visita al loro sfortunato amico in una villa malridotta che era stata trasformata in ospedale militare. Tapper non riuscì a vedere Spike: fu circondato da alcuni attendenti americani che volevano proporgli un affare. Rimasto solo, Manfred s'infilò nel reparto sbagliato e vide i monconi di uomini di Anzio, gli amputati multipli dello sbarco. Un reparto tutto bianco con file e file di letti occupati da tronconi di uomini senza arti, coperti di bende, legati alle brande. Un'infermiera arrivò di corsa, spingendolo via in malo modo. Era un reparto riservato, un luogo d'infamia e disonore.

Roma venne liberata. Gli alleati si spinsero più a nord attraverso l'Italia centrale. Dodici giorni di combattimenti, quattro giorni di riposo. Le conseguenze in termini di vite umane erano visibili ovunque. Villaggi e sobborghi rasi al suolo, qualche solitario cadavere riverso sul bordo della strada. Cinquanta bambini. Centinaia di orrori, centinaia di crimini. Quell'estate, il primo ministro fece visita al reggimento di Manfred a Siena. Era allegro e agguerrito. Gli inglesi e gli americani stavano avanzando sempre più all'interno della Francia e i giapponesi erano ormai stati spazzati via dall'Estremo Oriente. Churchill aveva formato una brigata ebraica alla quale Manfred fu invitato a unirsi dal suo comandante in capo. Rifiutò, irritando visibilmente il colonnello. Gli spiegò che non desiderava essere catturato dai nazisti con addosso proprio l'uniforme della brigata ebraica. Il colonnello lo congedò sdegnato.

La guerra sarebbe durata un altro anno. Dodici giorni di combattimenti, quattro giorni di riposo. Un anno di spossatezza che il sonno non era ormai più in grado di lenire. Intere nazioni furono sconfitte e le capitali liberate ad alto prezzo e senza fervore. Manfred e Tapper si annoiarono a vicenda per qualche mese ancora.

Sempre più soldati del loro esausto battaglione venivano richiamati a sud per controllare e vigilare le zone occupate nelle retrovie. Le rappresaglie antifasciste erano frequenti e brutali. Malgrado ben pochi venissero arrestati o puniti per tali crimini, gli alleati si sforzavano almeno di smorzare i toni di quella lotta intestina. Era un incarico ambito: molto meno oneroso e rischioso del fronte. Manfred e Tapper si offrirono come volontari. Quando un ufficiale di collegamento si accorse che Manfred parlava tedesco, a lui e Tapper fu chiesto di offrirsi come volontari per prestare servizio militare in Germania dopo la guerra. Intuendo che gli si presentava un'opportunità finanziaria senza precedenti, Tapper supplicò Manfred di accettare l'offerta. Manfred acconsentì. La guerra, per quanto monotona e repellente, aveva assunto il controllo della sua vita. Era più facile arrendersi a quella realtà che contrastarla. Manfred era troppo stanco per opporre un rifiuto. Quella primavera scoprì che suo fratello era morto in Birmania. Sua madre gli scrisse una lettera che traboccava amarezza, rimproverandolo tacitamente della morte di Saul. Manfred non se la sentiva di darle torto. La guerra gli aveva dimostrato che chiunque può essere accusato di qualunque cosa, poiché tutti si sono sporcati le mani. La morte anonima di Saul non lo sorprendeva, né lo addolorava. Non provava nulla se non la vergogna di non provare nulla.

Ad aprile si combatteva ancora lungo la linea gotica, a nord, ma per Manfred e Tapper, nelle retrovie, le condizioni di vita migliorarono enormemente. Non avevano incarichi pesanti, mangiavano e dormivano bene. Tapper si concesse persino di andare a letto con una delle sue ragazze e, per la prima volta, fu gratificato di un bocchino da una bionda italiana d'alta quota che magnificò la bellezza del suo pene decorato da una lentiggine solitaria. Con grande sorpresa di Manfred, Tapper gli disse di aver pagato la ragazza. Era il suo modo di mostrarsi galante.

La guerra era agli sgoccioli. Mussolini e Clara Petacci furono catturati, uccisi e appesi a testa in giù, come maiali, a Milano. Manfred non sopportava più l'Italia. La guerra l'aveva trasformata in un paese guasto che non voleva mostrare né vergogna né dolore. Manfred era stanco delle chiese senza vita e dei preti che si aggiravano furtivi per le strade, dei paesi che avevano fatto fuori i fascisti soltanto quando avevano ritenuto che non fosse più pericoloso. Quando la guerra finalmente terminò e gli americani ebbero lanciato la loro nuova invenzione sul Giappone, Manfred fu felice di andarsene.

L'Europa, a brandelli, sporca e disseminata di tombe, festeggiava. Ebbro di massacri, il mondo era stato liberato dalla schiavitù. Intere città erano ormai quasi deserte, ma la falce non aveva completato il proprio raccolto. Era abbastanza per festeggiare. Sventolarono bandiere e suonarono le campane. Una vittoria assoluta. Il trionfo della democrazia. L'affermazione della giustizia.

Ma le schiere di morti, ebrei e gentili, erano sconfinate. Milioni di morti: un'assurdità, una follia. Soggiogati dall'incubo, brutalmente caduti, spogliati della vita. Non esisteva giustificazione di fronte all'accusa spaventosa di tante morti inutili. I vivi cantavano felici per non sentire quelle voci. I festeggiamenti erano un analgesico, una narcosi del senso di colpa. Nessun vessillo, nessuno stendardo vittorioso poteva essere innalzato senza macchia.

Manfred e Tapper raggiunsero Berlino in aereo, un Dakota tutto ammaccato, dipinto di nero e argento. Avevano firmato per altri due anni di servizio militare. Mentre attraversavano in volo le increspature leggere di nuvole sopra la città, videro che anche Berlino era stata devastata dalla guerra. Dall'alto assomigliava a migliaia di Cassino messe insieme, dilaniata da esplosioni e ferite senza numero. Manfred e Tapper si scambiarono uno sguardo muto ed eloquente: avevano fatto tanta strada soltanto per ritornare al punto di partenza.

Parte seconda
Profitti e perdite

Cinque

Il treno si tuffò ancora una volta nel buio. Fuori dei finestrini, i cavi grigiastri fissati alle pareti del tunnel si susseguivano in una piatta e confusa vertigine. Manfred vedeva il suo viso come dipinto sul finestrino scuro davanti a sé, grigio e tremolante nella luce fioca che rischiarava l'interno del treno. Gli occhi del vecchio si sforzarono di adattarsi alla tinta color nicotina delle luci del vagone. In un sedile vicino, un antillese ubriaco sputò ferocemente sulle assi del pavimento del vagone. Un'esitante curiosità attirò lo sguardo di Manfred verso quella macchia torbida e viscosa. L'uomo sbraitò qualche frase incomprensibile alla volta di Manfred, sfidandolo forse a fare qualche commento. Lui guardò altrove.

Tranquillo nella suggestiva penombra, notò che il vagone era disseminato di passeggeri solitari, sciatti e depressi. Per far passare il tempo senza sigarette, Manfred si mise a osservare i suoi compagni di viaggio. Una pachidermica signora di mezz'età dall'aria severa era seduta sul sedile di fronte, alla sua sinistra. Era un monumento di adipe all'orgoglio della propria obesità. Il carapace di pelle che le cingeva il collo aveva un'aria vagamente elisabettiana e il viso roseo a pieghe multiple aveva un'espressione brutale e inibitoria.

Non appena scorse lo sguardo attonito di Manfred, assunse un cupo cipiglio. La fronte rigonfia e informe si coprì di strane grinze mentre indirizzava un'occhiata sdegnata ai piedi del vicino e volgeva rapidamente lo sguardo altrove. Manfred abbassò gli occhi per controllare le proprie scarpe. Oh, marroni. Che stupido. Abito antracite e scarpe marroni: una svista. Gli venne in mente che anche il suo cappello verde bottiglia non si abbinava gran che al vestito. Si rese conto di avere un aspetto ridicolo e desiderò essere vestito con maggiore cura. Era una giornata speciale, doveva dare il meglio di sé.

Ma era sempre nervoso quando doveva incontrare Emma. Gli era difficile concentrarsi. La mattinata passava spesso in un alone confuso di timore e di attesa, col cuore che batteva come quello di un giovanissimo Romeo. Era importante che fosse preparato. Quel giorno, nonostante il freddo, Manfred non indossava guanti. Quando s'incontravano, Emma gli prendeva sempre le mani e le stringeva tra le sue. Manfred non voleva che le proprie mani fossero rinchiuse in un guanto proprio quel giorno, il migliore per loro. Dovevano essere pronte al contatto. Fredde per poter essere riscaldate. Intirizzite per poter essere rinvigorite.

Holloway Road. Il cartello della stazione sfrecciò via. Alcuni gruppetti di persone si mossero verso il flusso di vagoni mentre il treno rallentava. L'uomo di colore si alzò in piedi barcollando e avanzò obliquo verso le porte del vagone. La grassona mugugnò qualcosa con eloquente disprezzo. L'intero globo del suo viso si contorse in una smorfia di disapprovazione che dimostrava a qual punto lei ritenesse suo diritto mostrare tanta indignazione. A Manfred la cosa piacque: quella donna era una commentatrice squisita.

Il treno si arrestò, le porte si aprirono e l'ubriaco caracollò sul binario, dove roteò su se stesso confuso, farfugliando qualche protesta tra sé. Sembrava non avere idea di quale stazione si trattasse e cercò di chiedere informazioni a un adolescente che stava salendo sul treno. Il giovane lo aggirò ignorandolo con aria tollerante. Il vagabondo lanciò un gran urlo interrogativo che echeggiò nella desolazione del marciapiede. Non ricevendo risposta, vacillò incerto senza sapere dove andare.

Una giovane coppia salì sul treno. Il ragazzo aveva la scompigliata bellezza regolamentare della gioventù, ma la ragazza era tanto bella da mozzare il fiato, con la sua gonnellina corta e i capelli folti e sani color del grano. Si sedettero di fronte a Manfred, il ragazzo accanto alla sprezzante signora e le ginocchia della ragazza a poche decine di centimetri da quelle di Manfred. La grassona sprofondò ancora di più nel suo sedile stizzita, spingendosi il più lontano possibile dal ragazzo. Manfred cercò di non guardare la ragazza. Una fitta bruciante di dolore gli strinse il petto. La sua bellezza era una lama affilata.

L'uomo di colore virò bruscamente e risalì sul treno proprio mentre le porte si stavano richiudendo. La manica del giubbotto gli rimase impigliata tra le strisce di gomma delle porte e lui si mise a sbraitare incollerito mentre cercava di liberarsi. Le sue grida d'ubriaco erano aspre e imbarazzanti nel mormorio cortese del vagone. Alla fine riuscì a liberare la manica con uno strattone e si sedette, sprofondando in un silenzio irato. La grassona s'indignò di più e le mani di Manfred cercarono di placare il dolore insediato nel suo stomaco.

Il treno ripartì, sferragliando pigramente con il motore che mugugnava risentito ogni qual volta andava su di giri per poi guizzare bruscamente a un'andatura più felice a ogni cambio di marcia. Le teste dei passeggeri dondolavano e sussultavano comicamente a ogni scatto in avanti. La grassona oscillava esageratamente e Manfred stesso sentiva ognuno di quei sobbalzi riflettersi nella reazione a specchio del suo stomaco.

La ragazza davanti a lui si voltò verso il suo arruffato ganimede. Il suo fiato gli agitò appena i capelli mentre bisbigliava qualcosa a un palmo dal viso. Pungolato dal sospetto che sempre generano i sussurri, Manfred temette di essere oggetto di derisione. Sentì la propria infelicità farsi ancora più profonda. Suo padre era stato ossessionato dai sosia e dal terrore che provocavano in lui. Da bambino Manfred aveva trovato la cosa ridicola, un altro motivo a detrimento della dignità del padre, ma da quando aveva lasciato sua moglie, gli bastava vedere una traccia delle fattezze di Emma in un'altra figura femminile per sentire riaffiorare tutto il peso della perdita. Erano spettri, ladri di anime. La ragazza che gli stava davanti sembrava una replica di Emma da giovane. Il suo viso, i suoi capelli, persino i suoi gesti erano una copia perfetta di sua moglie trent'anni prima. Era penoso vedere quella ragazza con la storia dipinta sul viso proprio il giorno in cui Manfred era così impaziente di incontrare lo stampo originale di quei lineamenti severi e impenetrabili.

Naturalmente, in quegli anni, aveva visto molte donne che gli ricordavano il suo amore sfigurato e andato in pezzi, ma raramente con tanta sconvolgente esattezza. Quella visione stimolò un inaspettato e febbrile guizzo di ricordi: gli riapparvero luoghi ed eventi che aveva dimenticato. Lo angosciò rendersi conto di quante cose di Emma fossero andate smarrite in un passato perduto. Nello stesso modo, quella ragazza avrebbe perduto la propria giovinezza, tranne che negli imperfetti ricordi del ragazzo che le sedeva accanto.

Temendo che il suo interesse risultasse troppo evidente, Manfred volse lo sguardo alla grassona. Il vagabondo ubriaco si era seduto alla sua sinistra e lei non sapeva più da che parte girarsi. La sua ostilità nei confronti dell'ubriaco era pari alla repulsione che provava per il ragazzo seduto alla sua destra. L'uomo cercò di intavolare un'amichevole conversazione e gli occhi della grassona impallidirono, grondando disgusto. Incrociò le gambe con un'espressione cupa, mentre i rotoli di carne che le strabordavano dalle cosce ruzzolavano dentro i pantaloni di nylon. Manfred sorrise vedendo come la concezione che quella donna aveva dell'Inghilterra si disintegrava sotto il suo sguardo implacabile. Negri, giovinastri ed ebrei. Difficilmente avrebbe potuto trovare un più preciso agglomerato di quanto di più detestabile potesse esistere per lei.

Manfred si ritrovò ancora una volta a fissare la ragazza. I suoi occhi castani erano quasi opachi, così scuri da assorbire la luce senza offrire nulla in cambio, come sempre fa la bellezza. Le donne affascinanti lo facevano pensare alla morte: nel presente della bellezza Manfred ne vedeva sempre il futuro. Il passare degli anni, la vecchiaia, la morte: ecco il coronamento della breve esposizione della bellezza alla vita. La perfezione generava sempre in lui pensieri legati al suo decadimento. Una bellezza deturpata ottiene un trattamento diverso. Manfred stesso aveva creduto di conoscere la totalità di quella ragazza guardando il suo viso e la sua figura. Ma ciò non era che una parte di lei. Il pregiudizio cui sono sottoposti i belli non è molto dissimile da quello che subiscono i brutti. Affascinante o ordinaria, ogni donna è oscurata dall'architettura della propria carne. La bellezza non è un gran dono, in fin dei conti.

«Frnzmnz garrgzz zzzee bbbfffrrrraagfnnm», trillò l'ubriaco mentre roteava sul proprio sedile per gratificare di un sorriso fraterno la grassona (*massicciamente* oscurata dall'architettura della sua carne). Un'ennesima ruga le increspò il volto immenso mentre le tozze dita scure del vagabondo volteggiavano in aria in un gesto iperbolico e primitivo. La donna strinse con forza la borsetta con entrambe le mani. «Nrrggtgz garrvfff mnrvv», sorrise felice lui. Era sprofondato in un radioso oblio e desiderava condividere le gioviali verità che avevano fatto capolino tra i suoi pensieri smarriti. Si voltò a guardare la stazione che aveva cominciato a scivolare alle sue spalle. Caledonian Road. Riconobbe la sua meta e il suo viso fu come illuminato da un torbido sole. La sua strada gli era più chiara, ora. Rivolgendo un sentimentale ma dignitoso addio alla sua sferoidale vicina, si rimise in piedi e avanzò barcollando verso le porte. Il ragazzo lo guardò con aria divertita. La ragazza volse lo sguardo altrove, disinteressata a quella melodrammatica rappresentazione della miseria umana.

Il treno si fermò e si alleggerì di parte del suo carico. Il vagabondo farneticante scese con maggiore sicurezza della volta precedente. Quando si fu allontanato, la grassona bofonchiò con asprezza che non si dovrebbe permettere a certi *esseri* di viaggiare con le persone decenti. Manfred, attento a non esprimere giudizi, rispose con un debole sorriso. Chi era lui per valutare, considerare o dividere colpevoli e innocenti?

Uno sparuto gruppetto di dimessi londinesi salì sul vagone e il treno ripartì lasciandosi Caledonian Road alle spalle, un'immagne di piastrelle sudicie. A disagio, Manfred cercò di cambiare leggermente posizione. Gli era sempre più difficile evitare che il proprio sguardo innocuo si posasse sulla ragazza seduta a poche decine di centimetri da lui. Vide che il ragazzo lo stava fissando. Poi, allungò il braccio sulla spalla della compagna e la trasse a sé con un gesto di possesso. Manfred abbassò gli occhi e si concentrò in una nuova ispezione delle proprie scarpe.

Il fulgore della gioventù di quella coppia stava cominciando a soffocarlo. Ricordò i giorni in cui la giovinezza aveva eccitato tutti, incalzando lui ancor più degli altri. Anche lui era stato geloso, freneticamente possessivo. Un minimo sguardo era stato per lui un incitamento all'odio. Lo divertì quel paragone tra lui e quel ragazzo: erano molte le cose che condividevano nei loro amori di sosia.

Il treno rallentò. Per un attimo il vagone restò al buio. Quando si riaccesero le luci, il treno si era silenziosamente fermato nell'indistinta oscurità di un tunnel. Le deboli conversazioni dei passeggeri sprofondarono immediatamente nel silenzio e si diffuse una generale irrequietezza. Gli occhi di tutti si abbassarono sul pavimento, con l'eccezione della corpulenta signora che continuò a scrutare volti, abiti e unghie dei compagni di viaggio nel tentativo di mostrare tutta la propria imperturbabilità. Il vecchio maledisse tacitamente i suoi occhi obesi.

Mentre la sosta si prolungava, Manfred cominciò a preoccuparsi: non voleva fare tardi all'incontro con sua moglie. Quelle fermate all'interno di un tunnel potevano durare anche trenta minuti o più. Non poteva assolutamente arrivare in ritardo. Se non fosse stato puntuale, Emma non lo avrebbe aspettato e, ogni volta che era successo, ciò gli aveva procurato un dolore e una rabbia che non avrebbe mai creduto possibili. Guardò l'orologio.

La giovane coppia riprese a sussurrare, le due teste vicine, brillanti, sfrontatamente piene di salute. Il ragazzo squadrò Manfred con aria ostile e di riprovazione, mentre l'espressione del viso assumeva una sfumatura feroce e irata. Il vecchio abbassò lo sguardo con intenzione pacificatoria. Inevitabilmente, i suoi occhi caddero sulle gambe perfette della ragazza e Manfred percepì l'animosità del compagno farsi ancora più intensa. Quel silenzio era spaventoso. Il vecchio si mise a pregare con fervore che il treno si muovesse in fretta e chiassosamente.

Il giovane mugugnò qualche imprecazione ad alta voce. Involontariamente Manfred alzò la testa e si ritrovò gli occhi della ragazza addosso. Aveva un'espressione ottusa e indefinibile. Preso dal panico, Manfred sentì un groppo alla gola. Il ragazzo sbuffò. Il suo disgusto per il vecchio era ormai tangibile. Il ginocchio sinistro di Manfred iniziò a tremare assurdamente. Mentre cercava di controllare quei comici sussulti incrociando le gambe, entrambe furono colte da un fremito irrefrenabile. Incoraggiato, il giovane liberò la ragazza dal suo abbraccio e si chinò verso Manfred.

«Te la sei ripassata ben bene con gli occhi, eh, vecchio del cazzo?».

Manfred deglutì a fatica, come paralizzato. Tutti i passeggeri nel vagone lo stavano fissando, quasi rallegrati dall'incidente. Era oppresso da un soverchiante sentimento di vergogna e di terrore. Non era giusto. Arrossendo terribilmente, cercò di ritrovare la voce. Il ragazzo lo sfidò di nuovo con lo sguardo, gli occhi che luccicavano di un'aggressività che trovava forza nel sentimento di essere nel giusto.

«Allora, pezzo di merda?».

Manfred cercò di dire che non aveva fatto niente di male. Ma non trovò le parole, proprio mentre il motore si riaccendeva con fragore e il treno si rimetteva in marcia. La testa di Manfred fu sbalzata all'indietro. Era consapevole che la sua voce era suonata incoerente e dissennata, con i toni tipici del pervertito. Il giovane rise con rozza insolenza e si sedette di nuovo soddisfatto. Le sue braccia scivolarono di nuovo protettivamente sulle spalle della ragazza.

La fronte del vecchio era imperlata di sudore. La grassona lo fissava con aria di trionfo. L'incidente aveva evidentemente dimostrato la fondatezza di tutti i sospetti che lei già nutriva nei suoi confronti: era straordinariamente compiaciuta della cosa.

Con grande sollievo di Manfred, il treno si fermò a King's Cross. La coppia scese e il giovane rivolse un'ultima smorfia di disprezzo a Manfred, umiliato dalla vergogna. La fugace corrente d'aria penetrata nel vagone alla stazione gli lambì gentilmente il viso recandogli un po' di conforto mentre il treno ripartiva.

Manfred iniziò a respirare più liberamente. Stentava a credere a quanto era accaduto. Ricordava con importuna chiarezza di essersi comportato allo stesso modo in diverse occasioni, aggredendo diversi uomini che gli sembrava avessero sbavato addosso a Emma. Una volta si era quasi scagliato contro un vecchio decrepito in un caffè di Soho. Forse quel povero disgraziato non aveva fatto altro che ricordare la propria perduta versione di Emma.

Manfred scrutò ancora una volta il proprio volto nel finestrino sul lato opposto del vagone. Aveva davvero un aspetto patetico. Era vecchio, grottescamente vecchio, nient'altro. Agli occhi dei giovani i vecchi sono tutti uguali, asessuati, privi di qualunque singolarità. Ora persino il suo naso era diventato quello di un vecchio. Era cambiato mostruosamente, facendosi paonazzo come quello di un vecchio beone incallito. Quando era giovane, nasi del genere lo avevano disgustato e adesso se ne ritrovava uno anche lui. Era una sensazione che poteva osservare anche da un'altra angolazione: dall'interno, guardando fuori. Era eccezionalmente repellente, un vero mostro d'uomo.

Quando aveva sedici anni, un suo compagno di scuola, Tom Richler, lo aveva portato a far visita al nonno che viveva in una pensione a Portsmouth. Il vecchio dichiarava fermamente di avere più di cent'anni, anche se la sua famiglia sapeva che doveva averne circa novantacinque. Ignorando le occhiatacce di Tom, Manfred aveva chiesto al nonno del suo amico come ci si sentisse ad essere così vecchi.

«Per me voi giovani siete degli spettri. Dei sogni», aveva sorriso il vecchio. «Il vostro mondo è irreale. Quasi tutti quelli con cui ho condiviso il mio, di mondo, sono morti. Voi mi considerate solo e ormai nella fossa, ma per me, siete voi che non esistete, in realtà».

Il senso di obsolescenza di Manfred non era alleviato da simili consolazioni. Il ragazzo che aveva appena incontrato era sin troppo reale per lui. Era lui a costituire una presenza effimera per quei giovani, esiliato dal loro mondo concreto e affollato. Sembrava che non gli fosse nemmeno più permesso guardare. Persino la sua altezza lo aveva abbandonato. Una volta era stato nella media, mentre ora era decisamente basso. I giovani erano ogni anno più alti, sia i maschi che le femmine. Ragazzini giovanissimi lo guardavano dall'alto in basso ormai. Non era rimpicciolito lui. Non era stato necessario: semplicemente il mondo aveva continuato a crescere senza di lui.

Guardò la grassona. Per lei, età e bruttezza non erano una croce troppo grave. Il vecchio le sorrise con dolcezza. Si guardò le mani, i piedi. Volse lo sguardo al proprio riflesso nel finestrino. Era vecchio. Flaccido, malato e rugoso, ma era ancora *lì*. Quello era ancora il suo mondo.

La pioggia si fece più leggera, riducendosi a qualche goccia finissima nell'aria nebbiosa. I sentieri asfaltati di Hyde Park luccicavano sotto le scarpe marroni di Manfred. Il grigio cupo delle nuvole era meno opprimente e vicino: Manfred era di nuovo felice. Allungò il passo, assumendo un'andatura sciolta. Era una di quelle mattine in cui è bello essere vecchi. Non c'era posto per alcuna giovanile vigoria in una giornata così smorta.

Osservò la striscia ovattata di Park Lane in cui uomini in giacca e cravatta camminavano lentamente, parlando di lavoro. Si domandò se la pioggia non avesse indotto Emma a non venire. Era improbabile, ma si torturò lo stesso per qualche secondo con quel pensiero. Un piccolo graffio di dolore gli si ingarbugliò nello stomaco. La sua andatura ebbe una battuta d'arresto prima di riprendere rapida. Il crampo si dissolse. Si chiese se fosse il caso di parlare a Emma del suo dolore. Era un pensiero inutile, una domanda cui aveva già dato risposta. Sapeva che non l'avrebbe fatto.

Fecero capolino un uomo e il suo cane, un grosso animale, un labrador forse. Il testone felpato del cane era umido e infangato e aveva un'aria piuttosto abbattuta. La passeggiata era con ogni probabilità più piacevole per il padrone che per il cane, il quale, per quanto non fosse al guinzaglio, trotterellava accanto al suo proprietario del tutto indifferente alla libertà del prato. Manfred sorrise a quell'innocua stravaganza. Comprendeva bene la riluttanza dell'animale.

«Bella giornata», esclamò l'uomo passando. Manfred trasalì, non abituato ad essere salutato amichevolmente in centro.

«Già, già... proprio così», replicò goffamente, in ritardo.

L'uomo non lo udì. Lui e il suo cane avevano proseguito, senza dubbio offesi dall'evidente scortesia di Manfred. Quel giorno ogni semplice scambio di battute si stava rivelando un serio problema.

Manfred si fermò a un crocicchio. Quella confluenza di sentieri gli era familiare. Girava sempre a sinistra in modo da avvicinarsi alla loro panchina dalla direzione opposta rispetto a quella da cui veniva Emma, in base a un accordo tacito e discreto. Manfred era stato spesso tentato di girare a destra lungo il sentiero che avrebbe preso Emma. Non l'aveva mai fatto, ma quella possibilità, l'idea di poter scegliere, gli faceva piacere. Voltò a sinistra.

Cominciò a prudergli la fronte coperta dal cappello di feltro. Vi fece scivolare sotto le dita e si grattò le tempie, rinfrescandole un poco. Era un gesto che lo rasserenava sempre enormemente. Una donna che passava gli sorrise amabilmente scambiando quel suo gesto per un cenno tanto galante quanto antiquato. Manfred si risistemò dignitosamente il cappello in testa e infilò di nuovo in tasca le mani infreddolite.

Mentre camminava, si rese conto di non essersi mai sognato che lui ed Emma sarebbero finiti così, ridotti a vedersi in quei brevi incontri furtivi. Quando erano più giovani, se pensava alla vecchiaia, vedeva una scena sentimentale con due gioviali vecchietti circondati da diverse generazioni di grati nipoti e pronipoti. Non avrebbe mai immaginato la solitudine di cui sarebbe stata fatta la realtà. Non lo avrebbe assolutamente ritenuto possibile allora. Anche adesso, gli era difficile comprenderlo. Era stato sconfitto dal calcolo delle probabilità che, con tutta la sua rigidità matematica, aveva derubato i suoi sogni di ogni leggiadria, trasformandoli in logore toppe e facendo di lui l'immagine dell'idiota.

Dopo una curva del sentiero, gli apparve la loro panchina e scorse una donna seduta, con indosso un cappotto scuro. Era Emma. Era arrivata prima di lui. Sentì il cuore battergli più forte e la bocca seccarsi per effetto di quel flusso immediato di piacere. Iniziò a camminare con un'andatura più solenne. Col cuore in gola, si avvicinò alla panchina e si sedette.

Silenzio. Manfred si schiarì la gola, cercando di placare il pulsare nervoso delle tempie. Quando si era seduto, non aveva fatto attenzione alle gocce di pioggia sulla panchina e l'umidità aveva già iniziato a penetrargli nei pantaloni, gelandogli le gambe. Scorse in lontananza un vagabondo intirizzito che tuffava la testa dentro un cestino. Era una scena stranamente rassicurante. Manfred sospirò e iniziò a parlare alla moglie.

«Temevo che non saresti venuta».

Il vecchio rimase seduto sulla panchina per diverso tempo dopo che Emma se ne fu andata. L'aria si era lentamente liberata dell'umidità di cui era impregnata, facendosi più fredda. Manfred si strofinò le mani screpolate. Nonostante la temperatura, la sua fronte era ancora sudata. Si scoprì il capo e si grattò ancora le tempie. Scorse ai suoi piedi una sottile striscia di carta con su scritto: PER

APRIRE STRAPPARE LUNGO LA LINEA TRATTEGGIATA/AFFERRARE LA PARTE INTERNA E STRAPPARLA.

Come sempre quell'incontro l'aveva mortificato. I silenzi erano stati più lunghi del solito, mentre entrambi erano penosamente andati in cerca di parole neutrali. Avevano parlato molto di Martin e di Julia, sua moglie. La cosa non gli aveva fatto piacere. Suo figlio lo interessava ogni giorno di meno. La superstizione della paternità raramente sopravvive all'età adulta della prole. Manfred non riusciva ad amare suo figlio. Emma ne era consapevole ma faceva finta di niente, così come con tante altre cose. Era uno degli elementi che costituivano il complesso protocollo dei loro incontri.

Qualunque fosse l'argomento di cui avevano parlato, Manfred non aveva mai guardato Emma. Erano più di vent'anni che non vedeva il viso di sua moglie. Non gli era permesso. Faceva parte delle ragioni per cui lei lo aveva lasciato (sebbene fosse stato lui ad andarsene di casa, in realtà era *lei* che lo aveva lasciato). Una volta al mese Manfred si sedeva su quella panchina, con il viso rivolto dall'altra parte, gli occhi umidi e privati della vista. All'inizio era stato difficile, ma presto quel veto, quella cecità erano diventati naturali. Era come confessarsi. Manfred, come un bravo cristiano, indirizzava alla moglie, a lui invisibile, le parole del pentimento. Lei gli prendeva la mano, con i guanti o senza. E lui sentiva un calore asciutto, solido e meraviglioso.

Se pioveva a dirotto, Emma non veniva. Certi giorni Manfred era rimasto un'ora ad aspettare seduto sotto la pioggia o la neve o il vento che fischiava. Il parco era stato scosso da un tremito di fronte alla sua figura solitaria. Manfred non capiva bene perché lei continuasse a volerlo vedere secondo quelle modalità. Dopo una decina di incontri, quello schema, forte della logica precaria della dipendenza, era divenuto inalterabile.

Come sempre in quelle giornate, gli doleva il collo. Si posò una mano sulla nuca cercando di lenire il dolore. Era difficile per lui non voltare la testa verso di lei ogni volta che

Emma parlava. I muscoli del collo si facevano sempre più contratti mentre Manfred lottava contro l'istinto di guardarla e vedere le altre storie che gli avrebbe raccontato il suo volto. Sapeva che se provava a lanciarle uno sguardo furtivo, lei si sarebbe semplicemente alzata e se ne sarebbe andata. L'aveva fatto così tante volte. Sapeva che lei lo fissava costantemente, con attenzione, assicurandosi così della sua cecità. Era consapevole di quel continuo sguardo invisibile cui era sottoposto. Uno strano solletico e un sottile senso di disagio gli si diffondevano sul viso mentre immaginava gli occhi di lei correre su e giù lungo il suo profilo.

Era lui stesso sorpreso di quanto raramente gli capitasse di chiedersi come fosse l'aspetto attuale di Emma. La giovane simil-Emma che aveva visto sul treno, però, aveva cambiato le cose: Manfred iniziò a pensarci. Quando Emma aveva l'età di quella ragazza era stata di una bellezza incomparabile, da far diventare matti, una bellezza che racchiudeva in sé il soffio vitale di altre bellezze. Il suo viso era stato un paesaggio, una mappa di piaceri in cui era possibile ritrovare alberi, sigarette, pasti deliziosi e altre gioie. Il viso cereo di Manfred era un cimitero ormai, ma Emma non poteva essere cambiata tanto. La sua somiglianza con la ragazza del treno doveva essere ancora forte.

All'estremità opposta del parco, attutito dalla distanza, udì il rumore di un piccolo stormo di uccelli che prendeva il volo. Manfred si domandò a quali distanze si fossero spinti dai loro territori invernali. Se lui fosse stato un uccello, sarebbe rimasto lì. Un giovanotto alto e magro gli sfilò davanti veloce, con le gambe nude, snelle e vigorose, avvolte da una leggera nuvola di vapore. Sembravano tutti in movimento tranne lui. Si appoggiò allo schienale della panchina, irrigidendo le caviglie e incrociando i piedi.

Non era un peso non poter vedere Emma. In realtà non l'aveva mai vista realmente. Emma aveva sempre vissuto troppo all'interno dei suoi pensieri, oscurata dalla trama di ossessioni che le aveva intessuto intorno. Quando era incinta, una volta l'aveva guardata, distesa sul divano accanto al pianoforte, ed era stato colpito dalla stranezza di avere quella donna, quell'alterità con un bambino in grembo, nella propria casa. Per un istante Emma era stata un'altra persona. Manfred si rese conto che, guardandola e amandola, aveva per lo più guardato e amato se stesso. Sul divano, quel giorno, era stato sorpreso e ferito dal suo senso di estraneità. Poi, rapidamente, tutto ciò gliel'aveva fatta amare ancora di più. Quell'istante di isolamento, di identità perfetta e impercettibile gli aveva incendiato il cuore.

Non le aveva detto della ragazza sul treno. Non sapeva quale sarebbe stata la sua reazione. Ormai cercava di evitare qualunque frase che potesse risultare spiacevole per le sue orecchie. L'umore di Emma era un enigma criptico e tempestoso. Quel giorno lei gli aveva detto che aveva un aspetto malato. Manfred aveva risposto di essersi raffreddato qualche giorno prima ma che stava già meglio; per un po' Emma aveva cercato di smascherare quell'ovvia menzogna. A dispetto di tutto, l'ombra sul cuore di Manfred si era quasi disciolta per un attimo. Ma Emma aveva presto perso interesse per l'argomento e aveva parlato d'altro.

Il vecchio iniziò a pensare di incamminarsi verso casa. Il legno umido sotto le sue gambe era ancora freddo e le sue cosce ormai gelate. Sapeva che quel freddo sarebbe stato causa di acute fitte di dolore più tardi, ma per ora era insensibile a qualsiasi eccesso infiammatorio. Desiderava rimanere lì seduto ancora un po'. Era piacevole essere temporaneamente libero dal dolore, e sulla sua spalla si irradiava ancora la sensazione del contatto del corpo di Emma. Il suo calore non era riuscito a penetrare sotto gli abiti, ma l'impressione era rimasta, e per lui era un tesoro ancor più prezioso dell'asciutto abbraccio delle sue mani. Decise di rimanere lì ancora un po'.

Sarebbe passato un mese prima del loro prossimo incontro. Manfred si domandò se sarebbe morto prima. La cancrena che abitava in lui stava crescendo lentamente, ma non poteva essere certo di dover morire presto. Del resto, se era così, avrebbe desiderato un incontro più drammatico, anche se sapeva che comunque non l'avrebbe mai avuto. Decise che gli sarebbero andate bene entrambe le possibilità.

Si accese la seconda sigaretta della giornata, rassegnandosi all'aria gelida. Gli passò davanti un altro uomo che correva. Più pesante del precedente, ansimava per lo sforzo. Manfred sorrise, si sentiva a suo agio. Rimase seduto in un silenzio senza dolore, composto e preparato.

Sei
(1947-1950)

Manfred ritornò in Inghilterra nel corso di quel freddo novembre. La guerra aveva cambiato il volto di Londra. La città era disseminata di macerie e di polvere. Intere strade erano scomparse e gran parte del vecchio quartiere di Manfred era dilaniato da squarci e voragini, tanto da assomigliare a una dentatura malconcia. Se Berlino era stata assassinata e sepolta dalla guerra, Londra era zoppicante ma ancora in piedi, calpestata ma non domata. Berlino era stata meno straziante.

Ovunque, per la città, brevi, imbarazzati incontri di ex commilitoni, irriconoscibili negli abiti civili, che invariabilmente si scambiavano poche battute ansiose e furtive. Dalla fine della guerra molti erano mancati. Molti, travolti dalla miseria, erano smarriti e disorientati. Al loro ritorno, avevano trovato le loro vite più in rovina delle loro case. Il lavoro scomparso o rubato, le mogli fuggite o morte. Non erano gli eroi che avevano creduto di essere. Scoprirono che il frutto della popolarità e della riconoscenza della gente marcisce in fretta. Silenziosamente si ristabilirono le differenze di classe. Gli ufficiali con i quali avevano mangiato, dormito e condiviso le latrine scomparvero nei loro mondi a parte. Gli uomini si ritrovarono isolati. Con un cappello di latta sulla testa e un fucile in mano, avevano dimenticato che la loro vita non sarebbe stata necessariamente facile. Si sentivano presi in giro e traditi. Non possedevano altro che gli abiti del congedo e una valigia di cartone: roba da poco per gente da poco. Erano tornati a casa.

Come Berlino, anche Londra ospitava qualche ebreo sopravvissuto ai campi di sterminio e molti tra quelli che erano fuggiti dall'Europa prima della guerra. Ebrei pugnalati a morte, schiacciati da un dolore catalettico e informe. La loro presenza nella città aveva la violenza di un rimprovero. I suicidi erano continui. Gli inglesi, i gentili non erano particolarmente inclini a provare simpatia. Tutta l'Europa era stata falcidiata e anche loro avevano sofferto e versato sangue. I morti ebrei si perdevano in una moltitudine di cadaveri. Il metodo dello sterminio era disgustoso, ma le *perdite*, l'effettiva riduzione di vite, era quasi insignificante nella carneficina generale.

Londra era stata straziata dalla guerra, ma la guerra era stata vinta. Quella vittoria era fondamentale, una foglia di fico per la vergogna e il dolore della città. Quando fece ritorno a casa, Manfred si rese conto quanto la città avesse perduto, senza peraltro guadagnare nulla. Come migliaia e migliaia di altri soldati esausti, Manfred vagò tra le macerie con le sue scarpe di cartone e il suo abito da poco. Londra era in ginocchio: negozi in cui non si vendeva nulla, caffè in cui non c'era niente da mangiare, case deserte. Era una città pezzata, bastarda. Un vago barbaglio di pittoreschi ricordi, il venir meno di vecchie speranze.

Manfred trovò lavoro presso un tetro mastro falegname di Bethnal Green. La paga era irrisoria ma sufficiente a pagare l'affitto di una squallida stanzetta vicino a Petticoat Lane. Sua madre protestò, adirata per quella decisone di non tornare a vivere con lei. Era come se la guerra l'avesse privata di due figli. La morte del fratello di Manfred le fece sentire il rifiuto di quest'ultimo ancora più doloroso. Si sentì tradita e iniziò a lamentarsi aspramente e ingiustamente delle rare visite del figlio. Più lei si lamentava, meno Manfred si faceva vedere.

Il nuovo lavoro gli piaceva. Il lugubre falegname per cui lavorava era un artigiano straordinariamente abile e dotato. Dopo la vita militare, per Manfred la falegnameria si rivelò un'attività appassionante. L'odore e il ruvido contatto del legno nuovo riempivano le sue giornate. Quando arrivava a casa, si lavava la testa per ripulirsi dei trucioli, ma l'aroma citrico del legno gli restava addosso. Manfred imparò che il legno poteva essere tenero e malleabile, come una pagina bianca su cui poter scrivere. Man mano che le sue mani diventavano abili, la sua mente si rilassava. La guerra, appena trascorsa, era già dimenticata.

Per quanto non sempre identiche, le sue serate erano per la maggior parte solitarie. A volte andava a bere con qualche vecchio compagno di battaglione in un pidocchioso pub di Whitechapel. Oppure andava a fare visita a sua madre e ascoltava senza amore le sue lagnanze e i suoi dolori.

In genere, però, si limitava a passeggiare nel suo quartiere finché la stanchezza non lo induceva ad andare a dormire. Le luci della città lo rasserenavano: il loro fulgore giallognolo era inconfondibilmente civile. Le finestre vivacemente illuminate gli avevano sempre infuso speranza, da ragazzo e da adulto. In quelle passeggiate prendevano forma progetti per il futuro: si fumava una ventina di sigarette scadenti e abbozzava fragili sogni. Come era successo a tutti quelli che conosceva, la guerra aveva rallentato anche la sua vita. Qualcuno aveva appena ripreso a vivere un'esistenza normale. Manfred era più lento. Continuava a camminare per le strade intorno a casa sua procrastinando il proprio futuro di notte in notte.

Poi riapparve Tapper. Dopo sei mesi che Manfred era a Londra, arrivò a casa di sua madre una lettera per lui. A quanto pareva, Tapper aveva lasciato Berlino in disgrazia per il fallimento di un losco affare in combutta con un amico americano. I suoi traffici erano stati troncati quasi sul nascere dagli americani e Tapper era scappato da Berlino poco dopo la partenza di Manfred con mazzette di dollari cuciti in ogni abito che possedeva. Al momento era in cerca di nuove possibilità di dare libero sfogo al suo ingegno. Era convinto di aver trovato la formula perfetta. Aveva incontrato Spike e lo aveva reclutato. Proponeva anche a Manfred un incontro indicando come indirizzo The Assassins, in Commercial Road.

Una settimana più tardi i tre si incontrarono lì. Manfred era a disagio. Aveva già assistito a troppi incontri di uomini disperati che, sforzandosi di ritrovare le vecchie, ormai sepolte, passioni e amicizie del tempo di guerra, scoprivano di non avere altro in comune che esangui storie dei giorni di guerra raccontate, tra vani sorrisi, con sempre minore ilarità.

Com'era immaginabile, la moglie di Spike lo aveva lasciato per il fratello. Crudelmente, la famiglia aveva esiliato Spike, quasi lo ritenesse il passivo responsabile di quanto era accaduto. Il povero Spike raccontò la sua storia in preda allo stordimento, mentre beveva un bicchiere dopo l'altro. Le grandi ingiustizie che aveva sempre temuto e che era sempre sembrato attirare su di sé, l'avevano infine colpito e non poteva dirsi sorpreso della propria sfortuna. Manfred vide quanto era invecchiato.

Tapper, se possibile, invece, aveva un aspetto ancor più giovane e scapestrato di prima. Era sempre stato diverso, speciale, se non altro per le antipatie che suscitava. A vederlo seduto in quel pub, con indosso un abito di una volgarità sorprendente, che rideva alle spese del povero Spike così abbattuto e amabile come sempre, Manfred cominciò a sentirsi meglio. Dopo poco erano tutti e tre ubriachi. I ricordi della guerra non furono menzionati; parlarono del futuro. Tapper espose la sua idea.

Londra era piena zeppa di rifugiati ebrei, disse. Quelli che erano arrivati prima della guerra se la passavano male, ma quelli arrivati negli ultimi due anni si ritrovavano con l'acqua alla gola. Avevano un bisogno disperato di una casa. Lui gliel'avrebbe procurata. Niente avrebbe potuto essere più semplice e redditizio.

Tapper disse che era stato Manfred a fargli venire quell'idea. Non aveva dimenticato le loro conversazioni nel deserto, durante le quali aveva tempestato Manfred di domande su cosa significasse essere ebreo, avido di dettagli, particolarmente incuriosito dal rifiuto di Manfred di cambiare quel suo nome troppo tedesco, troppo ebreo, persino quando, in guerra, si era dimostrato così difficile da portare.

Ora, disse Tapper, gli ebrei stavano freneticamente cambiando i propri nomi. In tutta Londra "berg" e "stein" venivano tagliati e abbandonati, sostituiti da versioni più neutralmente inglesi, e così spuntavano dovunque innumerevoli Green, Brown e White. Circolavano persino delle barzellette sull'abilità degli ebrei di cambiar faccia. Tapper ricordava bene come Manfred si fosse rifiutato di farlo.

L'idea di Tapper era semplice. Comprare case, molte case, strade intere se possibile, per poi affittarle ai nuovi ebrei di Londra. Aspirava a creare nuovi ghetti che avrebbero arricchito lui rendendo felici loro.

Il tocco da maestro consisteva nel fatto che, mentre gli ebrei venivano sfruttati, denigrati e detestati, e loro stessi privavano i propri nomi di qualunque ebraicità, Tapper aveva deciso di fare il contrario. Avrebbe cambiato il proprio nome per farlo suonare *più* ebreo. Pronunciò il suo nuovo appellativo con orgoglio: *Tapperstein*. Di chi avrebbero potuto fidarsi di più gli atterriti e atterrati ebrei di Londra, se non di un padrone di casa che rispondeva al nome di Tapperstein? Sarebbe parso loro un vero redentore. Avrebbe fatto man bassa.

Manfred, nella sua ubriachezza, era senza parole. Tapper disse di volere che lui e Spike lavorassero con lui. Manfred sarebbe stato l'uomo di facciata, nonché l'esattore degli affitti. Spike sarebbe stato il factotum, il braccio destro dalla mano pesante, qualora fosse stato necessario. Con il nome di Tapper(stein), la faccia di Manfred e i muscoli di Spike, avrebbero convinto e adescato chiunque. Si aprivano davanti a loro opportunità sconfinate. Tapper era sconcertato che nessun ebreo con un po' di cervello non ci avesse già pensato. I primi tempi sarebbero stati duri, ma Tapper aveva portato con sé abbastanza denaro da Berlino per superare le difficoltà iniziali.

A quel punto, erano tutti e tre ubriachi fradici. Tapper

si lasciò scappare che aveva già organizzato un giro di ragazze uscite da Notting Hill. Manfred non fece una piega. Era troppo ubriaco per curarsene. L'idea di Tapper era semplicemente magica: assolutamente assurda ma meravigliosa. In quell'atmosfera di generale euforia alcolica, sia Manfred che Spike promisero a Tapper che avrebbero lavorato per lui. Poi quest'ultimo si addormentò sul tavolo e Spike cominciò a piangere pensando alla moglie. Avendo ormai promesso di capitanare l'ebbra nave di Tapper, Manfred se ne andò a casa.

La mattina successiva fu un inferno. Gli sembrava di avere la testa spaccata a metà e il cervello dilaniato da perversi crampi. L'avambraccio e la manica si erano lacerati in una caduta che non riusciva a ricordare e tutto il suo corpo era preda di fitte lancinanti. Tormentato dal dolore e dal rimorso, Manfred si lavò, si vestì e si diresse come meglio poté al lavoro. Quando arrivò lì, malgrado il suo stordimento, fu sconcertato nel vedere il suo taciturno datore di lavoro in conversazione con Tapper miracolosamente sobrio. Scorgendolo, Tapper lo salutò con un ampio sorriso e gli disse che aveva appena informato il falegname che Manfred non avrebbe più lavorato lì. Ormai era alle sue dipendenze.

Un mese dopo Manfred era soddisfatto. Avevano già comperato una ventina di case e, come aveva previsto, Tapper, le avevano affittate con facilità. Tapper era un compratore geniale. Dava l'assalto ai proprietari di qualunque fabbricato in rovina gli capitasse sotto gli occhi, subissandoli di racconti sulla depressione del dopoguerra, sul problema degli alloggi pubblici e sull'imminente invendibilità delle loro proprietà. Riusciva a convincerli che stava facendo loro un favore: di solito vendevano in fretta e contenti.

Le tecniche adottate da Tapper erano essenzialmente due. Qualche volta offriva ai proprietari un terzo del valore della loro casa e riusciva lo stesso a spuntarla. Altre volte pagava una baracca cadente il doppio di quanto valeva.

Entrambi gli espedienti alla fine funzionavano a suo vantaggio. Se comprava una casa a un prezzo stracciato, i proprietari delle abitazioni vicine venivano presi dal panico di un tale crollo del valore di mercato che, non appena Tapper si presentava, si lasciavano spazzare via come foglie al vento. Quando invece pagava più del dovuto, gli altri proprietari, venuti a conoscenza della cosa, cominciavano a pensare che avrebbero potuto fare un affare pure loro e, immaginando che Tapper fosse un imbecille, uno dopo l'altro gli chiedevano di stabilire lui il prezzo, lui li pagava sempre meno.

Tapper aveva capito che comprare era facile: la vera arte era quella di vendere. Una volta che si era messa la pulce nell'orecchio a qualcuno di poter vendere qualcosa, se per qualsiasi motivo la vendita non andava in porto, il fatto veniva vissuto come un fallimento. Il desiderio sempre più forte di vendere non poteva avere come risultato che un abbassamento del prezzo. Tapper riuscì a impossessarsi di interi tratti di strade, cominciando ad acquistare sborsando cifre altissime per finire pagando file di case un quarto del loro valore cumulativo. Era un genio.

Le voci che avrebbe affittato a ebrei, negri e cinesi abbassavano ulteriormente il prezzo. Alimentava con cura lui stesso quelle storie offrendo tutta una serie di dettagli sensazionali. Per diverse settimane, un quotidiano nazionale pubblicò una serie di articoli a fosche tinte riguardo a una massiccia operazione su scala mondiale in mano ai cinesi, che stava prendendo il via a Camberwell. Il tutto basato esclusivamente sull'idea di abbassare i prezzi concepita da Tapper una sera che giaceva lungo disteso ubriaco sul pavimento di The Assassins. Per un certo periodo comprò quasi una casa al giorno. La sua avidità non aveva limiti e non esistevano ostacoli alla sua ambizione.

Tapper era un poeta del denaro. Aveva capito la flessibilità dei prezzi e del valore di mercato. I prezzi erano per lui puro frutto d'invenzione: nulla ha alcun valore finché un compratore non decide di attribuirglielo. Manfred lo osservava irretire e inebetire qualunque venditore. I suoi abiti volgari e la sua farinosa faccina da ragazzo non compromettevano affatto la sua credibilità. Riusciva a mettere in ginocchio i venditori più resistenti, forte della convinzione che il suo prezzo era il prezzo del mondo intero. Una volta che aveva fatto una valutazione, la cifra era insindacabile e definitiva.

Talvolta comprava senza neanche vedere la proprietà. Una volta acquistata, essa perdeva ogni interesse ai suoi occhi. Tapper non provava alcun interesse per ciò che possedeva, era comprare che lo eccitava. I suoi occhietti avari si facevano rossi e umidi mentre contrattava. Gli tremavano le mani e la fronte si copriva di uno strato di sudore oleoso. Era quasi deluso se un affare risultava *troppo* facile. Desiderava godere della sua abilità di compratore.

Come promesso, Manfred si occupava degli inquilini e degli affitti. Molti edifici erano alquanto malridotti, ma gli inquilini raramente si lamentavano. Manfred aveva l'impressione che lo temessero. Erano eccessivamente rispettosi, taluni apertamente deferenti. Si sforzò di apparire amichevole e indulgente, ma invano. Le sue blandizie venivano semplicemente interpretate come una tecnica più raffinata delle solite minacce e angherie.

Aveva a che fare con famiglie annientate dalla povertà. Detestava bussare alla porta di certe case. Udiva costantemente lo stesso ritornello: poteva tornare la settimana dopo? In quel momento non avevano a disposizione il denaro, ma era solo questione di giorni. Quelle labili scuse e suppliche per ottenere tempo finirono per diventargli insopportabili. Faceva acrobazie con i conti per concedere ad alcune famiglie la grazia di una settimana o due in più, ma Tapper era impaziente e brutale. Gli consigliava di essere irremovibile. La pietà, diceva, li avrebbe fatti finire tutti sul lastrico.

Erano i bambini ad angustiare di più Manfred. Erano tutti così sciatti, malnutriti e intimoriti. Sapeva che molte madri, per far loro paura, li minacciavano di chiamare l'Uomo dell'Affitto. Lo rattristava sapere di essere una specie di orco per loro. Quei bambini lo guardavano con terrore.

Scoprì presto la ragione di tanta paura. Udì le voci che giravano riguardo ai metodi utilizzati da Tapper per trattare gli arretrati sugli affitti e altri fastidi simili. Si parlava di inquilini sbattuti sommariamente fuori di casa, minacciati, persino malmenati. Non era un caso se quel gigantesco e possente gentile, Spike, veniva visto di continuo aggirarsi per le proprietà di Tapper. Gli inquilini ne erano terrorizzati. Molti pensavano che il signor Tapperstein fosse in qualche modo divenuto suo succube. C'erano stati dei problemi all'inizio, quando un rivale non aveva gradito il rapido successo di Tapper(stein). Le sudicie finestre dell'ufficio di Tapper erano state frantumate e la sua auto danneggiata. Alcune case avevano subito irruzioni e minacce. Spike e due amici ancora più grossi di lui avevano eliminato l'ostacolo ferocemente. E Tapper, come sempre, si era assicurato che la storia facesse il giro dei suoi inquilini: non erano molti quelli che avevano l'audacia di essere in ritardo con l'affitto. Così Tapper aveva quel che voleva, senza dover neppure passare dalle parole ai fatti. Quella gente aveva sofferto così tanto per mano di così tanti che la dissimulata coercizione di Tapper sembrava quasi inoffensiva. Nessuno ebbe mai a lamentarsi.

A Manfred la cosa non piaceva, ma continuò ad andare avanti così, senza capacità di imporsi, né di cambiare direzione. L'energia e la risolutezza di Tapper avevano una forza magnetica. Tapper conosceva bene il suo amico. Continuò a fingere che Manfred non sapesse nulla delle ragazze che in tutta Londra lavoravano per lui. Entrambi sapevano che Manfred non avrebbe fatto obiezioni se poteva fingere di essere all'oscuro di tutto. Manfred aveva bisogno di Tapper. Avrebbe perso ancor più il senso d'orientamento se si fosse allontanato dalla scia del suo indomabile datore di lavoro. Era contento di lasciarsi trascinare.

Sebbene adesso guadagnasse molto di più, Manfred viveva ancora nella sua vecchia stanza di Petticoat Lane. Era sempre scomoda e spoglia, ma gli permetteva di ignorare la strada che aveva preso la sua vita. La sera, quando tornava nella sua stanza, i galvanici eccessi di Tapper gli apparivano remoti e irreali. Lì Manfred riusciva a preservare in qualche modo la sua sbiadita identità dal tiranneggiante predominio del datore di lavoro.

Non passeggiava più per il quartiere con in mente progetti per il futuro. Quei progetti erano ancora vivi ma ogni giorno più tristi e sconsolati. Manfred si vergognava del nuovo lavoro. Cominciò a rimanere sveglio la notte, a guardare lo strano sfavillio del suo soffitto sudicio. Lasciava la finestra aperta, così che l'aria scura, fredda o mite, aleggiava nella sua stanza facendo scricchiolare i fogli e sollevando la polvere dagli scaffali. I pensieri di Manfred erano popolati dei volti degli inquilini, dei poveri ebrei annientati che derubava ogni giorno. Appiattito sul letto di quella stanza buia, gli sembrava che dalla finestra aperta la città gli parlasse in un sussurro, mentre lui giaceva lì disteso a espiare e perdonare.

Erano ormai sei mesi che lavorava per Tapper, quando Manfred incontrò Emma. Stava riscuotendo l'affitto di un gruppetto di case in Hatch Street. L'aria di quella mattina gli aveva infuso ottimismo: la sua luce neutra, come lavata, gli appariva carica di promesse. Non era una giornata da trascorrere sottraendo denaro ai poveri, del resto nessuna lo era, ma Manfred continuava a farlo.

Quando ebbe finito di riscuotere l'affitto delle vecchie abitazioni, Manfred si mise a cercare una casa che Tapper aveva recentemente acquistato su quella stessa strada. Si trattava di un edificio alto e cadente di cui Manfred vide la facciata innalzarsi sopra di lui, mentre si avvicinava. A una finestra notò una giovane donna pettinarsi i capelli davanti allo specchio. Non riusciva a scorgerne i lineamenti, ma il suo atteggiamento e la grazia dei suoi gesti erano incantevoli. Continuò a guardarla, rallentando il passo. Trasse un nuovo registro degli affitti dalla borsa. Quando alzò ancora una volta lo sguardo, fu sorpreso di vedere una donna anziana, grinzosa e scheletrica pettinarsi i capelli a quella stessa finestra. La ragazza era scomparsa come se non fosse mai esistita. L'anziana signora guardò fuori e i suoi occhi incrociarono lo sguardo di Manfred. Manfred si toccò la punta del cappello e la donna chinò il capo con aristocratica solennità.

Quando bussò alla porta, fu l'anziana signora ad aprire. Appena comprese di avere davanti l'esattore dell'affitto, lo condusse in cucina, luogo preposto a commercianti e simili. Preparò il tè mentre Manfred, seduto su un fragile sgabello, cercava di spiegarle il proprio lavoro. Quando la vecchia signora venne a sapere che Manfred era ebreo, la sua altezzosità si sciolse un poco. Non appena Manfred si complimentò per il tè, divenne espansiva.

Gli disse che viveva sola, con la nipote. Provenivano da una famiglia di ebrei cechi. La vecchia signora aveva lasciato Praga prima della guerra, ma la ragazza e i suoi genitori erano stati catturati in quella stessa città durante l'occupazione. Era stata sterminata l'intera famiglia. Di una quarantina di parenti, non erano rimaste che la vecchia signora e sua nipote.

Dopo la guerra la donna si era messa alla ricerca, per quanto senza speranza, di qualche membro sopravvissuto della famiglia. Diversi ebrei inglesi e americani avevano pietosamente istituito delle associazioni per la ricerca dei sopravvissuti e, grazie a tale aiuto, la donna aveva rintracciato la nipote a Berlino. Viveva in una scuola abbandonata con un gruppetto di donne sopravvissute a Birkenau. Era malnutrita, mal vestita e apatica. Fu restituita alla zia.

Vivevano insieme da quasi un anno. La salute della ragazza era migliorata e si era fatta carina. Ma era silenziosa e introversa. Parlava poco, mai della guerra. La zia le aveva fatto cambiare nome da Rosza a Emma. Emma era un bel nome inglese, un nome che forse le avrebbe reso più semplice trovare un lavoro e forse persino un marito. Rosza era diventata Emma senza discutere e aveva puntualmente trovato un lavoro in una merceria di Camden Town.

Manfred non riuscì a vedere la ragazza neanche per un attimo mentre la zia parlava. Udì gli scricchiolii e i fruscii di qualcuno che camminava sul pavimento di legno al piano di sopra, ma la ragazza non comparve. Fece di tutto per apparire impassibile mentre la donna gli narrava quella storia. Era ormai abituato a racconti del genere: la maggior parte degli inquilini di Tapper erano stati vittime della guerra e avevano cercato di descrivergli le proprie drammatiche traversie. Come se, parlandone, potessero trasformarle in ricordi, in storie da raccontare. La reazione di Manfred era ormai sempre la stessa: impietosita, attonita, da ebreo, anche se raramente ormai quelle testimonianze lo commuovevano. C'erano troppe donne disfatte e troppi uomini straziati perché potesse avere pietà di loro.

Ma con quella ragazza era diverso. Gli era apparsa alla finestra come la protagonista di una fiaba. Mentre ascoltava il racconto dell'anziana signora, l'invisibilità della ragazza e la storia delle sue sofferenze l'avevano caricata di magia agli occhi di Manfred. Non gli importava gran che se, a quel primo sguardo, si fosse ingannato riguardo alla sua bellezza. Ormai era ammaliato.

Più tardi, rimase immobile, come impietrito, sul marciapiede davanti al portone. Si sentiva trasfigurato, immenso. Guardò la finestra in cui aveva scorto la ragazza. Non c'era nessuno. Si guardò le mani e vide che erano scarlatte. Gli sembrava di avere tutto il corpo scorticato e ustionato. Decise che avrebbe amato quella ragazza.

Quel pomeriggio interrogò Tapper riguardo ai suoi nuovi inquilini. Come al solito, Tapper sapeva scandalosamente poco. Non aveva visto la nipote e aveva trattato con l'anziana signora soltanto per pochi minuti. Era divertito di vedere Manfred così turbato da una donna. Stranamente, tuttavia, non lo consigliò di sedurre la ragazza. Intuì qualcosa di strano nell'aria e ne fu tacitamente compiaciuto.

«T'interessa questa ragazza?», gli chiese.

«Sì».

Tapper spense il sigaro di pessima qualità che stava fumando.

«Sta' in guardia. Finisce che ti ritrovi sposato, se non fai attenzione».

Manfred scoppiò a ridere.

Il giorno successivo era Shabbat. Manfred sorprese la madre facendole visita. Quel giorno lei gli parve inerte e passiva. La vide improvvisamente vecchia. Non doveva avere più di cinquant'anni, ma era esile e curva. Le parlò di Emma. Lei ascoltò pazientemente senza mutare espressione. Manfred si sentì ancora suo figlio: c'era ancora un legame tra loro, il semplice vincolo dell'amore. Parlò tutto il giorno, mentre bevevano tè freddo. La madre gli disse che doveva chiedere la mano della ragazza.

Nei mesi che seguirono, Manfred continuò a riscuotere l'affitto e dava forma alle proprie settimane facendole ruotare intorno alla visita a casa di Emma. Andava a raccogliere gli affitti di Hatch Street per ultimi, il venerdì sera, in modo che lei fosse tornata a casa dal lavoro quando lui passava. La vecchia signora aveva una certa simpatia per lui e Manfred rimaneva con loro il più a lungo possibile. Scoprì di non essersi sbagliato riguardo alla bellezza della ragazza. Emma si muoveva silenziosa e leggiadra nella penombra in cui era immersa la piccola cucina. Dai capelli color ambra agli opachi occhi neri, tutto di lei lo commuoveva. Quando Emma gli passava vicino, Manfred si sentiva pervaso dall'alone di calore che lei irradiava. Quando Emma gli era accanto, farfugliava frasi incoerenti come uno sciocco. Avvilito, faceva discorsi inconcludenti sui falchi pescatori e l'orticoltura. Il suo sguardo era prigioniero della figura di lei. Quando gli parlava, ascoltava pallido e tremante.

L'anziana zia aveva facilmente intuito il motivo di quelle lunghe visite. Una sera che Emma era in ritardo, Manfred e la zia si ritrovarono soli. L'anziana signora lo rimproverò. Era stufa di quei temporeggiamenti. Concertò lei il progetto d'amore di Manfred. La timidezza non lo avrebbe mai condotto alla vittoria. Gli disse che se voleva corteggiare sua nipote, doveva parlarle. Da parte sua, prevedeva una risposta positiva. Così, quando Emma tornò, Manfred le parlò.

In un paio di mesi, ogni più remoto angolo della sua vita era occupato da Emma. Le giornate erano prive di luce se non poteva stare con lei. Trascorreva le ore affranto dalla solitudine, alla deriva nella tenebra di Londra, sopraffatto da grandi sentimenti. Smodato e puntiglioso, si comprò un abito usato e iniziò a indossare due paia di pantaloni alla volta per far apparire più robuste le sue gambe da sempre troppo gracili. Una gran musica gli risuonava continuamente in testa e il suo mondo luccicava come metallo dorato.

Viveva in un continuo stordimento. Ai due giovani era concesso di trascorrere poco tempo insieme e raramente da soli. La zia poneva censure e proibizioni cui Emma obbediva senza protestare. Le poche sere che a Manfred era permesso di farle visita, il più delle volte i due innamorati si limitavano a rimanere seduti in cucina. Manfred chiacchierava blandamente, mentre la vecchia signora ciangottava intorno a loro, premurandosi di lasciare la stanza di quando in quando, così che i due potessero tessere le trame di qualche casto progetto matrimoniale. Manfred guardava il viso di Emma mentre lei gli parlava. Era un viso serio, ombrato, ma affascinante. Si sentiva soffocare, come impazzito, da un sentimento che immaginava fosse amore. Era un bene scomodo, dotato della violenza incendiaria di una malattia o di una ferita.

Il grafico della sua vita si fece più irregolare. Ogni suo comportamento divenne anomalo. Durante una zuffa in un pub a causa del commento volgare di un amico, Manfred perse un dente ma ruppe un naso. Gli capitava sempre più spesso di piangere senza ragione. I suoi pensieri non erano che brandelli d'amore. Emma era la parte più preziosa e inestimabile di sé. Accanto a lei era perennemente goffo. Rovesciava il caffè per terra, le pestava i piedi, diceva sciocchezze. Una domenica si recarono fuori città e si diressero verso nord, in campagna. Portarono del vino e dei piatti freddi e mangiarono in un cimitero abbandonato, usando le vecchie lapidi come tavolini. Quando si mise a diluviare andarono a ripararsi nel porticato di una chiesa in rovina.

Manfred le rubò un bacio, mentre la pioggia filtrava tra le crepe del tetto. Lei acconsentì, porgendogli il viso e, sfiorandolo, gli regalò una carezza di puro velluto.

Non passò un anno che erano marito e moglie. La notte che precedette il loro matrimonio Manfred passeggiò per la città come era solito fare in passato. Camminò fino all'alba. L'oscurità si fece ancora più fitta e carica di ombre per poi svanire alle prime luci. Con indosso il suo abito da sposo, elegante e solitario nell'aria fredda, Manfred sentiva di possedere la forza di quaranta uomini. Pensava alla ragazza che stava per sposare: ultimamente si era trasformata in una figura appannata, oscurata dal velo dell'amore che provava per lei. Quella notte il giovane Manfred ebbe il suo primo vero presentimento di morte. Malgrado la sua euforia, sentiva intorno a sé un'aria gelida di morte e lo scuoteva dalla testa ai piedi un brivido che gli penetrava sin dentro le ossa. La settimana precedente, Manfred si era presentato di sera, piuttosto tardi, a casa di Emma. Emma era a letto. La zia avrebbe voluto lasciarla dormire. Manfred cercò di insistere e, mentre la zia continuava ad affaccendarsi in cucina senza decidersi, si era avvicinato furtivamente alla camera di Emma e aveva aperto la porta. Guardando dentro l'aveva vista dormire, con una mano sul viso, come a proteggere il proprio respiro da qualcuno che volesse sottrarglielo. Manfred se n'era andato senza disturbarla, pensando che la pietà, proprio la pietà, fosse il fondamento dell'amore.

Fu un matrimonio affollatissimo, un matrimonio ebraico. C'erano uomini e donne che Manfred non vedeva da quindici anni. C'erano persone che non aveva *mai* visto. La zia di Emma aveva arruolato un reggimento di sentimentali matrone, e chiunque avesse conosciuto sua madre nel corso della propria vita aveva ricevuto un invito. Tapper era in prima fila, oltremodo lusingato di partecipare a una cerimonia tanto ebraica. Si era chiaramente preparato a puntino e lo si poteva udire cantare l'Hatikvah di fronte ad allibiti invitati, ogni volta che gli si offriva l'occasione. Manfred spese mezz'ora a convincerlo che era inutile cercare di impressionare il rabbino con la sua conoscenza delle scritture. Era una giornata sfolgorante e luminosi raggi di sole tagliavano le stanze e gli invitati in luccicanti segmenti che facevano pensare a fotografie di un recente passato. Emma era pallida e commovente. Si ritrovarono sotto il baldacchino nuziale, sordi alle sussurrate esortazioni del rabbino. La stoffa filtrava la luce trasformandola in un improbabile chiarore traboccante di speranza. A Manfred sembrava tutto troppo bello per essere vero. Sperava che l'ottimismo, di cui si erano rivestiti a dovere, proteggesse il loro matrimonio fugandone ogni ombra.

Sette

Gli uccellini cinguettavano fuori della finestra del bagno mentre Manfred defecava, infondendo all'intera faccenda, pensò, una vaga e insolita aria pastorale. Il sedile del water brillava di un viscido velo di sudore. Si asciugò il viso con un po' di carta igienica. Gli attimi di panico sembravano ormai passati. L'olocausto divampato nelle sue viscere si era placato. Sentiva il tratto finale dell'intestino infiammato e livido come se vi fosse passato un fiume di lava o delle sbarre di titanio.

Non era un problema di stitichezza né si trattava del suo contrario. Gli ultimi venti minuti erano stati per Manfred catastrofici e impossibili, come un parto raccapricciante. Gli si era dilatata la carne oltre natura e aveva gli occhi colmi di lacrime di dolore e di vergogna. Il suo declino era decisamente cominciato. Nel corso dell'ultima settimana, le pareti del bagno avevano placidamente osservato Manfred defecare grugnendo e stringendo i denti, con gli occhi fuori della testa. Tre giorni prima aveva scoperto del sangue nelle feci, un bel po'. Bel sangue, viscoso, lucente e vitale. Ora aveva smesso di guardare.

Mentre si puliva, Manfred si domandò a cosa preludessero esattamente tali auspici. Non sapeva molto del colon e delle sue condizioni ottimali, ma immaginava che cagare simili spaventosi grumi di sangue significasse avere raggiunto uno stadio decisamente terminale. E poi, dopo avere defecato, era ridotto in uno stato terrificante e per un po' non accennava affatto a migliorare, anzi. Per un'ora o più, le sue budella erano traumatizzate, martoriate come se fossero state brutalmente rasate con un rasoio spuntato.

Quel giorno, mentre si alzava e si tirava su i pantaloni lungo i fianchi grinzosi, gli parve che qualcosa di radicale fosse accaduto alla sua colonna vertebrale. Gli sembrava di avere la schiena ustionata e rigida come se gli fosse stato infilato un corsetto di metallo direttamente nella carne. Fu colto da un forte capogiro e da un senso di nausea.

In cucina lo attendeva un bricco di caffè. Se ne versò un po' e si sedette con estrema cautela sulla sedia più morbida del soggiorno. Il caffè come al solito alleviò un poco la sofferenza e Manfred poté dirsi ancora una volta che morire era una bella cosa. Quei problemi in bagno erano un segnale sicuro, anche se sperava di non avere la sfortuna di morire sul water. In Libia un funereo caporale gallese si era sparato nelle latrine ed era stato ritrovato a faccia in giù nella merda. La cosa aveva privato il suo suicidio di ogni drammaticità trasformandolo in una delle barzellette preferite del battaglione per diversi mesi. Non si trattava di orgoglio, ma Manfred non voleva che l'assurdità del luogo derubasse la sua fine di ogni dignità.

Era trascorsa un'ora da quando aveva arrancato in bagno e Martin stava ormai per arrivare. Una cagata devastante come quella non era il modo migliore per prepararsi alle poliedriche irritazioni che una visita di suo figlio necessariamente implicava. Il vecchio sperava ardentemente che Martin non portasse con sé Julia. Manfred detestava la nuora. Sapeva bene che Martin aveva molte cose da rimproverargli riguardo alla sua infanzia e molte ragioni di odiarlo tacitamente. Sapeva di essere per lui il suo povero padre. Julia era la sua vendetta su di lui. Una tale precisione nella scelta poteva essere soltanto intenzionale: Julia era una provocazione costante, inesauribile.

Avevano appena trascorso il weekend con Emma. Questo rendeva la loro visita doppiamente indesiderata. Manfred era sempre più irritabile del solito in simili occasioni. La loro possibilità di accesso a sua moglie era un aperto rimprovero nei confronti di Manfred, e le laboriose tattiche con cui Julia evitava di parlare di Emma rendevano ancor più evidente il suo senso di trionfo. Era una cosa che lo nauseava. Manfred non poteva sapere quanti e quali dettagli conoscesse la nuora riguardo al fallimento del suo matrimonio, ma immaginava che non gliene mancassero molti. Emma era affezionata a Julia, Manfred lo sapeva. Si domandava quanto le fosse stato raccontato e quanto avesse invece indovinato da sé (Julia aveva una sensibilità particolare per quel genere di cose, come lei stessa orgogliosamente rimarcava).

Gli avevano proposto di portarlo fuori a pranzo in uno dei ristoranti preferiti di Martin. Manfred ribolliva di risentimento. Quel pranzo doveva servire, presumeva, come consolazione per la loro visita a Emma: un palliativo per addolcirlo. Era un insulto alla sua decrepitezza che dovesse essere suo figlio a portare fuori *lui* ora, come un bambino cui si compra un gelato. Manfred si ripromise di rendere la giornata il più sgradevole possibile a entrambi.

Arrivarono ostinatamente puntuali come al solito. Martin aveva un aspetto implacabilmente energico come sempre e, con notevole fastidio del vecchio, Julia era alquanto graziosa, con le guance pervase di uno strano rossore. Aveva i capelli scompigliati e la gonna stranamente spiegazzata. Manfred si domandò se per caso non avessero appena fatto l'amore. Un tale ardore da parte di quel suo figlio pieno di salute e di rotoli di grasso gli parve improbabile. Non che Julia, doveva ammetterlo, non meritasse simili accessi di passione. Malgrado la propria avversione per lei, il vecchio non poteva negare il fascino della nuora.

«Sei pallido, Manfred», sussurrò lei mentre lo baciava sulla guancia. Manfred aprì le narici cercando di cogliere su di lei qualche traccia di recente lascivia, ma sentì soltanto il profumo delicato del collo elegante.

Bofonchiò una vaga risposta e, con passo strascicato, si avvicinò alla mano tesa del figlio. Aveva fatto la mossa d'apertura. La sua andatura rivelava un'imbarazzante fragilità. Avrebbe ripagato la loro generosità con pantomimica vecchiezza. Quasi trasalì all'esemplare stretta di mano del figlio e affondò nella sua poltrona con infinita fatica. Martin s'infilò una mano in tasca e assunse un'aria idiota.

(Martin aveva cominciato a stringere la mano a suo padre subito dopo il matrimonio con Julia. Voleva essere un gesto virile, ma anche del tutto privo di rispetto o benevolenza. Il vecchio sapeva che la studiata formalità di quel saluto era un altro tentativo insolente di creare una certa distanza tra loro. La prima volta erano arrossiti entrambi, consapevoli dell'insulto che vi era sottinteso, ma ormai si era ridotto a una vecchia provocazione svuotata di significato).

Julia si passò distrattamente una mano nei capelli, scuotendo la folta chioma bruna. Si sedette, esaminando l'aspetto del padre di suo marito. «Sei stato male di nuovo?».

Manfred gettò un'occhiata al figlio che era rimasto in piedi e faceva vagare lo sguardo nel soggiorno, cosa che irritò oltremodo il vecchio. Rispose alla domanda di Julia. «Be', ecco, i soliti problemi. Passo ore e ore sul water». Vide il volto di Martin contrarsi in una smorfia di disgusto e proseguì: «Non è che sono stitico, no. La mia popò è abbastanza puntuale, in realtà». Sorrise innocentemente. «Sì, cago con regolarità, devo dire».

Julia borbottò qualche frase incomprensibile con l'evidente intenzione di esprimergli tutta la sua simpatia e il suo incoraggiamento. Manfred la vide arrossire di nuovo e sospettò che avesse capito che era di umore bellicoso. Rapidamente (troppo rapidamente), Julia volse lo sguardo al marito. Martin trasalì impacciato.

«Ti dispiace se prendiamo un caffè prima di uscire?», chiese a suo padre. Manfred annuì silenziosamente e Martin s'incamminò con aria colpevole verso la cucina.

Una mossa goffa e sin troppo ovvia: era talmente chiaro che era stata organizzata in anticipo che Manfred avrebbe avuto voglia di scoppiare a ridere. Volevano dirgli qualcosa prima di portarlo a pranzo. Qualcosa che ritenevano troppo importante per poter essere svelato in un ristorante qualsiasi. La propria assoluta indifferenza a tale notizia sorprese lui stesso per primo.

«Pensavamo di bere un caffè e chiacchierare un po' prima di uscire». L'estremo tatto della voce di Julia lo irritò. Si domandò quale tentativo di diplomazia o di autocontrollo inducesse quella donna a parlargli con tanta, incommensurabile delicatezza. Sembrava quasi fiera di riuscire a parlargli. Quale immenso disgusto doveva vincere? Quante cose le aveva raccontato Martin della propria infanzia, dell'incongruo comportamento paterno e coniugale di Manfred?

Il suo silenzio costrinse Julia a parlare di nuovo. «C'è una cosa che vorremmo dirti». Udirono entrambi i goffi rumori di Martin che preparava il caffè in cucina. «Martin avrebbe voluto dirtelo prima, ma io volevo essere assolutamente sicura».

Malgrado tutto il suo tatto e l'infinita cura che aveva messo in quelle parole, un rossore di trionfo le si diffuse sulle guance e per Manfred fu immediatamente tutto chiarissimo. La sua espressione era straordinariamente eloquente. Era tutto chiarissimo.

Manfred ansimò, tossì, soffocato dallo shock creato da tanto dolore. Un odio improvviso gli fece scalpitare lo stomaco. Era allibito dalla veemenza della propria collera e del proprio terrore. Ora capiva l'eccessiva gentilezza di Julia e quel malcelato rossore. L'indignazione gli strinse la gola. Non si era mai reso conto di quanto fosse stato confortato dalla loro mancanza di figli.

«Manfred?».

Il vecchio si accorse che Julia lo stava osservando e che il proprio volto lo stava infidamente tradendo. Si sforzò di riprendersi. La guardò. Aveva persino la *faccia* di una donna fecondata. Languida e appagata. La lunga onta della sua sterilità era scomparsa: il vecchio marchio sul suo volto si era dissolto nottetempo.

«Hai indovinato, non è vero?».

Incapace di controllare la propria voce, Manfred annuì.

«Ne siamo stati certi soltanto la settimana scorsa», continuò lei, mentre il suo muliebre rossore svaniva alla vista dell'incontrovertibile orrore di Manfred. «Come ho detto, Martin te lo voleva dire prima, ma io volevo essere sicura. Spero di aver fatto la cosa giusta». Julia aggrottò la fronte. Aveva parlato con tono autoritario. Manfred sapeva che Julia aveva capito. Lei lanciò un'occhiata verso la cucina. Martin aveva quasi finito. Gli stava dando la possibilità di prepararsi al ritorno del figlio. Martin non doveva sapere qual era stata la prima reazione di suo padre. Non gli sarebbe stato possibile dire in quale modo, eppure Manfred era sicuro che Julia gli stava promettendo di mantenere il segreto.

Martin ricomparve con insolito tempismo. Si sedette accanto a Julia e le prese una mano stringendola tra le sue. I suoi occhi incontrarono quelli del padre. Non sembrava sorpreso della costernazione del vecchio. Era ovvio che la considerava naturale. Il suo viso era più aperto e ansioso di quanto Manfred ricordasse d'averlo mai visto. Ci fu un lungo silenzio nervoso mentre aspettavano che Manfred dicesse qualcosa. Il vecchio deglutì a fatica, pallidissimo.

«Congratulazioni a tutti e due». Il sorriso che aveva cercato di mostrare tremolò e svanì. «È stata una sorpresa», lanciò un'occhiata al volto impassibile di Julia, «ma sono felice per voi». Il sorriso ricomparve con un po' più di sicurezza.

Infervorato, Martin saltò in piedi e si accostò al padre con la mano tesa ancora una volta verso di lui. Manfred, imbarazzato, allungò la mano e il figlio l'afferrò con entrambe le sue. Aveva gli occhi umidi mentre gliela stringeva e le guance oscillavano leggermente per la veemenza del gesto. Anche Julia si era alzata per avvicinarsi a Manfred, sul lato opposto della poltrona rispetto a Martin. Prese l'altra mano del vecchio e rise tra i singhiozzi. Manfred, ancora seduto in poltrona, con entrambe le mani strette in quelle di Martin e di Julia, ebbe la sensazione di essersi trasformato in un patriarca di cartapesta. Tanta emozione non era stata sollecitata con sufficiente sicurezza per durare a lungo e Julia e Martin tornarono presto al loro divano. Martin aveva un'espressione idiota. Sorridendo debolmente a Manfred, disse: «Julia partorirà a febbraio. Se è un maschio, pensavamo di chiamarlo Manfred». Fece una pausa, aspettandosi i gioiosi ringraziamenti del padre.

«Oh, non credo che sia una buona idea», disse Manfred.

«Oh, perché? Pensavamo che ti avrebbe fatto piacere». Martin sembrava mortificato.

«Be', ecco, mi fa piacere che ci abbiate pensato, ma non si può più dare a un bambino il nome Manfred. È un nome decrepito. Morto e sepolto».

«Manfred!», strillò Julia. «Che cosa terribile da dire. Non è un nome morto e sepolto! È il tuo nome».

Manfred le sorrise e cambiò discorso. «Tua madre lo sa?», chiese a Martin.

Il volto di Martin si fece evasivo e comicamente colpevole, come quello di un ragazzino colto sul fatto.

«Sì. Noi... be'... glielo abbiamo detto durante il weekend. Per puro caso abbiamo visto lei prima di te».

Non avrebbe dovuto aggiungere quell'ultimo commento. Manfred era consapevole che Emma aveva il diritto di saperlo per prima. Non gli dispiaceva che fosse stata informata in anticipo di una notizia tanto sgradevole per lui. Ma la frottola consolatoria di Martin sul puro caso lo fece infuriare. Non voleva essere commiserato così apertamente. Si alzò dalla poltrona annunciando che il caffè doveva essere ormai pronto.

Gli tremavano le mani mentre prendeva le tazze. Sentiva il sommesso fruscio delle loro voci nell'altra stanza. Un dolore lancinante gli squartava lo stomaco. Gli sembrava di avere le budella scorticate e corrose da un acido incendiario. Aveva visto Emma dopo che Martin e Julia erano stati da lei. O meglio, si disse sorridendo amaramente, aveva *incontrato* Emma dopo di loro. Per quanto sapesse già che Julia era incinta, non gli aveva detto niente. Manfred si sentì sopraffatto e annientato dalle multiple ingiustizie della propria vita.

«Posso aiutarti?».

Martin l'aveva seguito, chiaramente istruito dalla moglie. Julia non voleva lasciargli neanche il tempo di imprecare liberamente in cucina. Il vecchio guardò il figlio con amarezza. Martin aveva un'aria servile e turbata. Manfred gli indicò il bricco del caffè senza dire una parola. Martin lo prese e si avviò in soggiorno. Fermandosi sulla soglia, si voltò verso il padre.

«Sii almeno felice per noi», gli disse con voce triste. «Era tanto che lo aspettavamo. Cerca di essere felice per noi».

Manfred riempì un vassoio di tazze, piattini, latte e zucchero. Lo sollevò e cercò di sorridere a suo figlio.

«Il caffè si raffredderà», disse.

Non andarono a pranzo fuori. Si destreggiarono per un'ora davanti alle loro tazze di caffè. Manfred cercò di essere felice per loro. Uno sforzo inutile. Aveva visto le loro facce adombrarsi alla sua reazione. Julia fece del suo meglio per mantenere la situazione sotto controllo, ma Martin si andò facendo di minuto in minuto più incupito e intrattabile. Mancava poco ormai a uno scontro aperto quando si presentò Webb, il vicino, il quale, del tutto inconsapevolmente, salvò la situazione. Per nulla preoccupato del fatto che Manfred avesse ospiti, si sistemò comodamente sul divano accanto a Julia. Dopo pochi minuti, sbronzo com'era, stava già cercando di sedurre la nuora del proprio vicino di casa. Malgrado non fosse neanche mezzogiorno, infatti, aveva già bevuto in abbondanza. Per qualche minuto terrificante Webb sembrò anche considerare la possibilità di azzuffarsi con Martin, che chiaramente, a suo giudizio, era insopportabilmente noioso e imbranato.

Quando scoprì che Julia era incinta, sia la sua belligeranza che i suoi desideri concupiscenti svanirono all'istante. Si rallegrò con i futuri genitori con grottesca simpatia da ubriaco. Baciò sia Julia *che* Martin e non fu possibile impedirgli di correre nel suo appartamento a recuperare una bottiglia di whisky per poi obbligare tutti a berne un bicchiere. La sua contentezza, sebbene si trattasse soltanto della promiscua benevolenza di un ubriaco, fece vergognare Manfred. Julia accolse con cordiale indulgenza le pompose congratulazioni che le venivano rivolte e anche Martin si fece più tollerante. Il whisky e l'ammirazione di Webb per la sua virilità gli fecero avvampare le guance. Manfred sapeva che avrebbe dovuto mostrare qualcosa di simile al rozzo entusiasmo di Webb e, mentre Martin e Julia cercavano invano di contenere la sbrodolante gioia del vicino, comprese che anche loro pensavano la stessa cosa. Era contento, comunque, che Webb l'avesse sostituito tanto efficacemente. Per lo meno la loro notizia era stata in qualche modo festeggiata.

Aspettarono che Webb se ne andasse, ma lui continuò a dimostrare un'inoppugnabile imperturbabilità. Dopo un'ora la bottiglia di whisky era quasi vuota e Webb si mise a russare sonoramente. Martin era ubriaco di alcol e soddisfazione. Julia lo accompagnò in bagno come si fa con un bambino, esortandolo a lavarsi la faccia con l'acqua fredda. Ritornata in soggiorno, mentre suo marito era in bagno, chiese una sigaretta a Manfred e la fumò furtivamente.

«Prendila tu quando esce. Adesso che sono incinta, perde la testa se mi vede fumare». L'intimità di quella confessione non riuscì a sedurre Manfred. Al suo impassibile cenno di assenso il volto di Julia si adombrò. Di colpo Webb si mise a russare ancor più selvaggiamente ed entrambi di voltarono verso di lui. Il tono di Julia si fece brusco.

«So che non è facile per te, Manfred, ma so anche che ti passerà. Avrai un nipotino. Dovrebbe farti piacere».

Manfred piegò il capo verso una spalla senza commentare.

Senza badare alla sua freddezza, Julia proseguì. «Non so perché ti comporti così, Manfred, ma non perderò certo il sonno per pensarci. Non mi rovinerai questa gioia. Né la rovinerai a Martin. Abbiamo aspettato troppo tempo. Saremo felici con o senza la tua approvazione».

Dal bagno giunse il rumore dello sciacquone e di un

getto d'acqua che scorreva nel lavandino. Julia esitò, forse sorpresa e dispiaciuta del proprio tono. Guardò Manfred con un'espressione non del tutto priva di pietà.

«Sai, Emma mi aveva detto di non parlarti del bambino. Ha detto che comunque tra un paio di mesi non sarebbe più stato così importante». Fece una pausa. «Mi aveva avvertito che non ti avrebbe fatto piacere. Non mi ha voluto dire perché, e io non le ho creduto, ma aveva ragione lei, vero?».

«No, non è così», mentì Manfred.

Se ne andarono quasi subito e Manfred ne fu felice. Webb dormì ancora un'oretta e Manfred rimase seduto a guardarlo, fumando e bevendosi il poco whisky rimasto. Webb si dimenava e guaiva nel sonno come un vecchio cane acciaccato. Sembrava ormai che avesse preso l'abitudine di addormentarsi nell'appartamento del vicino, e la cosa poteva quasi essere considerata una lodevole dimostrazione di come vi si trovasse perfettamente a suo agio. Quando infine si svegliò, con aria assurdamente dignitosa si congratulò ancora una volta con Manfred per la futura nascita del nipotino. Martin era un buffone, disse, ma la ragazza aveva classe da vendere. Comunque un nipotino era sempre un nipotino. Avrebbe continuato la razza, o qualcosa del genere. Afferrò la bottiglia di whisky e sparì.

Per il resto della giornata, il tempo trascorse lento, pesante, viscoso. Manfred guardò le finestre farsi sempre meno luminose e lentamente oscurarsi all'approssimarsi della sera. Quando accese la luce, lasciò le tende aperte e si mise a fissare nello specchio scuro della finestra il proprio riflesso e quello della stanza illuminata. Quelle immagini crepuscolari sul vetro lo deprimevano sempre. Gli oggetti della sua vita, i vecchi mobili e i tappeti dozzinali, le pareti quasi spoglie, i libri non letti, inutili, e il proprio, misero riflesso, tutto sembrava ancora più squallido su quella superficie scura. Demoralizzato, Manfred tirò le tende.

Martin e Julia erano sposati da dieci anni e avevano cercato di avere un figlio per almeno cinque. Dopo due anni il loro fallimento si era fatto gravoso e muto. Era una sofferenza soprattutto per Julia. Dopo che ebbero subito entrambi esami, visite e controlli, fu accertato che Julia era sterile. Fu per lei una notizia devastante, ne trasse la sensazione di essere imperfetta, difettosa. Un'idea che del resto Manfred non scoraggiò, lasciandosi andare persino a qualche innocente commento sui pericoli che si corrono a sposare una gentile. Nella parte più segreta di sé, riservata ai piccoli asti e alle piccole gelosie che trovavano spazio nel suo animo, Manfred era felice che Julia fosse sterile. Gli sembrava giusto. Se suo figlio avesse cominciato a produrre schiere di nipoti, lui si sarebbe sentito ancor più obsoleto. Quel vuoto nella loro vita lo aveva oscuramente confortato, rendendo meno doloroso il proprio.

La loro notizia lo aveva ferito e umiliato come l'inaspettato successo di un amico, o di un nemico. Era come se avessero intenzionalmente voluto ferirlo. Con la sua cautela Julia dimostrava di sapere che Manfred non l'avrebbe presa bene. Era un atto di sfida. Suo figlio si era (come sempre) dimostrato migliore di lui in un aspetto cruciale dell'esistenza. Manfred si sentì sconfitto e defraudato.

Tentò invano di addormentarsi. Mentre si girava e rigirava sotto le pesanti coperte, il petto gli avvampava di dolore. Dopo un'oretta Manfred era bollente, zuppo di sudore e annichilito da quel tormento. Si alzò da letto a fatica e, voltandosi a guardare le lenzuola in disordine, vide che erano fradice, tutte chiazzate di sudore.

Si sedette in bagno e si fumò l'ultima sigaretta che aveva. I crampi allo stomaco erano diventati costanti e persistenti. Manfred era ormai in grado di sopportare quel dolore con fermezza. Gli sembrava che il suo addome fosse stato spremuto, spolpato quasi. Pensò a suo figlio: Martin non aveva ancora quarant'anni ed era già pieno della volgarità della mezz'età. I figli dovrebbero essere l'incarnazione del passato dei genitori, impedendo ad esso di necrotizzarsi. Dovrebbero essere passato vivente. Il vecchio si chiese in che misura quella strana separazione da sua moglie avesse fatto di Martin quello che era. I compromessi necessari a una certa neutralità da parte di quel figlio diviso avevano senza dubbio indotto il suo comportamento alla moderazione. Manfred provò compassione per lui.

Ma ora Martin stava per avere un figlio. Mentre la notte si faceva sempre più pericolante e pungente, Manfred cominciò quasi ad esserne contento. Sperava che fosse una bambina. Emma si meritava di lasciare in eredità al mondo una traccia di sé, un commovente simulacro. Manfred era felice di non poter vedere quel bambino. Ne era felice, bambino o bambina che fosse.

Prima che finisse la sua ultima sigaretta, il bagno fu invaso da una luce brillante. Si alzò e aprì la finestra senza grandi speranze. Fu invece sorpreso da una ventata d'aria fresca che gli spazzò il viso, rendendo viva la presenza del mondo esterno e del suo vigore. Era piovuto durante la notte e dovette strizzare gli occhi per guardare la dorata uniformità delle strade bagnate. Le sue narici colsero l'odore speciale delle prime ore della giornata: un profumo di pane smisuratamente mattutino. L'odore della prontezza.

Otto
(1951-1956)

I primi due anni furono sconvolgenti. Manfred continuava a sorprendersi di essere sposato. Sorpreso di essere sposato con lei, Emma. Il futuro di Manfred aveva fatto dietrofront e lui non riusciva a crederci. La sua vita era cambiata. Adesso era tutta per lei, come quella di Emma per lui. I suoi nuovi doveri lo riempivano di entusiasmo, quel vincolo lo colmava di felicità. Ma era sorpreso lo stesso.

Si ritrovò a ricevere cose da cui si sentiva quasi sopraffatto. La bellezza della nudità di Emma era intollerabile, tanto da strappargli quasi gemiti di dolore. La curva dei suoi seni, il declivio argenteo del suo ventre lo lasciavano senza parole, come trafitto dalla perfetta geometria di lei, dalla sua pelle incomparabile e dalla grazia di ogni centimetro del suo corpo. Sentì resuscitare in sé un'idea della bellezza che la guerra aveva annientato.

Per i primi due anni vissero in un appartamento vicino alla vecchia stanza di Manfred. Manfred fece un accordo con Tapper, che aveva recentemente comprato per una somma irrisoria una casa su Canonbury Street. Manfred avrebbe voluto comprarla, ma Tapper vi aveva già insediato degli inquilini. L'affitto di due anni avrebbe coperto metà del prezzo pagato da Tapper per l'acquisto. Se in altri due anni Manfred riusciva a racimolare l'altra metà, la casa sarebbe stata sua. Manfred sapeva che Tapper mentiva e che la somma cumulativa dell'accordo corrispondeva alla metà di quello che Tapper aveva pagato, ma comprese che naturalmente quella era, per Tapper, generosità.

Manfred lavorava con ossessivo fervore. Se era quanto doveva fare per dare una casa a Emma, non avrebbe certo risparmiato le forze. Iniziò a studiare per prepararsi agli esami da contabile. Quella qualifica non solo lo avrebbe reso più utile a Tapper, i cui affari continuavano a espandersi, ma, nel caso che l'azzardato edificio commerciale finisse per franare, gli avrebbe permesso di trovare un altro lavoro con maggiore facilità.

Emma continuava a lavorare nella solita merceria. Era un lavoro lungo e faticoso, ma lei non si lamentava mai. Il tempo che passavano insieme era limitato, ma prezioso. Risparmiando tutto quello che potevano per la loro futura casa, vissero quei due anni in un disadorno squallore quasi da bohème: pianoforte, gatto e quadro con ritratto. Le stanze puzzavano di pancetta e di carbone, le pareti erano insudiciate da anni di sporcizia che non era più possibile cancellare. Le loro giornate iniziavano alle sei del mattino, con Emma seduta in vestaglia davanti al fuoco che aveva appena acceso, con una mano nera di carbone tesa davanti a sé come se fosse bagnata. Manfred si sedeva a studiare profitti e perdite per due ore prima di andare a lavorare, con gli occhi gonfi e annebbiati di sonno.

Ma poi la vestaglia di Emma si schiudeva, le sue gambe si stendevano sul tappeto o il suo viso si girava verso di lui in un certo modo e Manfred lasciava i suoi fogli e si sedeva accanto a lei sul pavimento. E nella luce mutevole del mattino, scopriva nuovi aspetti di lei, angoli nascosti e altre parti del suo corpo di cui godere.

Il lavoro: due anni di mattine infreddolite e di colazioni nell'ufficio al primo piano con Emma ancora nelle narici. Manfred fissava a bocca aperta i disegni tracciati sul vetro dalla brina, sordo ai pettegolezzi di Alice, la malpagata ma loquace segretaria di Tapper. Ascoltava contento le lagnanze degli inquilini, con la mente altrove e un sorriso innamorato sulle labbra. Tapper si lamentava di trovarlo qualche volta distratto, ma senza grande convinzione. Non era facile scalfire il solipsismo di Tapper.

Emma era facile da amare. Manfred fremeva di desiderio. Le sue vesti, morbide o aderenti che fossero, lo incitavano a toccarla. Le sue natiche si gonfiavano sotto le dita di Manfred. Studiava la forma e la curva dei muscoli che si allungavano sotto il suo ventre, dalle costole alle anche. I suoi seni erano pagnotte di pane. Talvolta, la sera, lei si stendeva sul tappeto di fronte al fuoco, rivolgendogli le spalle, la spina dorsale nuda atteggiata in una delicata parabola ricurva. Nella penombra, la sua pelle era del colore della sabbia e di certe foglie secche.

Manfred la esortava ad andare fiera della propria bellezza. La spingeva a guardarsi allo specchio, ma lo sguardo neutrale e vago che Emma gettava su di sé lo faceva bruciare di delusione. Nessun tributo alla sua bellezza sembrava emozionarla. Quello che vedeva nello specchio le diceva poco e, per quanto il contatto della loro pelle fosse appassionante, il desiderio di Manfred per lei non riusciva a renderla vanitosa.

Ma era troppo ardente, impudica, per quei tempi. Certe mattine veniva colta da una sorta di frenesia, dopo essersi svegliata carica di rimorso per averlo ucciso nei suoi sogni. Allora si premeva contro di lui lasciandogli sulla pelle una scia appiccicosa. Gli spingeva tra le labbra i propri capezzoli, dure gemme in cima ai seni. Una volta, durante la prima estate che trascorrevano insieme, stavano mangiando delle pesche a letto, ed Emma, dopo averne gustate due, ne offrì metà della terza a Manfred. Poi si sfilò con irruenza i vestiti e spinse il bacino verso di lui, porgendogli se stessa. Lui privò la pesca del nocciolo e avvicinò pian piano la polpa a Emma, sino a sfiorarle l'ombelico. L'odore era straordinario. Mentre strofinava il frutto sul corpo di lei, il calore della pelle di Emma aveva riempito la stanza di un lento e sonnacchioso profumo di pesca. Alla fine non era rimasta nelle mani di Manfred che la pelle vellutata del frutto e la calda scia sulle gambe di Emma, che si era asciugata e poi liquefatta di nuovo.

Era molto di più di quanto fosse lecito desiderare. La vita con lei gli appariva sconfinata e inverosimile. Manfred avrebbe potuto trascorrere felicemente vent'anni soltanto ad ascoltarla cantare o a guardarla riposarsi con il mento appoggiato su una mano. La felicità che lei gli prometteva era rischiosa come una scommessa. Manfred non riusciva a immaginare che potesse guastarsi, deteriorarsi. Era quello che lo preoccupava.

Il 14 giugno 1952, Manfred ed Emma traslocarono nella casa che avevano acquistato. Quel giorno Manfred si sentì solido come mai prima di allora. Mentre Emma disfaceva i bagagli, lui vagò per le stanze vuote e spoglie respirando l'aria del possesso. Si sentiva più alto, più forte. Non riusciva a credere che quella casa fosse davvero sua e di Emma, che non sarebbe svanita. Era una costruzione robusta, un edificio di mattoni, ardesia, legno e vetro. Non poteva esistere niente di più solido. Manfred era orgoglioso di quel che aveva dato a Emma. In piedi davanti alla finestra posò una mano contro il muro: era resistente e piatto, pesante come l'amore.

Stava scendendo il crepuscolo, quando Manfred distolse Emma da pacchi e valigie per condurla davanti alla finestra. Per quanto lei fosse impaziente di finire, lo seguì, divertita e indulgente. Lui le disse che quella casa era sua. Gliela regalava con orgoglio e senza desiderare alcun ringraziamento. Era questo, le disse, quel che voleva fare per lei. Era questo il modo in cui voleva amarla.

Quella notte dormirono su una catasta di lenzuola distese sul pavimento. Dopo qualche ora a occhi aperti, Manfred la svegliò baciandola e fecero l'amore in silenzio su quel letto non tanto soffice. Era troppo pieno d'orgoglio per riuscire ad addormentarsi e troppo eccitato per permettere a Emma di dormire. Parlarono sino all'alba e si assopirono soltanto quando un fiotto di sole iniziava ormai a penetrare dalle finestre spoglie. Manfred si svegliò tardi sentendo Emma che cantava preparando la colazione. Era una canzone ceca. Quel suo canto, il lungo raggio di sole che attraversava la stanza vuota e il profumo del pane tostato che si era sparso per la casa lo riempirono d'allegria. Manfred si alzò e si vestì.

Era la penultima abitazione in una fila di alte case a schiera su Canonbury Street, a meno di cinquanta metri da New River Walk, una sottile strisciolina di parco, non più ampia di una strada, che si stendeva da Islington a Highbury. Un largo ruscello attraversava quel piccolo parco bizzarro e talvolta tra il fiume e la recinzione c'era a fatica lo spazio per camminare. Manfred amava l'assurdità di quel piccolo parco. Gli piaceva passeggiarvi con Emma la sera, tra le anatre, e guardare le cucine illuminate delle case eleganti ai due lati.

Lavorava duro per pagare Tapper, ma quelle ore, quelle giornate in più di lavoro non gli costavano fatica. Pensare a Emma e alla casa di Emma lo riempiva di vigore. L'idea di tornare a casa da lei la sera rendeva lieve ogni sforzo. Alzava lo sguardo sull'orologio appeso nel loro gelido ufficio e osservava la lancetta dei minuti mostrargli i pugni. Il tempo trascorso al lavoro aveva perso ogni valore, trasformandosi in un mero esercizio di apprendistato per il tempo vero che avrebbe trascorso con lei.

Anche lei lavorava di più. La merceria si era trasformata in un grande magazzino. Qualche volta, se Emma lavorava sino a tardi, era lui ad arrivare a casa per primo. Senza di lei la casa gli appariva priva di significato, una vagheggiata follia. Manfred accendeva le luci e preparava con cura la cena per Emma. Si sentiva assurdamente solo, come un bambino abbandonato. Al suo ritorno l'accoglieva con ardore: le prendeva il cappotto e le scarpe, e l'accompagnava a tavola, dov'era già pronta la cena. Se la vedeva stanca o tesa, ne era deluso e ferito. Lei allora, con delicatezza, si sforzava di far sì che un filo di vivacità le illuminasse le guance e i gesti. Lo acquietava lamentandosi di qualche collega o di un cliente, e lui era tutto felice di partecipare al suo risentimento.

Qualche sera speciale andavano in un night-club vicino a Charing Cross. Lei indossava il suo abito più bello, un vestito comprato a una svendita, a metà prezzo, nel negozio in cui lavorava. Malgrado il suo abito da poco e i capelli senza piega, era splendida, e uomini e donne la guardavano a bocca aperta. A Manfred piaceva quel piccolo night-club ed era colmo di orgoglio per una moglie tanto affascinante. Danzavano morbidamente oppure guardavano gli altri arrancare sulla pista da ballo con la molle goffaggine di tanti elefanti.

Vi andavano con i Rosen. Manfred conosceva Tom Rosen dai tempi di scuola. Si erano rincontrati perché la moglie, Sarah, lavorava nello stesso negozio di Emma. Diventarono amici, tutti e quattro. Quelle serate erano spensierate e felici. Anche Sarah era bella, gli occhi del colore delle more e i fianchi ammalianti. Tom, per fare lo spiritoso, la chiamava Castagna, a causa dei suoi capelli castani, folti e bellissimi come quelli di Emma. A entrambi piaceva guardare le proprie mogli insieme. Sembravano integrarsi come due opere d'arte complementari e, nel contempo, perfettamente compiute in se stesse. L'indipendenza che mostravano durante le loro conversazioni e le loro risa li affascinava: amavano vedere quanto poco bisogno di loro avessero le mogli quando erano insieme.

C'erano sere in cui Emma gli appariva come dipinta, così luminosa contro lo sfondo buio e fumoso del night-club. I suoi piccoli gesti di quei momenti gli sarebbero rimasti per sempre scolpiti nella memoria: si scostava dalla fronte un ciuffetto di capelli sudati e si protendeva verso Sarah ridendo. Un gioiello luccicava sul letto soffice della sua scollatura. Si tirava il corto giacchetto sulle spalle nude e allo stesso tempo sollevava il bicchiere, con un sorriso che già le aleggiava sulle labbra. Girava la sedia per chiamare un cameriere e la sua mano indugiava sulla spalla di Sarah.

E tutte le sere di tutti gli anni in cui frequentarono quel night-club, il piacere di trovarsi lì era raddoppiato dal pensiero di quando sarebbero usciti, per tornare a casa, la casa che Manfred aveva costruito per lei. Quando erano fuori, la loro casa gli sembrava ancora più bella e sorprendente. In quei momenti il suo fascino, latente e vagheggiato, si faceva più intenso. Il momento di andarsene era sempre il migliore. Dopo il fumo e il rumore del night-club, l'aria della notte era pulita e silenziosa. Camminavano sino a Cambridge Circus in cerca di un taxi. Se le strade erano bagnate, luccicavano metalliche e la notte aveva una sfarzosa aria metropolitana. Manfred osservava Emma camminare accanto alla sua amica, con i tacchi che ticchettavano come un orologio, e provava un desiderio struggente di fare l'amore con lei lì, per strada.

Quando arrivavano a casa, l'alba era già nell'aria e la musica soffice del night-club aleggiava ancora nelle orecchie di Manfred. Facevano lentamente l'amore, stanchi, come quando si fuma una sigaretta o si ascolta della musica jazz, e poi dormivano fino a tardi, felici. Ci furono cento notti così, tutte lunghe, scure e incantevoli. Era per notti simili che si era sposato.

E poi Manfred lavorava per sistemare la casa. Non aveva dimenticato tutto quello che aveva imparato dal cupo falegname di Bethnal Green e, lavorando ossessivamente, costruiva scaffali e credenze. Tavoli e armadi. Sedie, porte, guardaroba e cassetti. Usava legno pregiato, chiaro e scuro. Le sue mani diventarono ruvide e dure. Sentiva il legno, tra le sue dita, solido e caldo. Anche quello, come l'amore.

Ogni mattina, quando usciva per andare al lavoro, Manfred si fermava fuori dal portone. Accarezzava i mattoni intorno alla porta, asciutti o bagnati, tiepidi o freddi. Non riusciva a capacitarsi che fossero davvero suoi. O di Emma. Era una cosa che lo faceva crescere di qualche decina di centimetri e gli allungava il passo di almeno un metro. Quei mattoni possedevano un'evidente tangibilità che gli trasmetteva un senso di pienezza che non ricordava di avere mai provato prima. Tutti gli altri Manfred erano stati Manfred precedenti, che lui aveva usato per esercitarsi. Ora stava finalmente arrivando a un modello più vero di sé, monogamo e in possesso di una casa.

Sua madre morì prima che avessero trascorso un anno nella nuova casa. Non aveva ancora sessant'anni. Per sei mesi era andata avvizzendo e prosciugandosi come un frutto rinsecchito. Il funerale ebbe luogo un giorno in mezzo alla settimana, rischiarato da una luce pallida. Tapper e Spike chiusero l'ufficio e lo accompagnarono al cimitero. Emma gli stringeva la mano nelle sue. Non c'era nessun altro. Accanto alla fossa in cui era stata calata la bara di sua madre, Manfred si sforzò di provare dolore. Cercò di rievocare qualche commovente immagine di lei, ma gli tornava alla mente solo quella giornata afosa in cui l'aveva vista nuda.

Suo fratello non era venuto per il funerale. Viveva in America. Aveva scritto a Manfred chiedendogli di organizzare un funerale decente e scusandosi di non poter venire a causa di una terribile emergenza di lavoro. Manfred era addolorato di essere lui, il figlio meno amato, l'unico presente quel giorno. Da allora non ebbe mai più contatti con suo fratello.

Quella sera Manfred decise che voleva un figlio, ne aveva bisogno. Era stanco di essere senza figli, senza conoscere l'influenza dell'amore non ricambiato. Emma era silenziosa e comprensiva, aspettandosi che soffrisse per la madre morta. Lui la gettò sul letto sorprendendola con l'esuberanza di quell'amore senza protezione. Manfred provava un desiderio lieve, fertile. Un mese prima aveva parlato di bambini e in quel momento, mentre lui rimaneva dentro di lei, Emma comprese cosa aveva in mente. Fortunatamente acconsentì e lo tenne stretto a sé.

Martin fu concepito quella notte. Quando Emma scoprì di essere incinta, Manfred aspettò ansiosamente di vederle crescere la pancia. Dopo qualche mese non c'era ancora nessuna sensibile differenza. Poi la pelle sul suo ventre iniziò a tendersi, a gonfiarsi. Manfred era esaltato, completamente concentrato su di lei. La pelle di Emma diventò più scura sulla pancia e sui seni: gli sembrava un'altra e il desiderio di Manfred triplicò.

Anche la casa sembrava crescere e prepararsi all'arrivo di un nuovo occupante. Con una casa, una carriera e una moglie incinta, Manfred cominciò a sentirsi una specie di caricatura dell'uomo domestico. C'erano dei momenti, carichi di senso di colpa, in cui si domandava se quella vita, quella felicità coniugale, fosse tutto. Sapeva che poteva forse sembrare un traguardo limitato, ma lui ne era soddisfatto. Per lui era abbastanza, anzi era già molto, quel piccolo risultato. La guerra gli aveva insegnato ad accontentarsi di poco. Con Emma aveva trovato molto più di quanto avesse mai sperato o si meritasse di ottenere. La sua gravidanza, poi, lo aveva trasformato: si sentiva meno virile, meno soldato, grazie a Dio. Le nuove imposizioni sul tempo e sulle sue abitudini non lo infastidivano: erano vincoli di fedeltà che accettava di buon grado.

Fu un periodo di ottimismo per loro, in cui tutto sembrava possibile. Manfred aveva persino cominciato a sentirsi affascinante. Aveva deciso che la paternità gli donava. Quell'inverno Londra era color del piombo. Era perennemente freddo. Manfred accendeva pile di legna nei camini di tutta la casa e faceva sedere Emma accanto al fuoco. Trovarono diversi modi di riscaldarsi insieme. Distesi a letto, lui le trasmetteva il proprio calore, accogliendola nella propria carne, ammantandola della propria argilla. Quando Emma dormiva, Manfred si torturava col pensiero che lei potesse (o potessero entrambi) morire, che un giorno avrebbe potuto svegliarsi e scoprire accanto a sé il corpo senza vita di Emma. Era un pensiero che lo riempiva di terrore. La perdita irrevocabile. Ogni notte si faceva tenere compagnia da affettuose fantasie riguardo alla sua morte.

La gravidanza: notti e notti trascorse a soppesare i suoi placidi seni. L'ombra che Manfred, premuroso e sollecito, in piedi accanto alla sua sedia, gettava su di lei. La cucina invasa dall'odore di Emma che cucinava, cipolle, vecce e fagioli. I pomeriggi trascorsi a camminare in quella stretta e fredda striscia di parco mentre lei dormiva, gonfia e calda, nel loro letto. Le mattine a lucidarle le scarpe seduto in fondo al letto, accanto ai suoi piedi. I suoi silenzi e i suoi strani umori. La sua nausea e la sua stanchezza. I suoi sonnellini con la bocca aperta e un grazioso filo di saliva che le colava dalle labbra.

Verso la fine della gravidanza, lei dormiva quasi tutto il giorno e, quando non era al lavoro, Manfred non sapeva cosa fare. Non poteva lavorare in casa perché l'avrebbe svegliata e per la prima volta quell'ozio forzato nella casa che amava cominciò a pesargli. Prese l'abitudine di recarsi al museo. Ne amava il silenzio e gli ampi spazi freschi. Gli piacevano soprattutto le sculture, quelle statue fredde e affascinanti che gli rammentavano come avrebbe voluto che fosse la sua famiglia. Erano molte le immagini di madri con bambino, immagini di nudità, impassibili, massicce, gelide e deliziose. Vedeva Emma in quelle donne di terracotta prive di vesti e si sentiva egli stesso la personificazione di un levigato e perfetto cavaliere di marmo. Avrebbe desiderato toccarli, percepire il morso della pietra nera.

Il museo stesso era altrettanto importante delle opere che conteneva. Manfred lo amava come amava la propria casa. Colonnati, cortili interni, pilastri e capitelli. Una vita pubblica discreta, sussurrata, sensuale ed eterna. Vi rimaneva per ore, vagando per le sale o seduto da qualche parte. Gli faceva venire appetito. Fame e sete, tutte e due. Là Manfred si sentiva un campione di sensibilità, viva carne davanti alla fredda pietra. Si sentiva fecondo e concreto nelle sterili distese di quell'edificio maestoso. E quando tornava alla propria moglie con un figlio in grembo, una traccia della nobiltà del museo aleggiava su di lei, così quieta e piena.

Emma diede alla luce loro figlio uno Shabbat di fine marzo. Dopo nove ore di travaglio cui non gli fu possibile assistere, una giovane ostetrica gli permise infine di accostarsi al letto di Emma. La stanza dove si trovava il letto era soffocata da pareti di uno spento color senape e sudicie tende blu davanti una piccola finestra. Emma era accartocciata sul letto e Manfred, reso miope dall'apprensione, rimase immobile, del tutto insignificante, per alcuni istanti, finché un'altra donna non gli porse una piccola cosa rossa in un asciugamano. Il viso insanguinato era rugoso e irato. Guardando suo figlio, quel bambino, Manfred si sentì improvvisamente inutile. Sorrise goffamente.

Quando però Emma tornò a casa qualche giorno dopo, Manfred aveva ripulito, dipinto e arredato la stanza del bambino. Il suo amore per quel neonato si faceva più intenso se costruiva un mobile per lui o pitturava le pareti della sua stanza. In un accesso di benevolenza, Tapper gli aveva concesso un mese di permesso dal lavoro. Lui e Spike avevano entrambi visitato Emma in ospedale. Il povero Spike aveva pianto debolmente quando aveva visto il bambino e Manfred era stato colto da un senso improvviso di tenerezza e di orgoglio.

Per settimane Manfred fu troppo sconcertato per riuscire a pensare. Non era capace di fare altro che guardare Emma prendersi cura del bambino. Gli piaceva osservare il bambino nutrirsi, anche se talvolta provava una nauseabonda gelosia a vederlo attaccato ai seni di Emma. Lo stupiva l'abilità che dimostrava nel poppare: teneva una manina esperta sotto il seno, mentre l'altra lo circondava e lo spremeva di quando in quando, gentilmente impaziente. Succhiava a intermittenza, facendo qualche pausa per respirare o per ingerire il latte. Pausa. Poppata. Pausa. Poppata. Senza dubbio tutti i bambini erano altrettanto dotati, ma a Manfred sembrava una caratteristica tipica di suo figlio, un indizio funesto di precocità e volontà di dominio.

Chiamarono il bambino Martin. Tom e Sarah Rosen li andavano a trovare spesso in Canonbury Street. Non andavano più il venerdì sera nel loro piccolo night-club. Sebbene né Tom né Sarah fossero ebrei ortodossi, sembravano entrambi convinti che il bambino dovesse essere allevato come un perfetto ebreo. Tom e Manfred avevano anche discusso, in privato, della circoncisione del piccolo. Manfred avrebbe voluto chiamare un medico, mentre Tom pensava che fosse meglio rivolgersi a un *mohel*. In certe circostanze, disse, la tradizione non ha prezzo. Un *mohel* non avrebbe commesso errori.

Manfred si era allontanato dalla turbolenta congregazione ebraica da molto tempo. Il padre era stato per lui l'unico legame con l'ebraismo. Ricordava ancora i pomeriggi di tedio e terrore passati in compagnia del vecchio. I figli di Israele, aveva recitato allora con orgoglio, circondato dai gatti e dalle Scritture. Da piccolo Manfred aveva immaginato che Dio assomigliasse a suo padre: un uomo fragile e collerico, che aveva paura del buio. Nelle Scritture la notte rappresentava la paura. Manfred aveva allora confuso la mancanza di fede della madre con la sua ribellione nei confronti del padre e assistere a quell'apostasia aveva reso impossibile qualunque devozione. Poteva anche credere in Dio, ma non avrebbe mai potuto amare un uomo che immaginava simile a suo padre. A partire dalla sua morte, Manfred non volle più avere a che fare con nessun Dio, né ebreo né gentile. Ne aveva avuto abbastanza di quel Grand'Uomo e delle sue benedizioni selvagge.

Emma non ne aveva mai parlato. Non parlava mai delle sue origini ebraiche. Se non fosse stato perché qualche rara volta definiva qualcuno un gentile, sarebbe stato quasi impossibile immaginarsi che fosse ebrea. Non era praticante. Non parlava mai yiddish né ebraico (tutti gli ebrei apostati che Manfred aveva conosciuto costellavano le loro conversazioni di espressioni yiddish o in ebraico, quasi fosse un modo per essere ironici o spiritosi). Si erano sposati secondo il rito ebraico, è vero, ma non avevano mai osservato lo Shabbat o Pesah, la Pasqua ebraica. Emma parlava poco dei suoi genitori e Manfred non aveva mai trovato il coraggio di chiederle cosa fosse accaduto nel campo di concentramento. L'ebraicità di Emma era invisibile. Manfred vi credeva dogmaticamente.

Alla fine il bambino *fu* circonciso da un *mohel*. Manfred non comprese mai bene perché avesse ceduto. Quel compromesso era un sintomo del disagio che gli trasmetteva la paternità. Assistettero alla cerimonia lui e Tom Rosen (Tapper avrebbe dato qualunque cosa per esserci, ma Manfred si rifiutò: gli sembrava che la finta ebraicità di Tapper stesse ormai diventando malsana). Il *mohel* era un ometto sudicio di cui si udiva il tamburellante scricchiolio della dentiera ogni volta che parlava. Il bambino pianse furiosamente al vederlo, e quando il suo pene fu inciso, strillò per il dolore e l'offesa. Il *mohel* schioccò una battuta tra la doppia fila di denti finti e Manfred sorrise perplesso mentre gli veniva restituito il figlio. Quando Tom gli strinse la mano, arrossì.

A quel punto il *mohel* cercò di vendergli alcune pietre di diaspro rosso che avrebbero portato salute e saggezza a suo figlio. I denti del *mohel* tamburellavano inesorabili mentre gli porgeva le pietre sul palmo delle mani unte. Disse che era tradizione: ogni bravo padre ebreo compra qualche pietra per il figlio maschio in occasione della sua circoncisione. A dispetto della dentatura nient'affatto perfetta, il *mohel* sfoggiò un sorriso molto, molto professionale. Con il bambino urlante ancora tra le braccia, Manfred gli porse il denaro.

Quando riportò a casa bambino e pietre, nascose il diaspro nel cassetto della scrivania a cui talvolta si sedeva a lavorare. Si vergognava dell'acquisto, quelle pietre di diaspro gli sembravano un ben misero e superstizioso talismano. Tom scoppiò a ridere quando Manfred gliene parlò. Disse all'amico che il *mohel* l'aveva chiaramente scambiato per un apostata e l'aveva ingannato ritenendo che sarebbe riuscito a rifilargli qualsiasi stupidaggine avesse con sé. La storia del diaspro portafortuna era una frottola.

Manfred era sicuro che Tom avesse ragione, ma la sua rabbia non diminuì il fastidio che provava nei confronti di quelle pietre. La banalità dell'espediente le rendeva ai suoi occhi ancor più grottesche. Fu quasi tentato di darne la colpa al figlio. Era stato abbindolato a causa sua. Il disagio che provava in presenza del bambino aumentò in seguito a quell'episodio. Quando Emma glielo faceva tenere in braccio, Manfred riusciva a stento a nascondere il suo senso di repulsione.

Due settimane dopo quel fatale evento, Manfred tirò fuori furtivamente l'odiato diaspro dal cassetto e, mentre si recava al lavoro, lo gettò nel fiumiciattolo che scorreva nel piccolo parco accanto a casa. Quel giorno riuscì a respirare con meno fatica, ma quando, quella sera, cercò di prendere in braccio suo figlio con maggiore confidenza, il bambino gli trasmise un'intensa sensazione di estraneità e di disagio. Porse immediatamente il figlio alla madre.

Malgrado la sua delusione nei confronti del figlio, gli piaceva ancora guardare lui ed Emma insieme. Se non altro, Emma sembrava ancora più bella quando era con il bambino: così piccolo, così sgraziato, tutto rugoso e paffuto com'era, esaltava la bellezza di sua madre. Se Manfred provava anche solo un pizzico d'affetto per quel bambino, era a causa dell'amore che nutriva per lei. Non si confidò con nessuno: era troppa la vergogna. Gli altri, i Rosen, Tapper e Spike, lo consideravano un buon padre. Soltanto Emma sapeva che qualcosa dentro di lui era cambiato, ma probabilmente pensava fosse qualcosa di transitorio. Non disse mai nulla. Forse sperava che col tempo Manfred si sarebbe sentito più a suo agio, o che l'intensità del suo amore per quel bambino lo avrebbe intenerito.

Ma quando Manfred riprese ad andare al lavoro, si rese conto di essere geloso del figlio. L'amore di Emma per lui era così solido e tangibile che Manfred aveva persino la sensazione che li separasse fisicamente quando dormivano. Se il bambino fosse stato realmente tra loro, non avrebbe potuto costituire un ostacolo più concreto. Emma, com'era naturale, aveva meno tempo da dedicare al marito ora che aveva quel bambino piccolo da nutrire. Manfred non sopportava più di vedere il neonato attaccato al suo seno: quelle guance che sbuffavano e succhiavano incollate ai suoi capezzoli lo mandavano su tutte le furie. La sua manina intorno al seno. Quell'appetito così imperioso e volgare, quasi sensuale.

Andare al lavoro era diventata una sofferenza. Detestava lasciarli insieme senza di lui. Iniziò a rammaricarsi di non avere avuto una figlia. Emma si meritava una figlia. Anche lui avrebbe potuto amare una bambina senza fatica. Sapeva che quella rivalità era oscena e ridicola, ma non riusciva a placare la propria gelosia. Consigliò a Emma di svezzare il bambino il prima possibile. Le espose rigorose teorie riguardo a come allevare un figlio. Allattare troppo a lungo era poco saggio, persino spudorato. Andò persino in libreria in cerca di qualche libro che potesse suffragare la sua tesi. Quando finalmente ne trovò uno, glielo presentò con legittimo senso di trionfo, soltanto un poco disgustato di se stesso.

Emma svezzò il bambino prima che compisse quattro mesi. Martin frignò e strepitò per due settimane: la casa divenne un incubo di strilli e di tormento infantile. A Manfred sembrava che il bambino avesse capito cos'era successo e per questo lo odiasse. Manfred ed Emma fecero di nuovo l'amore. Attratto in particolar modo dai suoi seni, Manfred li baciava e accarezzava, succhiandone i capezzoli anche se la lattazione non era finita. Una sera si ritrovò del latte in bocca. Per la prima volta dall'inizio del loro matrimonio, Emma gli chiese di smettere. Manfred ne fu umiliato e risentito. Si vergognava, sentendosi scoperto. Ancora una volta, sembrava che venisse data la precedenza al bambino. Malgrado tutto, smise.

Le cose diventarono più semplici dopo lo svezzamento: gran parte della gelosia di Manfred svanì, o quanto meno si smorzò. Manfred riuscì persino a provare un affettuoso senso di possesso nei confronti del bambino. Martin sembrava essersi calmato dopo il disappunto di quando era stato privato del seno della madre. Venne dichiarata una fragile e faticosa tregua tra padre e figlio.

Gli affari di Tapper avevano subito un'impetuosa, brusca impennata e Manfred, superati gli esami, era divenuto indispensabile. Stava diventando ricco. Tapper gli abbonò la somma che doveva ancora pagare per concludere l'acquisto della casa e gli raddoppiò quasi lo stipendio. Manfred comprò una macchina, una Chrysler nera. Ogni fine settimana portava il figlio e la moglie fuori Londra. Andavano in gita, per un giorno, a Brighton, Windsor, Oxford. Le comprò gli abiti che a suo parere Emma avrebbe potuto indossare con orgoglio. Riempì la casa di gingilli. Spendeva profusamente per il figlio che non amava, in giocattoli e ghiottonerie. La casa traboccava degli acquisti con cui Manfred cercava di riscaldare il proprio cuore intirizzito.

Quando Martin stava ormai per compiere un anno, il tempo si mise a correre per suo padre. Il bambino cresceva in fretta. Era come se la velocità della sua crescita derubasse il padre di tempo prezioso. Una giornata era per lui ben poca cosa, le ore filavano via senza quasi che Manfred se ne accorgesse. Un mese sembrava forse eterno al bambino, ma scorreva veloce tra le dita di suo padre come una manciata d'acqua. Manfred non aveva ancora quarant'anni, eppure suo figlio lo faceva già sentire vecchio.

Dopo il primo compleanno di Martin, Emma annunciò a Manfred la propria intenzione di riprendere a lavorare. Fu come se gli venisse inflitta una stilettata. Quell'idea era un insulto alla prosperità che era riuscito a offrirle. Manfred non sopportava l'idea che lei tornasse a lavorare nel solito grande magazzino: un simile lavoro sarebbe stato umiliante per lei. Litigarono, e il bambino si mise a piangere furiosamente a causa del baccano. Manfred sottolineò quanto fosse ormai inutile l'irrisorio stipendio che Emma avrebbe portato a casa. E poi adesso aveva un bambino che avrebbe avuto bisogno di lei, a casa, almeno finché non fosse andato a scuola. Manfred stesso fu sorpreso della veemenza delle proprie obiezioni. Non si sarebbe mai aspettato che Emma desiderasse tornare a lavorare. Non si era reso conto quanto amasse averla a casa. Non sapeva perché, ma non poteva permetterle di riprendere a lavorare.

Alla fine Emma cedette. Raccolse il bambino in lacrime e si sedette su una sedia in cucina con gli occhi fissi sul marito. Non avevano mai litigato tanto aspramente. Il viso di Emma era distante, strano. Ma aveva ceduto. Manfred non desiderava altro. Il giorno successivo le comprò un costoso cappello nel grande magazzino di cui era stata una dipendente. Sarah lo aiutò a scegliere il regalo. Era la prima volta che si trovavano soli, e lei gli parve a disagio. Manfred sospettò una lieve infatuazione e ne fu lusingato. Non disse nulla a Emma.

Era di nuovo felice. Pensò di essersi ormai ripreso dallo shock e dal disequilibrio causati dalla nascita di suo figlio. Gli pareva che le cose fossero tornate ad essere come prima. Ma sapeva che la qualità della sua gioia era diversa. Non era vera felicità, era soddisfazione. E soprattutto, non era Emma la causa di quella felicità. Manfred non era più raggiante al solo pensiero di essere sposato con lei. Quella nuova felicità, quella soddisfazione, era solo sua. Era compiaciuto della propria vita, della propria moglie, del proprio figlio e del proprio denaro. Per la prima volta nella sua esistenza, gli sembrava di poter esercitare un certo controllo.

Controllo sulla sua vita. Al lavoro Manfred era ormai necessario. Da principio Tapper gli aveva offerto un lavoro perché erano amici, ma ora aveva bisogno di lui. Manfred avrebbe potuto trovare un altro lavoro senza difficoltà. Aveva una moglie che lo amava e che si sottometteva al suo volere. Era bella e affettuosa. Anche lei aveva bisogno di lui. Lei e suo figlio dipendevano da lui. Manfred si sentiva potente e generoso. Quella dipendenza sarebbe stata propizia, se lui la sapeva amministrare con amorevolezza.

Quando i Rosen scoprirono che Emma non avrebbe ripreso a lavorare, celarono a stento la propria sorpresa. Sarah le disse scherzosamente che la invidiava. Era davvero fortunata ad avere un marito che usciva ogni giorno per andare al lavoro mentre lei poteva rimanersene a casa. Tom aveva un nuovo lavoro, in banca. Era meglio pagato di Manfred, ma Sarah non aveva neppure preso in considerazione l'idea di smettere di lavorare. Manfred iniziò ad essere irritato. Ebbe l'impressione che Sarah lo stesse silenziosamente accusando di soggiogare sua moglie.

Sarah chiamava spesso. In breve fu l'unica amica rimasta a Emma. Gli altri amici che avevano erano amici di Manfred. Persino Sarah, per quanto fosse una ex compagna di lavoro di Emma, era la moglie di un vecchio compagno di scuola di Manfred. Le due donne diventarono amiche sempre più intime e Manfred cominciò a notare un'aria cospiratoria tra loro. Non gli piaceva più il modo in cui Sarah lo guardava. Divenne geloso di lei. Persino la disinvoltura di Tom scomparve. Quando erano soli, Manfred aveva la sensazione che ci fosse un certo imbarazzo, un certo disagio nell'amico, segno che lui e Sarah parlavano spesso di Emma, di lui. Manfred cominciò ad essere geloso anche di Tom. Cominciò a disturbarlo la tenerezza con cui parlava a Emma, e di Emma, sua moglie. Soprattutto non gradiva da parte di Tom alcun gesto d'affetto in presenza di Emma. Una volta Tom raccontò con indulgenza una lunga storia riguardo a una rispostaccia di Sarah a uno dei suoi datori di lavoro. Sembrava comicamente orgoglioso della belligeranza della moglie, un tratto del suo carattere che una volta anche Manfred aveva ammirato. Ma quando la storia terminò, e Manfred vide Emma arrossire, si adirò con l'amico e la serata terminò bruscamente.

Emma non si lamentava mai. Era affettuosa e bella come sempre. I suoi modi non erano affatto cambiati. Era forse un po' più silenziosa di prima e in particolar modo in presenza di Manfred, ma lo amava ancora tanto quanto l'aveva sempre amato. Manfred sapeva che le stava facendo del male: lo capiva dalla sua rassegnazione muta e affettuosa. Più Emma gli appariva debole e vulnerabile, più lui si convinceva di fare qualcosa che non avrebbe dovuto, più intenso diventava il suo desiderio di farlo.

Eppure l'amava ancora. Anzi, l'amava come non l'aveva mai amata. Ma era un amore distorto. Gli riusciva faticoso, ora, guardarla negli occhi. Lei se ne accorgeva e cercava di rassicurarlo amandolo e obbedendogli con maggiore docilità. Qualche volta Manfred cercava di convincersi che si stava preoccupando troppo. Quando la vedeva giocare con Martin, Emma sembrava più felice di quanto lui non l'avesse mai vista. Lui non stava facendo nulla di male. Era stato *lui* a darle quel bambino che lei amava così tanto. Eppure due incidenti, due piccolezze, fecero crollare tutto il suo castello.

Il primo episodio accadde una mattina d'inverno, mentre Manfred si aggirava per casa preparandosi per andare al lavoro. Il cielo fuori era ancora buio e l'idea di uscire per andare a lavorare (seppure nella sua amata automobile) gli appariva squallida e desolante. Mentre si annodava la cravatta in cucina, provò un senso di ingiustizia al pensiero che Emma potesse starsene nella sua casa illuminata e calda (aveva già acceso il camino). Si voltò verso di lei, seduta a tavola con Martin sulle ginocchia, con l'intenzione di fare qualche commento riguardo alla sua invidiabile condizione domestica. Lei aveva preso un giornale con la mano libera e stava leggendo attentamente la pagina ripiegata. Manfred ne fu sorpreso. Non l'aveva quasi mai vista leggere il giornale. Si avvicinò. Emma stava guardando i programmi radio. Manfred arrossì di vergogna: l'aveva ridotta a questo. Per la prima volta immaginò come dovevano essere pesanti quelle dieci ore in cui lui era al lavoro. Martin aveva appena cominciato a parlare. Emma poteva uscire, ma sarebbe comunque stata sola col bambino; Sarah lavorava. Le sue giornate erano lunghe e solitarie. La compagnia della radio doveva essere vitale; il suo vocio, l'unico conforto e contatto col mondo esterno. Emma alzò gli occhi su di lui mentre le stava accanto, in piedi. Sorpresa dall'improvvisa tenerezza del suo sguardo, posò il giornale e gli prese la mano tra le sue. Gli domandò cosa fosse successo.

«Niente», rispose Manfred.

La primavera successiva, una sera Manfred tornò a casa tardi dal lavoro. Era il suo compleanno e sapeva che Emma lo stava aspettando da diverse ore. L'avrebbe trovata indispettita. Si preparò cautamente a qualche muto rimprovero.

Invece non accadde nulla di simile. Emma era vivace e affettuosa, quasi avesse temuto che Manfred potesse persino non arrivare. (La disperazione del suo affetto lo irritava più di qualunque rimprovero). Martin aveva aspettato alzato il suo ritorno perché era il compleanno di suo padre: un'occasione davvero speciale. Il bambino, però, si era addormentato e ora era steso sul divano con una coperta addosso, il viso ardente di stanchezza e di sonno. Manfred gli accarezzò i capelli e Martin si lamentò e si agitò nel sonno. Emma gli augurò buon compleanno e gli diede un bacio, alzandosi in punta di piedi per raggiungere la sua guancia. Manfred si irrigidì e si sentì un idiota.

«Prendo un po' di vino», disse.

La vide mentre cercava un cavatappi: una torta. In cima c'erano sette piccole sfoglie di wafer in cui erano state incise sette lettere, una su ogni sfoglia. Il cioccolato versato all'interno aveva preso la forma di quelle lettere. La M all'inizio e la D alla fine erano più grandi delle altre lettere che componevano la scritta: il suo nome. Le lettere erano intrecciate e arzigogolate: doveva averle fatte lei e le erano senz'altro costate ore di faticoso lavoro. Forse Martin l'aveva aiutata. Forse era proprio per quello che era voluto rimanere alzato sino a tardi, ad aspettare il ritorno di Manfred e guardare la sua faccia quando avrebbe visto la torta. Era quello il motivo per cui Emma l'aveva nascosta nella credenza, per mostrargliela in presenza del bambino.

Quella torta lo turbò. Emma doveva aver lavorato tutto il giorno per farla. Non meritava tanto tempo e tanta cura. Per un istante Manfred percepì la laboriosità di Emma e come lui stesse soffocando dentro di lei il desiderio di metterla in atto. Quella cosa così semplice, così piccola, così elaborata e così perfetta. Avrebbe potuto considerare il suo stato d'animo come il buffo senso di colpa di un marito sovraccarico di lavoro che si dispiace di avere rovinato una sorpresa preparata con tanta cura, invece ne era trafitto con la forza di un vero dolore. Era questo tutto quello che lui le permetteva di fare del suo tempo, della sua vita. Ripose la torta nella credenza nascondendo al proprio sguardo quella piccola dimostrazione d'amore.

Quella notte era sgusciato fuori dal letto senza disturbarla ed era sceso di sotto. Aveva guardato ancora una volta la torta, sguazzando nel proprio senso di colpa. Trascorse la notte in poltrona, nel suo studio, a fumare sigarette dal gusto amaro. Si sentiva meschino, mostruosamente meschino e si ripromise di cambiare. Stava commettendo un silenzioso crimine coniugale. Martin aveva quasi tre anni. Non c'era ragione perché Emma non dovesse tornare al lavoro. Potevano trovare un asilo o qualcosa del genere. Emma doveva essere padrona della propria vita. Lui non aveva il diritto di privarla della possibilità di farne ciò che desiderava. Quella torta era la goccia che aveva fatto traboccare il vaso. Le cose sarebbero cambiate. Manfred non avrebbe più cercato di modellarla secondo i propri desideri. L'avrebbe restituita al mondo.

Ma il giorno seguente era tornato ad essere un uomo meschino. Dopo una settimana, ancora di più, e dopo un mese, lo era diventato al punto che la torta si era ridotta a un mero ricordo umiliante, un indesiderato flusso di sangue sulle sue guance. Il giorno del suo successivo compleanno Manfred aveva ormai dimenticato la torta. La sua meschinità ormai non aveva limiti.

Nove

Alba. Londra, rossastra, era in uno stato deplorevole. Il sole tingeva le strade della ruvida sfumatura priva di calore di un arrossamento da rasoio e i pensieri di Manfred andarono a tutti i mal di testa della sua vita. Alba. La strada era sudicia e lugubre. Londra sembrava scusarsi, ma senza una buona giustificazione.

L'umore di Manfred s'ingrigì alla vista della tipica mediocrità di quell'alba londinese. Dopo una notte così brutta, aveva atteso l'arrivo delle prime luci con stremato ottimismo. Aveva sperato che il nuovo giorno avrebbe placato il suo dolore, che lo avrebbe perdonato. Ma l'alba non aveva spazzato via i suoi peccati, non ne aveva lavato le macchie. Per chi soffre tutta la notte, l'alba è sempre una delusione. Quella non meno delle altre.

Scorse una figura familiare sul marciapiede dall'altra parte della strada. Era la giovane prostituta con cui aveva parlato l'altra mattina, dopo il litigio di Webb: la ragazza che gli aveva restituito i suoi soldi. Aveva chiaramente deciso di aver lavorato abbastanza, per quella notte, e si era messa un paio di occhiali. Manfred sorrise tristemente all'inadeguatezza di tale decisione: le lenti cambiavano completamente il suo aspetto, dandole un'aria di profonda fragilità. Fu irritato di provare un chiaro slancio d'interesse sessuale. Avrebbe dovuto provare a portarli quando lavorava: evidentemente ad alcuni uomini poteva piacere una prostituta con gli occhiali. Senza parlare dei vantaggi per la sua vista. Ma forse era proprio per quello che non li portava, forse avere la vista appannata le rendeva più semplice fare quello che faceva.

Si chiese se fosse il caso di salutarla. Il suo cenno di saluto avrebbe potuto essere equivocato. Sembrava al massimo della felicità lì, sola, sui suoi tacchi alti e la chioma al vento, mentre i suoi spasimanti, un milione di uomini devastati, stavano consumando le ultime briciole della loro notte di sonno. No, in realtà sembrava che stesse piangendo. Aveva le spalle curve e la testa china. Si stava accendendo una sigaretta? No. Manfred scorse un traditore luccichio di infelicità dietro gli occhiali. Il vecchio ne fu quasi rallegrato. Gli parve una reazione sensata alla sua situazione. Doveva avere pianto spesso dietro quelle lenti.

Manfred proseguì, imbarazzato. La ragazza gli ricordò ancora una volta Emma. Emma, che aveva pianto molto senza l'aiuto di nessun paio di occhiali. Non lo turbava più il fatto che una prostituta gli rammentasse sua moglie. Ci aveva riflettuto: dipendeva soltanto dal fatto che la maggior parte delle donne che un uomo incontra sono anche qualcos'altro. Qualcos'altro oltre ad essere donne. Hanno un lavoro, una famiglia, un nome, delle opinioni e delle avversioni. Sono persone, con tutta la complessità che ne deriva. Una prostituta, invece, per un uomo, è una donna nella sua essenza (o l'idea di una donna, nella sua essenza). Era così che si guadagnava da vivere: era pagata per essere nata donna.

Un camion passò lentamente, lasciandosi dietro una strana scia viscosa. Un piccione solitario si avvicinò zampettando per dare un'occhiata. Dopo un inquisitorio colpo di becco, decise di andare a fare colazione altrove. Era ormai giorno pieno. La luce si stava infittendo e iniziava a gettare ombre e raggi obliqui che congedavano il vago, roseo chiarore di qualche minuto prima.

Manfred accelerò il passo mentre il suo stomaco rispondeva con esasperante indisponenza all'insignificante solennità del mattino. Il suo scrupoloso piccione iniziò a spargere una serie di palline nel piccolo cerchio disegnato dalla vibrazione delle penne della coda. Tubò sommessamente e Manfred gli invidiò la facilità con cui andava di corpo. Incominciava ad essere stufo di Londra. Troppi stati d'animo si adattavano a quella città, troppe disperazioni vi trovavano dimora. In passato, le proprie origini londinesi gli avevano trasmesso la sensazione di essere un uomo ricco, in qualche modo erede di quel perfetto ritratto di grigiore squisitamente europeo. Ma ora la città stava per essere seppellita sotto una montagna di escrementi, animali, vegetali e minerali.

Un giovanotto con un cappuccio grigio in testa attraversò la strada deserta davanti a lui. Aveva un televisore tra le braccia e camminava con un'andatura allegra e irreprensibile. Quando vide Manfred, si fermò ad aspettare che gli si avvicinasse.

«La vuoi una televisione?», gli domandò.

Manfred sorrise senza espressione e declinò l'offerta. Si rammaricò di non essersi mostrato più deciso. I gentili scambiavano sempre la sua cortesia per debolezza. Il giovanotto non parve scoraggiato. Manfred preferì fermarsi piuttosto che rischiare fastidi tentando di proseguire.

«Te la do per venti sterline».

«No, davvero, grazie».

«Quindici».

«No, grazie».

«Dammene dieci, e prenditela».

«Non ho niente». Manfred era sempre più a disagio. Gli occhi del giovane erano spaventosamente iniettati di sangue, traccia di qualche innominabile eccesso. Ora le sue labbra tremavano di irritazione.

«E dai, che cazzo. Dammene cinque. Cinque pezzi per una tivù: è un furto, cazzo». Aveva la voce impastata e carica di spossatezza. Alcune tenui goccioline di pioggia cominciarono a posarsi sul suo cappuccio. Ripeté l'offerta. «Dai, cinque pezzi».

Manfred si domandò quanto potesse essere stupido, o pericoloso, quel ragazzo. Non aveva scelta.

«Mi dispiace ma non ho denaro».

«Vaffanculo». Il ragazzo tentò di sorridere ma la sua

bocca tremava troppo per riuscirci. La pioggia si stava infittendo. Sotto il suo cappuccio, il giovane aveva un aspetto fragile e disperato. Lo spaventoso tremolio delle sue labbra aumentò.

«Be', prenditela lo stesso».

Fece un passo indietro e sollevò il televisore sopra la testa. Balzò all'indietro quando l'apparecchio si schiantò a terra con un tonfo sordo. I lineamenti del ragazzo, privi di ogni controllo, registrarono una certa soddisfazione mentre osservava il televisore distrutto. Cercò di rivolgere a Manfred un sorriso sbilenco. «Potevi averla per cinque pezzi, vecchio segaiolo».

Si allontanò nella direzione da cui era venuto. Il suo cappuccio grigio era già tutto macchiato di pioggia e la sua sagoma, che si allontanava sotto l'acqua, aveva un'aria triste e desolata. Manfred rimase fermo davanti al televisore distrutto come se si trovasse accanto a una bara, al cimitero, durante un funerale. Si strinse nella giacca. Quell'arcaico indumento gli offriva ben poca protezione contro gli spruzzi di pioggia. Aveva ormai il collo tutto bagnato.

Aspettò che il giovane fosse scomparso prima di proseguire. Cercò di scacciarne l'immagine dai propri pensieri: il volto incendiario del ragazzo lo aveva terrorizzato, più per lui che per se stesso. La sua presenza in strada all'alba con quel suo strano fardello era stata una sorta di apparizione, prodigiosa e improbabile. E malgrado il suo spasmo bellicoso, il ragazzo aveva un'aria fragile e irrequieta, esile vittima della pioggia e del freddo saluto del vento.

Manfred superò il complesso residenziale in cui era scomparso il giovane. La pioggia, per quanto lieve, ne stava già macchiando i toni grigi. Il vecchio provò un urgente desiderio di tornare a casa. La sua stanza gli appariva un geloso rifugio dalle strade stremate, dalla prostituta miope e dal suo lavoro in centro, e ora da quel ragazzo mezzo matto. Qualche volta, in quella sua nuova decrepitezza, Manfred trovava la città troppo affollata, troppi gli stampi e troppe le forme, troppe le luci e troppe le tenebre, troppi maledetti chiaroscuri.

Il furgone elettrico del latte gli scivolò accanto con il suo uniforme sussurro in falsetto. Le donne delle pulizie erano già sedute alla fermata dell'autobus, colorate e sconcertanti nel grigiore. Manfred oltrepassò quel gruppetto di matrone sedute su una panchina con i polpacci che spuntavano da sotto le gonne come una fila di vasi ben torniti. La loro vivida e informe conversazione gli fece desiderare un poco della loro energica vitalità. Ne invidiava la laboriosità e lo zelo sfrenato. Ricordava altre passeggiate all'alba, tutte costellate della presenza di quelle donne. Molti dei suoi successi e molte delle sue gioie erano stati celebrati con una passeggiata all'alba, perché era stato troppo felice o troppo pieno d'orgoglio per poter dormire.

Aveva camminato all'alba il giorno dopo il suo matrimonio. Emma dormiva, dopo quella giornata così lunga. Lui era rimasto a guardarla per tre o quattro ore, con un fermento d'amore nello stomaco. Non aveva mai guardato nessuno dormire e col passare delle ore la tenerezza iniziò a opprimerlo. Il suo amore era cresciuto troppo per quella piccola stanza e lui si sentiva soffocare sotto il suo peso. Si era vestito in silenzio ed era sgusciato fuori di casa nelle umide luci dell'alba. Camminando, aveva acceso molte sigarette pensando a lei. Il suo amore continuava a crescere, spandendosi per le strade e nel cielo. Aveva osservato le prime persone che si recavano al lavoro e quelle che smettevano solo ora, per ultime, immaginandosi che lo conoscessero, che fossero vivificate dall'immensità del suo amore, come se, impetuoso com'era, avesse piantato dei semi in tutti i loro cuori fortunati. Londra si popolava mentre lui andava costruendo una città d'amore. Ma la memoria non lo ingannava, quello non era un ricordo di ieri. Era anzi dolorosamente lontano, anni e anni. Come il vecchio dolore di un vecchio sogno.

Quel ricordo lo aveva indotto a fermarsi e si ritrovò immobile sul marciapiede, indeciso, dilaniato dal dolore. La pioggia persisteva e si sentì all'improvviso le membra appesantite dal sonno. Un'ambulanza gli passò accanto urlando. Manfred guardò i suoi finestrini scuri senza domandarsi quale sofferenza celassero. Si passò le mani sul viso per asciugarlo dalla pioggia. Era un viso scavato e spento. Deperito, crollato sotto il peso degli anni. Come prosciugato, sempre più appiccicato al cranio. Soltanto il suo naso era cresciuto.

Il Signore disse a Salomone
Tutti gli ebrei avranno un bel nasone
Tutti eccetto Caino
Che ce l'avrà piccino piccino.

Decise bruscamente di cambiare direzione e tornare a casa. Era stanco e insonnolito. Passò davanti a una vetrina tappezzata di televisori rimasti accesi tutta la notte. Gli schermi erano un mare di puntini grigi; non stava andando in onda alcun programma. Senza immagini, quegli apparecchi avevano un aspetto perverso e ridicolo. Quella cascata di pallini sembrava esprimerne l'impotenza e l'ira. Manfred proseguì, accompagnato da un irragionevole senso di trionfo.

Le donne delle pulizie stavano ancora aspettando l'autobus. Né la pioggia insistente né l'attesa avevano smorzato il fervore della loro conversazione.

«Davvero non l'ha fatto?».

«Ti sto dicendo di no».

«Hai sentito, Sue?».

«Non mi sorprende neanche un po'».

«Sentito cosa?».

«Non l'ha fatto, puoi star sicura».

«Ah, sì».

«Cosa? Sentito cosa?».

Passò un furgoncino con la radio accesa che lasciò dietro di sé, dal finestrino aperto, un brandello di canzone. In cielo uno squarcio tra le nuvole concesse un attimo di fulgore che ravvivò la strada umida. In tutta risposta, la pioggia si fece più intensa.

Per sopire i pensieri di Emma riaffiorati bruscamente alla memoria, Manfred si mise a guardare i cartelloni affissi sui muri e i poster nelle vetrine lungo la strada. I panorami e le vedute di un'agenzia di viaggi non gli offrirono alcun conforto. Il loro blu era troppo blu, la loro bellezza, per quanto piacevole, era comunque troppo blanda. Un enorme cartellone sul marciapiede opposto era meglio: esibiva una fulgida macchina nuova, circondata da un gruppetto di ragazze seminude assurdamente belle. Tanta strombazzata cupidigia ed erotismo lo impressionarono abbastanza da trasmettergli una piacevole sensazione di stordimento.

Aveva il cervello talmente annebbiato che, non vedendo il televisore davanti a sé, inciampò e cadde. La sua mano destra e l'avambraccio ebbero la peggio nella caduta. Frastornato, Manfred pensò di essere stato colpito da qualcuno alle spalle e si rigirò sulla schiena per vedere il proprio inesistente assalitore. Il suo gomito sinistro finì nello schermo in frantumi. Manfred cercò di ripulirsi un poco il cappotto dai frammenti metallici del televisore; si guardò la mano destra e vide che il palmo e le dita erano sporche e insanguinate. La pelle si era sfilacciata come un collant e alla base della mano un piccolo brandello di carne sventolava come il polsino di una camicia.

I primi sintomi di dolore si fecero sentire mentre Manfred si tastava l'avambraccio. Sapeva di non essersi rotto niente e fu sorpreso dalla qualità del male alla mano e al braccio, un dolore follemente sfrenato. Com'era inevitabile, l'altro dolore non si lasciò scappare l'occasione di riaffiorare, dilaniandogli le viscere con rigorosa inflessibilità. Manfred cercò una posizione un po' più comoda e posò la testa sul televisore mentre nella sua pancia imperversava la tormenta. Da quella posizione, disteso sul marciapiede, osservò spassionatamente i passeggeri stipati in un autobus sfilargli davanti sconcertati intanto che il veicolo si andava avvicinando al gruppetto di donne che Manfred aveva appena superato. Per un istante, mentre la spina che gli torturava la carne si conficcava ancora più in profondità, ebbe il terrore di essersela fatta addosso. Sperò con tutto se stesso che le donne delle pulizie salissero sul loro autobus senza curarsi di lui. Si augurava che pensassero fosse ubriaco e che dunque il loro atto di logora caritatevolezza sarebbe andato sprecato. Attese, preda dell'imbarazzo e del terrore, finché non sentì l'autobus ripartire.

Il suo torace fu assalito da una nuova serie di crampi astiosi. Straziato da quel dolore, il vecchio cercò di sollevarsi, ma ricadde contro il televisore. Con un'ispirazione dissennata, si afferrò la mano ferita stringendola con violenza. Fu quasi sul punto di svenire per lo shock, ma la pena inflitta alla mano riuscì in qualche modo a placare la ribellione in atto nel suo stomaco. Cullandosi il braccio illividito, Manfred esalò lievi gemiti di dolore. Gli occhi gli si appannarono di lacrime mentre appurava tristemente il successo di quella nuova tecnica analgesica.

Rimase disteso sul marciapiede bagnato per qualche minuto ancora. Continuava a piovere, ma il vecchio era contento di quell'immobilità. Sembrava che il suo corpo fosse stato prosciugato di qualsiasi sensazione. Da quel suo punto d'osservazione, esaminò in silenzio un piccolo quadrato d'erba ai piedi di un lampione. La rada vegetazione era cosparsa di inconsueti rifiuti: un ruvido guanto maschile irrigidito e gonfio come se contenesse ancora le dita che l'avevano calzato. Una lattina di birra color oro adorna di sfavillanti lettere rococò dorate, eppure irrimediabilmente sordida. Diversi brandelli di giornale inzuppati di pioggia. Una scatola di inservibili fiammiferi.

Il suo fantasticare fu interrotto da un rumore di passi. Alzò lo sguardo e vide la prostituta di Webb camminare verso di lui. Aveva chiaramente timbrato il cartellino ormai e stava andando a casa. Manfred era terrificato. Cercò di rialzarsi, ma ricadde all'indietro. Per quanto il dolore si fosse sensibilmente smorzato, il suo corpo sembrava moribondo, assolutamente ingovernabile. Arrossì di vergogna mentre la ragazza si avvicinava. Negli ultimi tempi quella femmina insolente sembrava esserglisi messa diabolicamente alle calcagna. Manfred era consapevole dell'assurdità di quella sua posizione, lungo disteso sul marciapiede sotto la pioggia, tra i pezzi di un televisore rubato. La ragazza l'avrebbe raccontato a Webb e quel bruto farneticante avrebbe avuto a disposizione maggiori dettagli per le sue volgari battutacce. Gli ronzavano terribilmente le orecchie e un turbolento flusso di sangue gli pulsava nelle braccia. Malgrado la propria umiliazione, si preparò ad accogliere con la faccia giusta le domande, o le risate, della ragazza.

Ma la sua andatura era esitante, ora più rapida, ora più incerta. Sebbene avesse chiaramente riconosciuto Manfred, sembrava cercare un modo per passargli accanto, o sopra, senza dover mostrare di averlo riconosciuto. Poiché il vecchio bloccava la parte interna del marciapiede, la ragazza fu costretta ad aggirarlo camminando sul bordo esterno. Passando si portò una mano sulla parte sinistra del volto. Manfred la guardava sconcertato. Il suo piede colpì la lattina dorata che rotolò in strada, poi lei scomparve.

Manfred si rilassò. La mano alzata a mo' di scudo non aveva nascosto la penosa contusione che sfigurava il viso della ragazza. Manfred aveva visto benissimo l'occhio arrossato, la mandibola storta e l'informe gonfiore che le ricopriva il lato sinistro della faccia. Ecco il perché degli occhiali. Ecco il perché delle lacrime. Era quella la verità. La solita, vecchia storia. Che le avesse rifilato un pugno o un manrovescio, il braccio che aveva sferrato il colpo aveva fatto un buon lavoro.

Con cautela e infinita, minuziosa scrupolosità, il vecchio si rialzò in piedi e rimase immobile un paio di minuti prima di rimettersi lentamente in moto.

La prima volta che Manfred aveva picchiato Emma, aveva avuto la sensazione che si trattasse di una specie di esperimento da non ripetere. Come un uomo che spara un colpo di fucile per vedere che effetto fa, o un bambino che tocca la fiamma di una candela per imparare a non farlo più. Non ricordava molti dettagli, né quale fosse stata la discussione che aveva preceduto il fatto. Gli rimaneva soltanto il netto ricordo di Emma che apriva la porta della stanza da letto in piena notte e lui che la tratteneva. L'aveva tirata dentro, serrandole il braccio con brutale determinazione. Lei l'aveva guardato un istante, i capelli in disordine e le guance rosse, poi lui l'aveva colpita con forza, a mano aperta, in pieno viso. La testa di Emma era balzata all'indietro per la violenza del colpo e i capelli le avevano nascosto il viso. Lui aveva allentato la presa intorno al braccio ed erano rimasti entrambi immobili per qualche minuto. La testa di Emma china davanti a lui, nascosta dai capelli. Poi, senza guardarlo, lei era tornata indietro e si era rimessa a letto. Quando l'aveva seguita, lei si era voltata dall'altra parte lasciandogli una mano consolatoria sul fianco. Malgrado fosse consapevole che lei era ancora sveglia, Manfred si era addormentato quasi immediatamente.

Il giorno successivo, per quanto il rimorso fosse grande, Manfred aveva provato uno strano sentimento di esaltazione. In un certo senso, era stato un successo, era innegabile. Manfred aveva fatto, una volta per tutte, quello che aveva sempre temuto. L'aveva picchiata. Aveva fatto la cosa peggiore che potesse fare e ora sapeva che non avrebbe potuto rifarlo mai più. Era quasi orgoglioso di essersi sbarazzato di ogni futura violenza con così poco danno. Un ceffone non era un prezzo poi così alto da pagare per domare quella minaccia. Mentre se ne stava seduto in ufficio ad ascoltare i soliti avidi sproloqui di Tapper, ebbe la sensazione di avere fatto più male a se stesso di quanto non ne avesse fatto a lei: il vivido e profondo senso di vergogna che provava era superiore al dolore che le aveva inflitto. Quella momentanea caduta aveva spazzato via ogni violenza in lui. Quel ceffone lo aveva affrancato.

La seconda volta che aveva picchiato Emma, aveva avuto la sensazione che si trattasse soltanto di un inizio. Era stato per entrambi come mettere un piede in acqua per saggiarne la temperatura. Sapevano tutti e due che molto altro ancora poteva essere inflitto e subito. Si schiuse un nuovo segreto tra loro.

Era successo tutto rapidamente, con una naturalezza quasi assoluta. Erano andati a cena con i Rosen in un ristorante vicino al night-club che frequentavano anni prima. Serate come quella era diventate rare. La figlia di un vicino si sarebbe presa cura di Martin per quella sera e Manfred era teso per quell'insolita vacanza. Emma sprizzava allegria e vivacità. Lei e Sarah ridevano contente e Manfred si vergognò al pensiero di quanto tempo era passato da quando aveva visto sua moglie così felice.

Poi Sarah cominciò a raccontare di un libro che stava leggendo. Era un libro sull'olocausto. Mentre lei si dilungava sull'argomento, Emma era visibilmente sempre più a disagio. Manfred non riusciva a credere che Sarah potesse fare una cosa così: conosceva bene la storia di Emma. Anche Tom parve presto imbarazzato, come se lui e Sarah avessero parlato della cosa in precedenza. Forse quella stupida desiderava in quel modo indurre Emma ad aprirsi e parlare delle cose di cui non aveva mai proferito parola. Nel mezzo della raccapricciante descrizione di uno stupro, Manfred guardò sua moglie ammutolita e vide un incontrollabile, spaventoso rossore apparirle sul viso. Fu colto da un senso di nausea. Emma non era mai stata capace di controllare quei rossori che le si diffondevano sulle guance tradendo i suoi sentimenti. E, ascoltando quel racconto, le sue guance si infiammarono più di quanto Manfred non le avesse mai visto fare.

Il resto della serata non fu altro che un buco nero: un coagulo informe di rumore e di volti. Manfred era sconvolto dall'ira. Quel nuovo sospetto lo soffocava. Quando infine salutarono i Rosen, era ormai furibondo. Arrivati a casa, rimase di sotto, pazzo di rabbia, mentre lei andava di sopra e si preparava per andare a letto. Fumò febbrilmente una sigaretta e poi la raggiunse.

Il primo pugno (e forse fu proprio quello il momento, mentre scagliava la propria mano serrata verso di lei, forse fu proprio quello l'istante in cui saltarono tutte le regole), il primo pugno fu sferrato alla cieca. Il braccio di Manfred, irrorato da un esorbitante flusso di sangue indipendente dalla sua volontà, era come in possesso di una potenza sconosciuta e di una bizzarra estraneità a ogni senso di colpa. Finì sulla testa di Emma, di lato, ed entrambi indietreggiarono per lo shock. Da quel momento Manfred cominciò a provare una tale vergogna, un tale devastante odio per se stesso che non poté fare altro che colpirla ancora e con maggiore violenza, per disperdere la propria vergogna e la propria rabbia nell'annichilimento di lei. La colpì di nuovo, a pugni chiusi, sulla testa, sulle spalle, su tutto il corpo, e i colpi si facevano meno precisi man mano che lei cercava disperatamente di sfuggire alla sua furia. Dopo qualche istante le percosse assunsero una loro strana logica. Esisteva una certa quantità di dolore da infliggere una volta raggiunta, Manfred non dovette più pensare. Fu il dolore alle nocche a guidarlo mentre lei sbatteva contro il muro, la porta, il pavimento, senza che la violenza dei suoi colpi si attenuasse, non essendo possibile alcuna mitigazione. Manfred sentiva di possedere una forza e una sicurezza di sé impareggiabili, nell'euforia di quel senso di potere e di rettitudine.

Dopo qualche istante lei cedette sotto i suoi colpi e non poté fare altro che cercare di proteggersi alla ben'e meglio. Tentò di strisciare sotto il letto. Come uno scimmione, lui le si ingobbì addosso e la tempestò di pugni ai fianchi.

Tutto finì bruscamente. Manfred si fermò per respirare e la sua rabbia svanì, lasciandolo accasciato e stremato. Per alcuni istanti rimase accovacciato accanto a lei, ansimando rapidamente. Era svuotato di qualunque sensazione, quasi sconcertato. Guardò la moglie. Vide la camicia da notte sporca di sangue. I capelli sul viso. Le gambe già livide. Il busto stranamente sghembo, come un filone di pasta di pane. Si sentì le nocche pulsare di dolore. Si domandò cosa dovesse fare.

Il giorno successivo, al lavoro, Manfred eseguì le sue solite mansioni con assoluta efficienza. Tapper era fuori e la giornata procedeva senza bisogno da parte sua di particolare concentrazione, mentre lui dentro di sé riviveva all'infinito la scena della notte precedente. Era una giornata mite e lo sgomento lo faceva grondare di sudore. Si era tolto la giacca e aveva arrotolato le maniche della camicia. Le mani e le braccia erano coperte di lividi fino ai gomiti e si erano persino gonfiate là dove i colpi erano stati più tremendi. Il suo gomito destro era molle e dolente da quando lo aveva sbattuto in faccia a Emma, il colpo che doveva avere fatto più danni di ogni altro. Non è la violenza della mano, ma il gomito con la sua punta affusolata che chiude la partita. Manfred sapeva cosa doveva aver fatto, quel gomito, cosa non poteva mancare d'aver provocato sul corpo di Emma. Quella mattina era sgusciato fuori di casa molto presto, senza disturbarla. Non riusciva a immaginarsi quale fosse il suo aspetto ora, quali danni irreparabili potesse averle procurato.

Tutta la mattina Manfred ebbe la bocca secca, la lingua ruvida e spessa. Non c'era tè o acqua che potesse inumidirgliela, né portare conforto alla gola inaridita e ardente. Lavorava con la sensazione costante che tutti sapessero cosa aveva fatto. Le ragazze in ufficio lo guardavano in modo diverso, con l'espressione che Manfred sospettava venisse riservata agli uomini che picchiano le mogli. Era terrorizzato al solo pensiero che i Rosen andassero a trovare Emma. Il pensiero che potesse ricevere visite lo tormentava in maniera ossessiva e angosciante. Decise di fare un salto a casa all'ora di pranzo.

Gli tremavano le mani a tal punto che non si fidava di guidare. Prese un taxi e sul sedile di pelle sudò ancora di più. Riuscì a malapena a comunicare all'autista l'indirizzo con voce gracchiante. Si fermò fuori di casa e guardò con tristezza la sua preziosa proprietà. Improvvisamente non sembrava più una consolazione, non sembrava più qualcosa su cui costruire. La sua casa era già cambiata, un piccolo ma non insignificante dissesto l'aveva trasformata. Si sentiva murato vivo dalla disperazione. Spaventosamente alla deriva.

Aprì il portone senza fare rumore e s'intrufolò in casa.

Dentro era ancora peggio: la casa lo accusava, ogni più piccolo oggetto domestico lo rimproverava. Manfred aveva ormai perduto il loro conforto, la loro familiarità. Il lungo portaombrelli bianco, il paffuto telefono sul tavolino, la muta fila di cappotti di Emma e la fila di ganci, più in basso, cui erano appesi quelli del figlio.

La casa era immersa nel silenzio. Sebbene Manfred non avesse idea di dove potesse trovarsi Emma, si diresse di sopra con inconsapevole sicurezza, muovendosi furtivo come un ladro nella propria casa. La scala gli parve inesorabile e interminabile. Andò salendo sempre più lentamente.

Si fermò davanti alla porta della loro camera da letto. Per quanto il silenzio in casa fosse profondo e assoluto, Manfred sapeva che sua moglie era lì. La porta era socchiusa. Si chinò e la spinse gentilmente, allargando la fessura tra la porta e la parete.

Emma era in piedi in fondo al letto, nuda, e gli dava leggermente le spalle. Un vestito giaceva ai suoi piedi in una macchia informe. Si stava guardando al lungo specchio sullo sportello dell'armadio. Manfred non riusciva a vedere il suo riflesso nello specchio, ma scorgeva un fianco e gran parte della spina dorsale di Emma. Il corpo era sfigurato in diversi punti. La schiena era disseminata di lividi e abrasioni come se la mano di Manfred, toccandola, le avesse dipinto quelle macchie sulla pelle. Costole, fianchi, anche, tutto il corpo era infiammato e contuso.

Emma aveva un grosso livido scuro della grandezza di un piatto su un fianco e le gambe erano costellate di lividi e di lacerazioni grandi e piccole. I capelli le nascondevano il volto, e questo dettaglio, in un certo senso, era anche peggiore degli altri: rendeva ancor più carica di orrore la prova dell'odio di Manfred su quel corpo senza volto e senza colpa. Gli pareva che le proprie mani dolenti fossero divenute estranee e remote. Era tutta colpa loro, di quelle mani infami.

Emma era ancora immobile. Lo atterriva la fissità con cui lei guardava il proprio corpo nudo. Era come se volesse registrare nella propria memoria il ricordo di quel corpo maltrattato, in modo da poter custodire quella testimonianza contro di lui. Manfred sperava con tutto se stesso che un gesto di Emma disperdesse quella cupa inerzia; sentiva che non poteva muoversi finché non l'avesse fatto lei. Ma Emma rimaneva immobile, con gli occhi fissi sullo specchio, il volto nascosto dai capelli color del grano, nuda e devastata.

Poi si voltò. I seni e la pancia erano pesti e coperti di segni. Un capezzolo era violaceo e infiammato. Le spalle uniformemente livide, disseminate di macchie scure e coaguli di sangue sotto la pelle. Gli occhi di sua moglie incontrarono i suoi senza un cenno di rimprovero.

Aveva smesso di piovere e il cielo si stava lentamente liberando delle nuvole. Un pallido sole cercava di raggiungere i tetti. A Manfred parve di avere il cuore in frantumi e il viso ardente di dolore. Quel cielo basso sopra di lui sembrava appropriato. Quando si è felici il cielo è sempre terso. È sempre aprile, maggio e giugno. Quella era una mattina dolorosa, bassa e angosciante.

Era quasi arrivato a casa. Le strade si andavano popolando di altri abitatori abituali. Scomparse le donne delle pulizie, erano spuntati i giornalai davanti ai loro negozi, i postini, i furgoni carichi di operai. Le strade bagnate luccicavano come metallo; anzi, in realtà, in quel pallido e umido chiarore, gran parte del mondo sembrava metallico. I gabbiani di terra volavano bassi, lanciando avide grida nell'aria.

Manfred attraversò la strada, dirigendosi verso il suo appartamento. Vide che la finestra sopra la sua era illuminata da una luce soffusa: Garth era sveglio, difficile dire se si stesse preparando per andare al lavoro o fosse appena ritornato. Doveva avere turni lunghi e diversificati. Le tende di Webb, inutile dirlo, erano tirate. Non si alzava mai presto. Anzi, faceva fatica ad alzarsi anche a giorno fatto e raramente si vestiva prima delle tre o delle quattro del pomeriggio. Recentemente aveva preso l'abitudine di andare a trovare Manfred verso l'ora di pranzo, sedendosi a tavola in un variegatissimo assortimento di déshabillé.

Un gatto rossiccio era seduto sullo zerbino davanti al portone di casa. Aveva il pelo tutto ispido e inzuppato di pioggia. Quando Manfred si chinò per accarezzarlo, il gatto inarcò la schiena e gli fece amabilmente le fusa. Aveva un aspetto mesto e sfinito. Il vecchio aprì il portone. Se il gatto accettava di entrare, gli avrebbe offerto la colazione. Schioccò la lingua e lo invitò a seguirlo. Poi entrò e tenne la porta aperta chiamandolo ancora una volta. Il gatto lo guardò per qualche istante con le zampe anteriori che fremevano leggermente come se volesse entrare, ma alla fine si voltò e scese trotterellando in giardino, con la coda alta. Manfred chiuse il portone tristemente.

Passando davanti all'appartamento di Webb, sentì due persone che russavano. A quanto pareva, ultimamente Webb preferiva che le sue compagne trascorressero la notte con lui. Manfred pensò all'altra ragazza, quella che aveva visto prima. Era così ingiusto. Quel suo viso contuso e ammaccato non avrebbe significato molto per Webb. Quel temporaneo deturpamento dei suoi lineamenti non era un ostacolo per lui: Londra era piena di prostitute.

Manfred aprì la porta di casa. Per essere uno che non era mai stato con una prostituta, ne aveva davvero incontrate molte. Durante la guerra, in Egitto, in Libia e in Italia, praticamente non aveva visto altro. Berlino, nel '46 e nel '47, brulicava di puttane. Migliaia di donne e di ragazze si aggiravano per le strade della città distrutta, tirando su le sottane tra le rovine per un dollaro o per un barattolo di caffè. Puttane magre e puttane grasse, puttane vecchie e puttane tanto giovani che ancora non era cresciuto loro il seno. Gli eserciti di occupazione avevano brutalizzato la città e l'enorme numero di prostitute aveva come conseguenza che tutte le donne, indiscriminatamente, si ritrovavano a dover sopportare la volgare rudezza dei soldati. Donne trasformate in puttane dalla disperazione, dopo che la guerra aveva apportato un cambiamento terribile a tutto quanto avevano di prezioso. Gli uomini, i soldati, erano gli stessi di sempre e si godettero la libertà senza freni di quella Berlino distrutta. Una volta Manfred aveva visto una dodicenne che stava facendo un bocchino a un soldato, enorme, dei Pay Corps. Il caporale, un irlandese del Nord, si era riabbottonato i pantaloni in fretta, ma la ragazzina era rimasta in ginocchio davanti a lui. Manfred, cui a quel tempo era stato assegnato il grado di sergente, lo aveva messo sotto accusa, ma non aveva potuto fare nulla per la ragazza. Sapeva di averla semplicemente privata dei suoi soldi e che in meno di un'ora si sarebbe inginocchiata ai piedi di un altro soldato.

Le donne a Berlino venivano costantemente percosse, se non uccise. I loro cadaveri mutilati venivano ritrovati in ogni angolo della città, nudi, seviziati, esposti agli sguardi di tutti come un sacchetto di caramelle buttato via. Persino i berlinesi si accanivano contro le loro donne, massacrandole di botte. Come se i tedeschi, umiliati dal grande fallimento delle loro armate, volessero consumare le ultime briciole di odio e di militarismo contro le proprie donne.

In bagno, Manfred riempì il lavandino di acqua tiepida e iniziò a lavarsi la ferita alla mano. L'acqua attenuò il dolore e dalla pelle si staccarono piccoli grumi di sangue scuro che si andarono dissolvendo in lievi vortici e mulinelli rosati. Al di là del vetro gelato era comparso un sole splendido. Manfred aprì la finestra con la mano sinistra, illesa. Un fiotto di luce riempì il bagno e l'acqua insanguinata nel lavandino scintillò come brillante vino rosso.

PARTE TERZA
Il dolore di Manfred

Dieci
(1959-1962)

Il loro matrimonio si sgretolò. Era come una casa che Manfred aveva costruito e ora i mattoni che lo sostenevano andavano marcendo come un dente cariato. La prima volta che l'aveva picchiata, Manfred aveva creduto di avere fatto più male a se stesso che non a Emma. Quel granello di dolore inflitto a lei non era nulla in confronto all'intensità e alla profondità del rimorso e del senso di colpa che lo avevano dilaniato. La seconda volta che l'aveva picchiata, la vergogna di quello che aveva fatto gli aveva avvelenato il sangue. Era stato come forgiare uno stampo per il futuro. Il disgusto, il terrore e tutta una gamma di mortificazioni erano la punizione inflitta a Manfred. Incapace di pensare ad altri che a se stesso, il suo tormento ne fu sensibilmente alleggerito.

La sua casa si trasformò in un rimprovero costante. Gli oggetti che vi aveva ammassato sembravano ormai vecchi sogni di stabilità e immutabilità. Ora l'edificio stesso sembrava irridere l'essenza del suo matrimonio, la virilità, l'identità di Manfred, il quale aveva ormai smesso di fermarsi sulla soglia di casa per accarezzare i mattoni accanto al portone. La proprietà immobiliare non offriva più alcun remoto conforto domestico.

Emma cominciò a muoversi in modo sempre più furtivo per casa: viveva nelle zone d'ombra e accendeva le luci sempre più tardi. Entrambi se ne stavano muti nella penombra sempre più fitta in compagnia del figlio, non meno silenzioso di loro, proprio come Manfred aveva fatto con sua madre e i suoi fratelli venticinque anni prima. Emma cominciò a portare fuori il bambino durante il fine settimana: al circo, allo zoo, o in qualche parco. Per quanto non evitasse apertamente il marito, Martin sapeva che c'era qualcosa che non andava e cominciò a guardare il padre con infantile paura e sospetto.

La terza volta che Manfred picchiò Emma, si accorse che tutto stava diventando più semplice. Era come avere perso la verginità nei confronti della violenza. Superati un paio di tentativi iniziali, la cosa finiva quasi per diventare una faccenda decente, decorosa, priva di ogni vero rimorso. La quarta volta che pestò Emma, Manfred pianse e implorò perdono. Finirono allacciati in lacrime sul letto scomposto. Dopo il sesso, lei lo tenne stretto a sé, con i capelli umidi e arruffati come un cespuglio in una serra. Manfred ebbe quasi il sospetto che le piacesse. La quinta volta che pestò Emma, Manfred smise di contare.

Ormai tutto quel che faceva sembrava guastato e insanguinato da quella violenza. Quando era in ufficio, la sua mente vagava distratta finché non gli avvampavano all'improvviso le guance e un subitaneo conato di nausea non gli serrava la gola. Quella deconcentrazione ebbe conseguenze disastrose per il suo lavoro. Tapper si lamentava, ma pigramente. Era preoccupato da una serie di enigmatici affari con personaggi che non rivelavano il proprio nome al telefono. La preoccupazione di Manfred passò quasi del tutto inosservata. Dalle otto e mezzo di mattina alle cinque del pomeriggio, Manfred lavorava faticosamente, temendo il momento in cui avrebbe fatto ritorno a quella casa silenziosa e accusatoria. Le ore di lavoro erano polvere per lui.

I pasti erano muti e tortuosi. Martin detestava cenare col padre. Irrigidito dall'ansia, con il volto tirato, masticava stentatamente i cibi insapori. Qualche volta era così teso che si alzava barcollando da tavola, e i suoi genitori lo sentivano vomitare e piangere in bagno. Manfred cominciò a temere suo figlio allo stesso modo in cui suo padre aveva temuto lui. Martin lo guardava con l'irreprensibile rettitudine dell'infanzia.

Anche le sue notti erano una tortura. Manfred non rimaneva più sveglio a guardare Emma dormire. Sapeva che adesso era lei a rimanere desta, vigile, in attesa di qualche nuovo colpo. Lui si addormentava facilmente, ma era un sonno indocile e prostrante. Sognava di picchiare Emma in cucina. Le tirava addosso dei piatti che non si rompevano. Nella sua furia, le sue mani si mettevano a roteare nell'aria e lei gli si spezzava tra le dita: le sue ossa si fracassavano e sgretolavano come se Manfred si aprisse un varco tra l'erba alta. Emma crollava a terra, dilaniata, tra i piatti ancora interi. Come quelle di un cavallo, le sue fratture non si sarebbero sanate: Manfred l'aveva distrutta. Si svegliava pieno di rimorso e la cullava tra le braccia, mentre lei fingeva di dormire.

Cominciò a bere. Sperimentò ogni possibilità: whisky, brandy, vodka e rum. Lo facevano tutti stare male. Scelse il gin. Anche quello lo faceva star male, ma in modo meno catastrofico. Beveva nei pub, al lavoro. Beveva quando tornava a casa. Beveva in giro, beveva in casa; quanto più riusciva a ingurgitare, ingurgitava. Cominciò a preferire i pub più squallidi della città, dove si ritrovava tutto sudato in bagno, con la faccia rovente appoggiata contro sudicie mattonelle, le narici soffocate dall'odore della propria orina lucente di gin.

Quando era ubriaco, naturalmente, la picchiava di più e con maggiore violenza. Tornava a casa barcollando, intontito dalla collera, scomposto, con la bava alla bocca. La sua placidità lo mandava in collera, accusandolo. Con ancora addosso la puzza di un pub angusto, le si scagliava contro brutalmente. Se invece rimaneva a casa a bere, le ore prima di andare a letto passavano con tale lentezza che sua moglie e suo figlio si muovevano per casa così silenziosamente che era inevitabile che la rabbia di Manfred andasse aumentando in un crescendo inesorabile. Non appena Martin veniva messo a letto (e presto il bambino cominciò a indugiare alzato il più possibile, consapevole che la sua presenza costituiva una sorta di protezione per la madre), la collera di Manfred esplodeva e le sue mani ormai esperte si abbattevano su di lei.

Certi lividi, certi segni cominciarono ad essere costanti sul suo corpo, come se fossero diventati dei bersagli privilegiati. Emma aveva sempre una fila di lividi scuri sulle spalle e lungo le braccia, simili a scottature provocate dal sole. Un colpo a mano aperta poteva fare danni impensati. Erano segni difficili da nascondere sulla pelle di Emma, e se capitava che lui li scorgesse, diventava cieco di rabbia.

Ma quando la picchiava, l'amava di più. Quando la picchiava, pensava di più a lei. Con più affetto. Aveva più bisogno di lei. Quelle percosse non nascevano dall'egoismo, ma da emozioni ardenti. Manfred si torturava per le sofferenze della moglie. In passato l'aveva spesso sognata morta, ammirando la propria passione, il dolore e l'angoscia di perderla. Ora la percuoteva e provava per lei una compassione che lo soffocava di tenerezza e di senso di colpa. La vastità, la grandiosità di quella compassione gli trasmetteva un senso di esultanza. La picchiava, ne provava compassione, l'amava di più.

Non parlarono mai di quello che lui le faceva subire. Sin dai primi episodi si stabilì un protocollo di silenzio. Era come se entrambi ne portassero il carico di vergogna. La sera tardi, dopo che loro figlio era andato a letto, la tensione di quella sofferenza muta li irrigidiva entrambi. Manfred era sconcertato dal fatto che Emma non gli rivolgesse mai un solo rimprovero. Ci dovevano essere molte cose che avrebbe voluto dire, negare o controbattere. Ma non aprì mai bocca. Qualche volta lo guardava con particolare gravità o fissità. C'erano momenti in cui sul volto di lei era visibile tutta la sua vulnerabilità e tutta la sua forza, ma non proferì mai una sola protesta. Forse aspettava un moto di ribellione da parte di Manfred, un rifiuto che non fu mai pronunciato.

Per qualche strana ragione si era guastato tutto. Manfred comprese l'entità di quei guasti quando, un giorno, un improvviso moto d'affetto lo spinse ad avvicinarsi a Emma per abbracciarla. Era in piedi accanto alla stufa e una luce si diffondeva attorno a lei. Quando le braccia di Manfred si protesero verso di lei, Emma arretrò. Lui rimase lì fermo, inutile, con le braccia vuote e il cuore traboccante e addolorato da tanto timore. Come al solito, lei non aprì bocca, ma la sua sagoma china, la sua espressione succube dicevano sin troppo. Per il resto della giornata Manfred fu colmo di rabbia, di vergogna. Quella sera la picchiò per vergogna, per paura.

La violenza aumentò con una logica inarrestabile e corrosiva. Non perché qualcosa fosse morto dentro lui, no. Era nato, invece, e andava crescendo, facendosi sempre più forte e malvagio. Manfred stesso era sorpreso di cosa fosse ormai divenuto capace. Poteva farle male con lucida facilità. Ogni percossa era un altro passo nel fango della propria depravazione. Quando era solo, ribolliva d'ira informe. Fuori di casa, divenne sospettoso e guardingo. Era come se gli altri uomini, colleghi di lavoro o sconosciuti che fossero, lo accusassero apertamente. La loro virilità era sana e copiosa. Manfred si sentiva un essere esecrabile: un uomo che picchiava le donne, un codardo. Osservava gli uomini che incontrava per strada e sentiva su di sé tutto il disprezzo che avrebbero provato se avessero conosciuto il suo segreto. Rifletteva a lungo su determinati uomini, scelti per il loro impermeabile, la loro statura o il loro taglio di capelli: sapeva che non avrebbero mai picchiato Emma e dentro di sé bruciava di folle gelosia.

Gelosia di cui pagava il prezzo Emma. Manfred era terrorizzato che lei lo tradisse, che potesse raccontare a uno di quegli uomini integerrimi le proprie sofferenze. Iniziò a osservarne le mosse come una spia. Detestava vederla silenziosa, senza sapere a cosa stesse pensando, quale tradimento stesse covando. Sapeva che passava ore e ore a guardarsi allo specchio, muta e immobile. Una volta Manfred si fermò sulla soglia della loro stanza, davanti alla porta aperta, ad aspettare irrequieto che lei mostrasse di averlo visto. L'espressione di Emma era triste e circospetta, gli occhi erano fissi, le labbra non erano serrate con violenza ma risolutamente chiuse.

Ogni giorno ormai Manfred la trovava davanti a uno specchio a osservare minuziosamente il proprio viso con espressione grave. La sua immobilità e la sua concentrazione lo esasperavano. Si chiedeva che cosa vedesse nello specchio, quale testimonianza di deturpamento. Divenne geloso anche di quegli specchi. Per qualche tempo pensò persino di nasconderli, o di distruggerli, ma poi non ne ebbe il coraggio e in tutta la casa gli specchi rimasero dov'erano. Manfred sospettava che Emma stesse valutando quanto male lui le aveva fatto, e forse anche quanto gliene avevano fatto altri: la guerra, quella violenza contro gli ebrei di cui non aveva mai voluto parlare.

Manfred era ormai geloso anche di quello. In realtà, era sempre stato geloso del passato di Emma, di quegli anni di guerra senza nome, così come era geloso di altre cose. Dell'autobus che l'aveva portata a scuola. Delle gonne e delle scarpe che aveva indossato, dei suoni che aveva udito, di quello che aveva visto e di quello che aveva pensato. Davanti all'ineccepibile fedeltà sessuale di Emma, Manfred poteva soltanto essere geloso di ogni cosa. Era geloso della casa di Emma e di suo figlio. Ma soprattutto era geloso della guerra, dei campi di concentramento. L'aveva picchiata la prima volta sospettando che da bambina avesse subito uno stupro o qualche altra violenza a Birkenau. Era geloso di Birkenau.

Non frequentavano più i loro amici. I Rosen avevano protestato per qualche mese, poi alla fine avevano lasciato perdere, immaginando, giustamente, qualche difficoltà matrimoniale. Così, anche l'ultima vecchia compagna di lavoro di Emma scomparve dalla sua vita. Tutte, dopo essere state ricevute per diverse settimane da Manfred ogni volta che venivano a trovare Emma, avevano capito che c'era qualcosa che non andava e non si erano fatte più vedere. Manfred proibì a Emma e a Martin quelle piccole gite che avevano cominciato a fare per evitarlo, comprese persino le visite alla vecchia zia. La casa diventò una prigione. Ormai tutti e tre si aggiravano per le stanze solitari e furtivi. Il bambino divenne silenziosamente ribelle. Manfred sapeva che non appena lui gli girava le spalle, suo figlio manifestava la sua collera infantile facendogli delle smorfie e indirizzandogli piccoli gesti violenti. Quella distorta pantomima di odio lo feriva profondamente. Si rese conto di non poter più nutrire alcun sogno di riscatto. Suo figlio lo odiava, desiderava vederlo morto, sperava che scomparisse dalla sua vita.

Poi un giorno, improvvisamente, Emma smise di parlare. Manfred arrivò a casa una sera d'agosto con un cielo pieno di nuvole ma rischiarato dalla luna. Era stato a bere in un pub di King's Cross. Un luogo repellente persino per lui, e se n'era andato prima di quanto avesse previsto. Entrò in casa silenziosamente (come faceva sempre ormai) e salì di sopra. Emma si precipitò in cima alle scale sentendolo arrivare. Manfred sapeva che si stava guardando allo specchio. Fu assalito da una rabbia cieca (come succedeva sempre ormai). Si girò e andò in cucina. Suo figlio era lì, seduto a tavola, che leggeva un libro. Non alzò la testa mentre lui si toglieva giacca e cappello. Emma lo seguì in cucina e Manfred la salutò cupo. Lei sorrise timidamente e si avvicinò alla stufa. Sarebbe stato terribilmente in collera se lei non fosse stata così terrorizzata (come era sempre ormai).

Manfred si rese conto di quel che stava accadendo soltanto a metà del pasto. Il bambino aveva chiacchierato senza interruzione, e per la sorpresa di tale comportamento non si era accorto che sua moglie non aveva ancora aperto bocca. Mentre mangiavano, tuttavia, la loquacità di suo figlio si andò smorzando e su di loro calò un silenzio appestante. Dopo qualche minuto il rumore accidentale delle posate sui piatti divenne cacofonico, insopportabile. Manfred espresse qualche debole e vago commento sulla cena. Nessuna risposta. Inghiottì a fatica un'altra forchettata di cibo e fece un altro tentativo, questa volta sottolineando fiaccamente la bellezza della serata. Ancora silenzio. Era terrorizzato. La testa di Emma era china e i capelli le nascondevano il viso, ma Martin lo stava fissando con occhi colmi di disprezzo. Manfred si sentì la gola secca. Gli pareva di avere un mattone sullo stomaco. Pensò di essere sul punto di soffocare. Riuscì infine a staccare lo sguardo dagli occhi impietosi di suo figlio e si voltò verso sua moglie, per rivolgerle una domanda diretta. Nessuna risposta. Manfred ripeté la domanda.

«Com'è andata oggi?».

Le parole suonarono stupide e inutili sulle sue labbra. Non avrebbero mai sfondato il silenzio che era stato decretato. Manfred aspettò. Emma non rispose.

Quella notte non la picchiò. Sconfitto, le rimase disteso accanto mentre lei fingeva di dormire. La paura lo avvolgeva come una coperta facendolo sentire piccolo piccolo e privo di forze. Percepiva il tepore che proveniva dal corpo di Emma e cercò di scostarsi da quella fonte di calore. Nello spazio buio del letto, Emma sembrava imponente. Il suo silenzio era continuato per tutta la serata. Non nascondeva alcuna intenzione provocatoria. Il suo viso era privo di qualunque aggressività, anzi, se possibile, era ancor più docile del solito. Quella era stata la cosa più spaventosa. Manfred avrebbe potuto infrangere un silenzio ostile ma non quel mutismo succube.

Quando tornò a casa dal lavoro il giorno successivo, il silenzio continuò. Ancora una volta Manfred non la picchiò. Quella tregua silenziosa continuò per qualche giorno. Ma per quanto fosse terribile e spaventoso quel mutismo, Manfred sapeva che la violenza non era terminata. Sperava che Emma non ne fosse consapevole.

Dopo una settimana, il silenzio di Emma aveva perso la sua carica di orrore. Manfred sapeva che l'avrebbe picchiata e picchiata e ancora picchiata. Il giorno prima del trentesimo compleanno di Emma, smise di lavorare presto e andò in uno squallido pub vicino casa. Iniziò a bere senza alcun piacere. Il barista lo snobbava con aria scontrosa e gli altri avventori gli riservavano sguardi sdegnosi. La serata cominciò a naufragare in un senso di ineluttabilità. Dopo poche ore non c'era più neanche una persona sobria in tutto il pub, fatta eccezione per Manfred. Si mise a bere più in fretta osservando il sordido stato di stordimento di uomini e donne intorno a lui. Ci fu una zuffa. Un uomo uscì barcollando dal pub con la faccia insanguinata e una donna iniziò a piangere, ubriaca. Quel luogo gli era ormai divenuto intollerabile, ma Manfred aspettò finché non fu sicuro che suo figlio fosse stato messo a letto. Poi uscì.

Di fuori pioveva e le strade erano bagnate e traslucide. Una luce scialba filtrava dalle finestre e dai lampioni. Un vento criminale gli penetrò sotto la giacca e Manfred affrettò il passo. C'erano poche persone per strada e il rumore dei suoi passi suonò alle sue orecchie innaturalmente chiassoso e pressante. Quel rumore lo adirò e lo atterrì: erano chiaramente i passi dell'uxoricida, dell'assassino.

Quando giunse a casa, una lenta rabbia rassegnata gli aveva intossicato la mente. Per tutta la serata, mentre osservava quanto accadeva in quel sordido pub, era cresciuta dentro di lui la collera per il silenzio di Emma. Si accinse a cercarla. Di sotto le luci erano spente e le stanze silenziose. Emma doveva essere in camera da letto o in bagno. In entrambi i casi Manfred sapeva che si stava guardando allo specchio. Salì di sopra.

Emma era in camera, seduta sul bordo del letto, che fissava lo specchio davanti a sé. Manfred si fermò fiaccamente sulla soglia. Vide che il suo viso era rigato e umido di vecchie lacrime. Lei sembrava non essersi accorta della sua presenza. Si portò una mano al viso e si toccò delicatamente la guancia bagnata. Quel gesto, così carico di tenerezza e di mortificazione, lo ferì profondamente. Entrò.

La picchiò in silenzio, si udivano soltanto i tonfi sordi della carne sulla carne e delle ossa sulle ossa. Presto il tappeto e il copriletto furono coperti di chiazze di sangue. Manfred sapeva che quella era l'ultima volta. Non ce ne sarebbero state altre. Niente di peggio poteva più essere fatto. Niente di peggio poteva più accadere. La sua angoscia rese quelle percosse ancora più brutali.

Quando fu tutto finito, Manfred si raddrizzò senza fiato e la guardò.

«Perché non mi parli?».

E lei *parlò*. Si lavò il viso e il corpo insanguinati e si cambiò la camicia da notte imbrattata. Si muoveva zoppicando, vacillante, senza smettere di parlare. La sua voce era strana, come se avesse della sabbia in bocca, e i suoi fianchi erano gonfi e coperti di ferite. Il viso era sfigurato e la mandibola sembrava bloccata, ma continuò a parlare. Le ore passarono come giorni interi appesantiti dai postumi di una sbronza e la stanza sembrava appannata di dolore e di lacrime. Continuò a parlare. Erano dieci anni che Manfred aspettava che parlasse. Adesso un vulcano era esploso dentro di lei e lei continuava a parlare senza interruzione. Molto più di quanto lui fosse in grado di ascoltare.

Si era chiamata Rosza. Sua madre era una donna alta e morbida che indossava abiti spiegazzati come carta da regalo. Il volto di suo padre era scuro e coperto di peluria. Portava piccoli occhiali che servivano, così le aveva detto, a impedire che il suo naso cadesse. A scuola Steya Fried era scoppiata a ridere quando Rosza gliel'aveva detto, e lei non aveva capito perché suo padre le avesse mentito.

Aveva due sorelle, una alta, una bassa; una cattiva, una buona. Dana era alta e Rachel era buona. Dana ce l'aveva sempre con Rosza, mentre Rachel cercava di consolare le sue lacrime. Rosza amava di più Dana: era bella e imperiosa. Il cuore gentile di Rachel non aveva conquistato nessun amore.

Abitavano a Praga. A scuola le avevano detto che Praga era la città più importante d'Europa: un diamante che adornava la fronte del mondo. E Rosza, infatti, amava le sue ampie strade di pietra e tutte le sue luci e i suoi colori. I suoi abitanti erano come i genitori di Rosza. Avevano abiti morbidi e profumati, volti seri e pieni. Persino gli uomini sciatti e malmessi e le povere donne che Rosza vedeva di tanto in tanto sembravano persone decenti e decorose.

Suo padre era medico. Rosza sapeva che era famoso. Quando qualche adulto veniva a far loro visita nella grande casa in cui vivevano, gli si rivolgeva sempre con deferenza e ammirazione. A volte qualche giovanotto arrossiva persino mentre gli stringeva la mano. Lei in quei momenti era così orgogliosa di lui che avrebbe desiderato abbracciarlo. Era la sua figlia preferita, e certe sere le era concesso di addormentarsi nella poltrona dello studio del padre mentre lui lavorava sino a tardi alla sua scrivania. Con gli occhi che le si facevano sempre più pesanti, Rosza lo guardava lavorare, le sue labbra che si muovevano mentre leggeva qualcosa in silenzio, la testa scura china sulle carte raccolte nel cerchio di luce della lampada sulla scrivania.

Il giorno del settimo compleanno di Rosza, suo padre e sua madre ascoltarono la radio e piansero. Rosza ci rimase male. Con un groppo di lacrime e di rabbia in gola corse in camera sua singhiozzando. Rachel la seguì e si distese accanto a lei, accarezzandole i capelli e canticchiando sommessamente. Dana era esultante. Era scoppiata una grande guerra, molto più importante dello stupido compleanno di Rosza. Il loro papà avrebbe dovuto combattere contro gli inglesi e i tedeschi. E forse anche i russi, così temibili. A nessuno importava niente di quella stupida di Rosza.

Rosza era immensamente triste. Il giorno del *suo* compleanno, Dana era andata al circo, un circo francese con i clown e i cavalli e famosi acrobati spagnoli. Rosza, abbandonata sul suo letto, pianse così a lungo da sentirsi male. Quando arrivò suo padre, lei lo accolse con un silenzio colmo d'amarezza e scostò il viso ardente dalla sua mano. Ma lui le parlò gentilmente e le fece bere una medicina. Rosza iniziò a piangere più sommessamente. Piangeva per la pena di vedersi così piccola e triste. Si addormentò stringendo la manica sbottonata della camicia di suo padre e quando si svegliò lo ritrovò ancora accanto a lei, anche se era ormai buio. La stava guardando con un volto triste. Nella penombra, le maniche bianche della sua camicia risplendevano debolmente contro il gilet scuro. Lei lo amava così tanto. Con voce tremante di sonno, gli chiese se avrebbe fatto il soldato e sarebbe morto. Lui le promise che non sarebbe morto, e le disse che la guerra sarebbe presto finita. Gli uomini cattivi avrebbero perso. Ricordati, le disse con un sorriso, alla fine i malvagi si indeboliscono sempre e i buoni prosperano.

Ma gli altri adulti, quegli uomini e quelle donne che suo

padre e sua madre conoscevano, non sembravano d'accordo. Quella cosa grossa che era successa nei Sudeti adesso stava accadendo a tutta la Cecoslovacchia. Gli uomini si domandavano se gli eserciti stranieri sarebbero stati risoluti, leali, coraggiosi. L'ospedale di suo padre fu circondato di sacchi di sabbia e sul tetto una mattina apparve una batteria d'artiglieria. Nessuno ne fu sorpreso, a parte Rosza. Rachel era terrorizzata, Dana allegra ed eccitata. Ma agli occhi del mondo degli adulti non era una novità quella cosa che tutti temevano.

Quando Rosza vide per la prima volta tutti quei nuovi soldati, non ne fu spaventata. Erano belli e forti. I cechi, uomini e donne, li temevano e li detestavano, ma a Rosza quei nuovi soldati sembravano più giovani e più brillanti del suo povero padre e di tutte quelle donne e quegli uomini affamati che adesso lui conosceva. In un anno appena Praga aveva cambiato volto. La città si era impoverita e scoraggiata, e gli amici dei suoi genitori sembravano diminuire ogni giorno. Rosza sapeva che sua madre qualche volta piangeva quando pensava che le bambine fossero addormentate. Così come sapeva che quella nuova cosa sulla faccia di suo padre era paura.

Ma la guerra era un problema degli adulti. Erano i grandi ad essere tristi e umiliati e spaventati. Ascoltavano la radio e bisbigliavano tra loro furtivamente per strada quando non c'erano soldati in giro. Pregavano che gli americani entrassero in guerra. Impotenti, maledicevano i temuti tedeschi. Ma i bambini sembravano esenti dalla guerra. Gli adulti erano affamati e terrorizzati, ma i bambini di Praga (Dana e Rachel) continuavano ad essere felici, o quasi. I loro giochi erano più cupi ora, e *tedesco* era diventata una parola brutta, terrificante: l'orco di cui gli adulti avevano troppa paura per riuscire persino a nominarlo. Intanto Dana cresceva: un pomeriggio le tre ragazzine si riunirono nella sua camera e lei si sfilò il vestito e mostrò a Rosza e Rachel quel nuovo rigonfiamento dei suoi seni e i peli che le erano cresciuti tra le gambe. Rachel scoppiò a ridere e rise tanto che cadde dal letto e rimase distesa per terra a tenersi la pancia dalle risate. Dana era contrariata: il suo *coup de théâtre* non aveva sortito l'effetto desiderato. Disse adirata a Rachel che avrebbe presto avuto anche lei il seno e probabilmente anche più peli di lei tra le gambe. Rachel continuò a ridere finché ebbe il viso rigato di lacrime.

Qualche volta l'angoscia degli adulti disturbava la tranquillità dei bambini. Giravano storie di rivolte e disordini, di uomini e donne malmenati e uccisi per strada. I soldati fracassavano le vetrine e a volte davano fuoco ai negozi e alle case. Rosza non aveva idea del perché lo facessero, ma credeva a quelle storie. Un giorno un amico di suo padre era arrivato a casa loro in lacrime. Continuava a ripetere con voce strozzata il nome della moglie. La madre di Rosza aveva fatto uscire le bambine dal soggiorno, ma loro avevano sentito la voce rotta dal pianto dell'uomo echeggiare per casa. Sua moglie era stata *presa*. Rosza si ricordava bene di lei, una signora paffuta con i denti storti e un leggero difetto di pronuncia che Dana aveva imitato per la gioia delle sorelle. Quella sera, quando suo padre le diede il bacio della buonanotte, lei vide che il suo volto era più pallido e più vecchio del solito.

Poi furono inviate a Theresienstadt. Il padre di Rosza rimase a Praga. La madre e le tre bambine salirono su un autobus pieno di gente che le portò nella vecchia città fortificata. Dapprima Rosza pensò che quel trasloco nel ghetto dipendesse da qualche gretta necessità, conseguenza del fatto che il padre aveva perso il lavoro. Ma passò qualche settimana e lui non le raggiunse. Rosza sapeva che era successo qualcosa di brutto. Sua madre piangeva ogni notte e le sue sorelle erano quasi sempre ammalate e piagnucolose. Abitavano in una baracca pidocchiosa con altre due famiglie: una vecchia coppia di Vienna e una scontrosa signora di Praga con i suoi quattro bambini. Era una casa sporca, troppo affollata e maleodorante.

Rosza cominciò a fare un gioco da sola in cui fingeva che suo padre fosse ancora con loro. Sentiva le sue mute parole, la sua sommessa risata perduta. Faceva finta di domandargli dov'era stato e di rimproverarlo per averci messo così tanto a raggiungerle. Di notte si stringeva il suo sudicio cuscino al petto e mormorava parole paterne.

Sapeva che suo padre era morto. Malgrado ciò il suo gioco proseguì. Suo padre poteva tornare, e sarebbe tornato, come faceva ogni giorno nel suo gioco. Lei lo avrebbe salutato, rimproverato e abbracciato come faceva col suo cuscino. Un giorno arrivò nel ghetto un uomo che lo aveva conosciuto. Si recò da loro. Dana e Rachel erano entrambe nella stanza accanto, ammalate, ma Rosza era presente quando questi disse a sua madre che il marito era morto. La bambina era corsa verso di lui strillando con i piccoli pugni chiusi. L'uomo l'aveva presa in braccio cercando di placare con dolcezza la sua furia. La lasciò andare prima che lei si fosse stancata di graffiarlo e picchiarlo.

Erano a Theresienstadt da più di un anno quando Rosza comprese il motivo per cui volevano farle soffrire. Sapeva di essere ebrea da quando era molto piccola, ma le sembrava una cosa che in fondo non la riguardava più da vicino del fatto che il mondo è grande o il cielo immenso. Si era probabilmente immaginata che il mondo intero fosse ebreo visto che il suo mondo lo era. Ma Theresienstadt le dimostrò che si sbagliava.

Stavano tornando a casa con una pagnotta che Rachel aveva ottenuto in cambio di uno degli anelli della madre. Rachel l'aveva nascosta sotto il suo lacero cappotto e lei e Rosza si erano dirette in fretta verso casa, la rapidità dei loro passi frutto in ugual misura della paura e della fame. Camminavano così veloci che avevano ormai già girato l'angolo quando videro i soldati. I tedeschi, posizionati su entrambi i lati della strada, molestavano tutti quelli che si trovavano a passare di lì. Rosza, intimorita, fece per voltarsi e tornare sui suoi passi, ma la mano di Rachel glielo impedì. Le due sorelle proseguirono.

I soldati all'inizio sembravano divertiti, tanto alti e sani da trovare insignificante la statura di Rachel. La presero in giro con le loro voci roche, mentre un gruppetto circondava le due ragazzine. Anche quando scoprirono la pagnotta, non smisero di ridere. Il giovane soldato che l'aveva trovata la lanciò a uno dei suoi compagni. Il secondo soldato la prese e la sollevò come se volesse restituirla a Rachel, ma quando lei allungò la mano, la lanciò a un altro soldato.

Giocarono in quel modo per qualche minuto. Rachel rispondeva prontamente ogni volta che le offrivano la pagnotta per non rovinare il loro buon umore. Ma presto i soldati si stancarono di quel gioco, che facevano sin troppo spesso. Qualcuno lanciò la pagnotta al giovane soldato che l'aveva trovata per primo. Questi mugugnò una bestemmia in una lingua straniera, lasciò cadere il pane per terra e lo schiacciò sotto il suo stivalone nel fango che ricopriva il marciapiede. Quando Rachel, esasperata e affamata, si chinò per raccogliere quel poco che era rimasto da raccogliere, il soldato le sferrò un gran calcio in faccia. Rachel fece un volo all'indietro e la sua testa, cadendo, colpì il marciapiede con un tonfo secco. Gli altri soldati risero ancora più forte e iniziarono a disperdersi, soddisfatti che il gioco si fosse concluso in quel modo. Rachel cercò di sollevarsi ma ricadde all'indietro. Il giovane soldato si raschiò la gola pigramente e sputò sulla ragazza distesa a terra. Fece cenno a Rosza di farla sparire di lì prima che se ne occupasse lui. Rosza corse ad aiutare la sorella e, le braccia intorno ai suoi fianchi, la trascinò a casa.

Rachel morì dopo qualche giorno. Morì piangendo di dolore. Aveva tredici anni. Rosza aveva pensato che la morte di suo padre fosse un gioco, una cosa impossibile. La morte di Rachel era morte vera, nient'altro che quello, senza possibilità di revisione né di appello. Sua madre era paralizzata dal dolore. Non riusciva a piangere, soltanto le sue mani mostravano la sua sofferenza mentre si contraevano, le dita serrate una sull'altra in un vuoto abbraccio. La madre di Rosza aveva ormai sofferto quanto era nelle sue possibilità e la morte della figlia le aveva svuotato il cuore. Passava giornate, settimane intere in silenzio, in compagnia del suo dolore che le serrava le mani e le scavava dentro. Le era rimasta la sua antica bellezza come un marchio di vergogna.

Rosza non sopportava più di vederla. Cominciò a trascorrere le sue giornate girando furtivamente per il ghetto. A Praga aveva visto i più giovani e forti passeggiare per strada, mentre i vecchi, troppo deboli, rimanevano in casa. A Theresienstadt erano i giovani a rimanere chiusi in casa, mentre i vecchi, malati, atterriti e affamati, giravano su e giù per le strade del ghetto. Sempre più gente veniva portata via, fatta salire sui treni in partenza, mentre dai treni che arrivavano ne scendevano altri. Un giorno arrivò un carico di bambini mogi mogi, con la testa rasata, che furono fatti marciare attraverso il ghetto fino a un magazzino vuoto. Furono deportati il giorno successivo.

Dana si allontanava da casa per diversi giorni. Era innamorata di un ragazzo di Lidice. Aveva diciassette anni. La vecchia animosità che Rosza aveva tanto ammirato in lei era scomparsa. Durante l'inverno rimase incinta. In primavera lei e il ragazzo di Lidice furono portati via da uno di quei treni che ormai ogni giorno si dirigevano a est.

Gli ultimi mesi di Rosza a Theresienstadt non furono altro che vuoto: pura, atroce assenza delle sorelle. Gli abitanti del ghetto erano come narcotizzati, Rosza più di tutti. Era disperata senza Rachel. Il fatto che Dana fosse ormai diventata donna aveva reso più tollerabile la sua scomparsa, ma Rachel era morta bambina. La pubertà di Rosza era in ritardo, tanto che si sarebbe detto non sarebbe arrivata mai. La denutrizione e la fame le avevano bloccato lo sviluppo. Il suo corpo sembrava catalettico, inerte: si rifiutava di crescere.

Rosza e sua madre furono fatte salire su uno di quei treni diretti a est. Furono rinchiuse in un carro bestiame che in poche ore divenne disgustosamente sudicio. C'erano centocinquanta ebrei: uomini, donne e bambini. Il viaggio durò tre giorni. Si fermarono tutta una notte su un binario morto perché non c'era nessuna locomotiva disponibile. I bambini più piccoli morirono in fretta. I vecchi e le donne morirono dopo una più lunga lotta. Il contrario di quello che si sarebbe immaginata Rosza. Sua madre non aprì bocca in quei tre giorni: rimase muta, con la testa sulle ginocchia della figlia, mentre Rosza le accarezzava i capelli e mormorava come Rachel aveva fatto un tempo con lei.

Arrivarono una mattina buia e fredda. Il treno rimase fermo sul binario sino alle prime luci dell'alba. Erano già stati svuotati altri vagoni quando venne aperto il loro e Rosza scorse file di ebrei nudi che si allontanavano marciando lungo i binari. C'erano soldati con i mitra imbracciati, soldati con bastoni e manganelli, soldati con cani feroci e soldati con una cartellina in mano. Alcuni uomini, che indossavano abiti a righe simili a pigiami troppo grandi per loro, li aiutarono a scendere dal treno e li fecero ammassare, intirizziti dal freddo e paralizzati dal terrore, vicino al vagone aperto. I morti furono gettati in un mucchio grottesco di cadaveri. Corpulenti kapò ucraini incitavano gli ebrei a muoversi, spingendoli rudemente, strillando ordini. Gli uomini con quei grandi pigiama e le scarpe da clown erano più gentili e cercavano di rassicurarli. I tedeschi erano impassibili, annoiati e assorti nel loro lavoro.

Gli ordinarono di svestirsi. Alcune donne scoppiarono a piangere, ma la folla obbedì docilmente. Le mani di Rosza tremavano mentre tentava di sfilarsi l'abito sudicio. Accanto a lei, alcune donne, anziane, già nude. Così vicine e senza abiti, i loro corpi parvero a Rosza strani, sconvolgenti: gambe rinsecchite e ventri rigonfi, seni cadenti e la pelle bitorzoluta come la buccia di un'arancia. Si voltò. Sua madre cercò di sorriderle. Non aveva mai visto prima sua madre nuda. Fu stupita di vedere i suoi seni, la striscia di folta peluria tra le sue cosce. Era bellissima, nello stesso tempo irreale e spaventosa. Rozsa rabbrividì. La fame aveva imbruttito sua madre, che non era più molto diversa dalle altre donne nude. La ragazzina si strinse al seno della madre e si sentì circondare le spalle dalle sue braccia nude. C'era un ufficiale con una lista in mano che contava e annotava il numero degli ebrei nudi. Un ucraino gli si avvicinò e gli mormorò qualcosa in un orecchio. Il tedesco lo guardò con disprezzo, ma fece un cenno d'assenso, come se fosse costretto a ricambiargli un favore o qualcosa del genere. Il kapò si avvicinò agli ebrei ammassati gli uni agli altri. Osservò attentamente le donne, indugiando davanti alle più giovani. Si avvicinò alla madre di Rosza e si fermò. Le pose una ruvida mano callosa sul seno e le diede un colpetto sulle natiche con aria d'approvazione. Si voltò e chiamò l'ufficiale a cui aveva sussurrato all'orecchio. L'ufficiale alzò la testa e assentì distrattamente. L'ucraino afferrò la mano della madre di Rosza e la tirò fuori dal mucchio. Rosza continuò a guardare incredula mentre quello la trascinava tra due vagoni. L'ucraino non fece alcun tentativo di ottenere un poco di privacy. Rosza lo vide palpeggiare e strofinarsi contro i seni e il ventre di sua madre. Poi si sbottonò i pantaloni e se li tirò giù. Gli uomini e le donne accanto a Rosza cercarono di non guardare e non sentire. L'ufficiale che contava continuò monotonamente a contare. Rosza poteva soltanto sperare che qualcuno impedisse quella cosa che stava succedendo. Nessuno lo fece.

Rosza faceva parte di un gruppetto di bambini sottratti alla processione che li avrebbe condotti alle camere a gas. Nel corso dell'avanzata degli alleati, la sorveglianza nei campi si era andata allentando. Gli ebrei diventavano ogni giorno più audaci: i bambini furono nascosti nelle baracche in cui dormivano gli operai. Gli uomini portavano loro del cibo quando potevano, ma non era molto quello che riuscivano a mettere da parte per loro. Alcuni morirono di fame. Altri di tifo. Altri morirono e basta.

Quando gli alleati entrarono nei campi, i tedeschi se n'erano ormai andati. Avevano fatto marciare davanti a loro migliaia di internati, dopo avere sparato a migliaia di altri. I cadaveri erano ammucchiati in collinette putrescenti. I soldati alleati erano increduli e nauseati. Gli ebrei sopravvissuti guardarono con stupore quei soldati sani e ben nutriti, e si gettarono famelicamente sul cibo che fu loro offerto. I soldati li osservarono disgustati mangiare come cani.

Un soldato con un fazzoletto rosso in testa si avvicinò a Rosza. Le parlò in inglese e fu sorpreso che lei gli rispondesse, a stento, in quella stessa lingua. Rosza non sapeva se fosse inglese o americano: aveva la faccia rossa e una strana espressione. Sollevò una mano gentilmente. Lei si ritrasse e lui le mormorò qualcosa per tranquillizzarla. Sollevò di nuovo la mano e cercò di scostarle i capelli incrostati dal viso.

«Sei una ragazzina», disse.

Lei fu allarmata dalle lacrime che gli avevano riempito gli occhi e si chiese cosa fosse successo. Il soldato infilò una mano nel taschino della camicia e tirò fuori una barretta di cioccolato. Gliela offrì. Rosza lo guardò senza espressione. Lui ne scartò un angolino, lo addentò, masticò e ingoiò. Le offrì di nuovo la barretta. Lei scosse la testa. Le lacrime gli scendevano lungo le guance ora e la guardava sconcertato. Incoraggiata dal suo viso aperto e triste, Rosza gli indicò quel pezzo di stoffa rossa che portava legato intorno alla fronte. Lui, sorpreso, se l'era sfilato e gliel'aveva offerto. Rosza l'aveva preso e se l'era avvicinato agli occhi. Le sembrava di non avere mai visto un colore così, un rosso così. Se lo strofinò sulla guancia lurida e sentì l'odore dolce di quell'uomo.

Il soldato crollò: singhiozzava, gli colava il naso e la bocca gli tremava convulsamente. Rosza era dispiaciuta per quel dolore immenso che sembrava averlo assalito. Allungò una mano e gli toccò gentilmente la testa.

«Va tutto bene», gli disse. «Va tutto bene».

Emma smise di parlare poco prima dell'alba. Le si era prosciugata la voce. Il suo viso devastato era impassibile, talmente sfigurato da essere incapace di espressione. Manfred era seduto sulla sedia accanto al letto con le braccia strette intorno al petto, i pugni serrati e lividi sotto le ascelle. La guardò in silenzio andare in bagno zoppicando. Ascoltò i piccoli rumori di lei che si lavava il viso e il corpo. Sapeva che stava cercando di nascondere come poteva i segni delle percosse prima di presentarsi a suo figlio: il bambino si sarebbe svegliato presto. Emma non aveva molte possibilità di riuscire nel suo intento: Martin avrebbe saputo che lui l'aveva picchiata.

Quando tornò, il suo viso era migliorato appena. Si sedette davanti allo specchio sul tavolo e iniziò a spazzolarsi allontanandosi i capelli dalla fronte con mano tremante. Prese in mano una scatolina di cipria e avvicinò il viso allo specchio. Si osservò con cura. Sollevò il piumino e lo accostò al volto, ma poi si arrestò a mezz'aria. Non c'era cipria che potesse nascondere quei lividi. Ripose il piumino e si voltò verso suo marito. La sua voce era calma e sicura. Gli disse che se ne sarebbe andata.

Naturalmente, alla fine fu Manfred che se ne andò. Si vestì e si preparò in mezz'ora. Raccolse poche cose e le mise in una piccola valigia. Emma aspettava in camera da letto. Quando fu pronto, andò da lei e si fermò accanto alla sua sedia. Rimase lì in piedi per qualche istante, non sapendo se toccarla e incerto su cosa dire. Emma non alzò la testa. Manfred se ne andò senza dirle addio.

Uscì di casa come obnubilato. Le aveva lasciato anche le chiavi della macchina in preda a un penoso stordimento. Si incamminò verso sud, senza nessuna meta precisa. Aveva ormai attraversato il fiume, a Vauxhall, quando ritornò finalmente in sé. Uno strano dolore, che assomigliava a un'emorragia o a un lutto, covava dentro di lui, ma Manfred provava anche un insensato ottimismo: non era *assolutamente* possibile che potesse continuare a soffrire a lungo a quel modo. *Doveva* accadere qualcosa di buono, di positivo. Le cose sarebbero presto andate meglio. Dopo una giornata passata a vagare frastornato nella zona sud di Londra, Manfred si addormentò, esausto, in un parco vicino a Putney. Continuava a svegliarsi di continuo, vagamente consapevole di essere vittima di qualche grave sventura. Quando si fece giorno, troppo infreddolito per continuare a dormire, fu assalito in pieno dal dolore. La sua lampante infamia lo serrò in una morsa soffocandogli il respiro. Si sentì scavato e svuotato dalla perdita. Un nuovo senso di vergogna prese forma dentro di lui.

Dormì all'addiaccio per altre quattro notti di tormento.

Poi andò da Tapper e gli disse cos'era accaduto (senza menzionare le percosse). Tapper gli diede un bel po' di denaro. Gli consigliò di trovarsi un posto in cui stare e poi di telefonare a Emma. Sembrava convinto che si trattasse di una rottura temporanea.

Alla fine si incontrarono a Hyde Park, su una panchina dalla quale una volta, pochi mesi prima di sposarsi, avevano guardato un'alba fredda e scoraggiante. Manfred vi arrivò prima di sua moglie e si sedette ad aspettarla. La vide avvicinarsi, ma quando lei esitò, distolse lo sguardo. Lei gli si sedette accanto e attese con calma che lui parlasse.

Manfred le sciorinò un lungo discorso riparatorio che in seguito non fu in grado di ricordare. Emma ascoltò in silenzio quella lunga lista di rimpianti e di promesse ma, quando Manfred ebbe finito, non parlò. Cedendo a un impulso irrefrenabile, lui si voltò e la guardò in viso: era ancora sfigurato. Emma si alzò immediatamente e se ne andò. Lui la rincorse e cercò di trattenerla, tirandola debolmente per la manica del cappotto. Due passanti, due uomini d'affari, videro la scena e lo bloccarono. Quando Manfred riuscì a convincerli che Emma era sua moglie, lei era ormai scomparsa.

Fu necessaria una settimana di suppliche per ottenere un altro incontro. Stesso luogo, procedura identica, altrettanto implacabile il divieto di guardarla. Era uno scialbo giorno d'inverno, e le mani e il viso di Manfred erano screpolati e intirizziti quando Emma arrivò. Questa volta non ci furono né suppliche né promesse. Manfred aveva capito che non esisteva espiazione possibile per lui, o per lei. Dipinse un futuro di sogno, tratteggiando un matrimonio risanato in cui lui l'amava come l'aveva amata all'inizio. Questa volta le sue parole gli si impressero nella memoria e continuò a ricordarle per anni e anni, anche quando ormai il tempo aveva trasformato quel sogno in un'assurdità putrescente. Ancora una volta Emma ascoltò senza dire una parola, così quando Manfred ebbe finito, poté udire soltanto il rombo lontano degli autobus e i trilli acuti degli uccelli sugli alberi. Dopo qualche istante di silenzio, si voltò e la guardò. Il suo viso era meno pesto e gonfio, ma recava su di sé tutto il peso di una tremenda pietà, pietà per lui. Da quella volta Manfred non rivide mai più il volto di Emma. Non cercò di trattenerla quando lei s'allontanò.

Quando si incontrarono di nuovo, Manfred aveva ripreso a lavorare ed Emma aveva venduto la macchina e si era iscritta a un corso per infermiere. Decisero che non avrebbero divorziato. Stabilirono che Manfred le avrebbe pagato gli alimenti. Lui la supplicò di accettare una porzione enorme del proprio stipendio, ma Emma non accettò. Dopo molte insistenze, accettò metà dello stipendio di Manfred finché non fosse diventata infermiera. La casa era sua, naturalmente. Manfred non voleva nulla per sé. Il suo nuovo appartamento era misero e spoglio; tutto quello che aveva, a parte i vestiti e qualche libro, era rimasto a casa di Emma. Non disse nulla ma sperò che Emma se ne sarebbe accorta. Lei non se ne accorse e lui rimase privo di tutto.

Quei loro incontri divennero presto un'abitudine. In base a un tacito accordo si incontravano una volta al mese, e Manfred le telefonava una volta alla settimana. Quegli incontri non servirono a curare i nuovi dolori di Manfred. Anche se non la poteva vedere, sapeva che i segni che le aveva lasciato sul viso sarebbero prima o poi scomparsi, ma le proprie mani, quelle mani disgraziate, non sarebbero mai guarite. In meno di sei mesi Manfred perse ogni vigore, già peraltro compromesso, ma prezioso. Il suo declino non era un'invenzione, ma la verità, l'unica e sola verità di un uomo annientato e sfigurato dal contrario della gioia.

Undici

Con passo malfermo Manfred uscì dal caffè di Mary. Era indispettito: gli era stato servito un pranzo immangiabile e Mary era stata più prolissa e querula del solito. Gli si era avvicinata appena si era seduto e per quaranta pesantissimi minuti non aveva mai smesso di brontolare e rimproverarlo. Si era lamentata di quanto le sue visite fossero sporadiche negli ultimi tempi. Manfred, sfiduciato, fermo davanti al caffè, decise che non vi avrebbe mai più messo piede. Il tempo era troppo prezioso per lui.

Le strade erano spazzate da una luce azzurrognola. Anche se la temperatura era mite, l'aria era tinta di un indaco e un lilla glaciali. I contorni di ogni cosa risaltavano nettamente in quella luce, i visi della gente sembravano intorpiditi dal freddo. Il vecchio attraversò la strada piena di macchine che avanzavano lente.

Mary gli aveva detto che aveva un aspetto spaventoso, chiaramente malato. Aveva trascorso diversi minuti a descrivergli con notevole compiacimento e minuzia di dettagli la gravità dei segni del suo declino. Gli aveva consigliato di andare da un dottore, anche se, aveva aggiunto, era comunque convinta che non ne avrebbe tratto alcun vantaggio. I medici sono una perdita di tempo. Era tutta colpa di Manfred, che non mangiava correttamente (ovvero, nel caffè di Mary).

Il vecchio passò davanti a un negozio di televisori con un pezzo di cartone sulla vetrina sfondata. Su una serie di teleschermi andava in onda una partita di cricket. Quei movimenti replicati all'infinito, quel cocktail sfocato di verdi e di bianchi gli diede il capogiro. Manfred si girò e proseguì.

Davanti a lui una giovane coppia camminava lenta, tenendosi disinvoltamente per la vita. Stavano discutendo in modo giocoso. Il giovane si sciolse dall'abbraccio della ragazza e si scostò da lei allargando le braccia in un gesto di teatrale esasperazione. La ragazza gettò i capelli all'indietro e rise coprendosi la bocca con la mano. Si diedero un bacio plateale, felici di esibire la loro gioventù e il loro buon umore. Manfred affrettò il passo e li superò il più rapidamente possibile.

Si sentiva vecchio. Il suo corpo era indebolito e spossato. Quella morte che sembrava non voler arrivare mai lo aveva schiantato. Quella mattina aveva scritto tre volte il proprio testamento e aveva stracciato tutte e tre le versioni. Aveva così poco da lasciare che gli era sembrata una vera sciocchezza. L'esiguità dei suoi beni lo aveva avvilito. All'improvviso l'idea che Martin e Julia avrebbero avuto un bambino non gli era più così sgradevole. In fondo era anche lui biologicamente responsabile di quel bambino, e attraverso di lui avrebbe almeno potuto lasciare un segno, una qualche traccia di sé, nel mondo.

Poco lontano, seduti su alcuni gradini, un gruppo di bambini si soffiava addosso delle bolle di sapone. Un gatto si nascondeva tra le loro gambe, attratto e intimorito da quelle bolle che scoppiettavano in aria. I bambini ridevano ogni volta che il gatto faceva un balzo all'indietro. Una ragazzina, però, tentava di accarezzarlo, per rassicurarlo. Passando, Manfred le fece l'occhiolino. La bambina si accigliò e strinse il gatto a sé. Manfred arrossì.

L'aria era umida, immobile. Da un metro e mezzo da terra in su ogni vita era sospesa. Una coltre d'aria svigorita si stendeva da un lato all'altro della strada. La gente lasciava una scia di tiepide fragranze dietro di sé, chiazze di profumo e di fumo di pipa altrettanto nette e personali quanto una cravatta o un paio di collant. Le narici del vecchio vibravano di piacere.

Si fermò dal tabaccaio a comprare delle sigarette. Il cordiale proprietario musulmano prese a chiacchierare della partita di cricket che Manfred aveva visto trasmessa nel negozio di televisori.

«Mi sarebbe piaciuto essere lì», disse, e aggiunse, sfoggiando un ampio sorriso professionale: «Ma sono bloccato qui. Devo tirare la carretta. Ma...», il sorriso rischiava ormai di spezzargli in due il viso, «...forse un giorno andrò in pensione e potrò vedermi tutte le partite di cricket che voglio».

Manfred cercò di imitarne debolmente il sorriso mentre gli porgeva i soldi. Sul bancone c'era un libro aperto a faccia in giù. Manfred protese furtivamente la testa e lesse il titolo: era un famoso trattato antisemitico sulle grandi menzogne del sionismo, uno dei libri più amati dall'islam. Un libro assassino. Il vecchio si domandò come si sarebbe comportato quel tabaccaio tanto amichevole se avesse saputo che il suo cliente era ebreo. Niente più commenti sul cricket? Prese le sigarette e uscì dal negozio senza rispondere al saluto che gli veniva rivolto.

Come succedeva ogni volta che s'imbatteva in un qualche segno di antisemitismo, Manfred si sentì un po' più ebreo del solito. Un tempo aveva creduto che quell'odio fosse il residuo di un'antica animosità, ma ora sapeva che possedeva tutta la freschezza di qualsiasi manifestazione di intolleranza. Gioiosamente apostata nella propria vita quotidiana, Manfred diventava improvvisamente ebreo dinanzi a qualsiasi episodio di ostilità da parte dei gentili. Era un riflesso condizionato, come fare a pugni per un fratello più piccolo o, per un dongiovanni, esibire la propria indefaticabile galanteria.

Gli passò accanto rumorosamente un autobus a due piani. Da un finestrino in alto due ragazzine salutarono con la mano e fecero delle smorfie al vecchio sul marciapiede. Il mondo sembrava chiassosamente cristiano. Manfred pensò a sua moglie, ebrea. Come al solito si trattava di un ricordo carico di sensualità. La rivide in una calda notte della loro prima estate insieme, china sul lavandino della cucina con un bicchiere in mano e indosso il suo abito verde di cotone abbottonato lungo la schiena. Era interessante come gli uomini rammentassero gli abiti femminili in base alla loro modalità di accesso: bottoni, cerniere, gancini. Emma aveva sempre avuto un'aria molto più ebrea di lui. Qualsiasi incauto commento o esplicita provocazione da parte di un gentile feriva Manfred profondamente a causa di sua moglie: sentiva che era Emma ad essere insultata. La diffamazione del sangue pesava su di lei.

Da un negozio di dischi poco lontano Manfred udì tuonare una mediocre canzoncina, ma la banale vitalità della melodia lo rallegrò inspiegabilmente. E così, senza volerlo, gli si presentò alla mente un altro ricordo del corpo di Emma. Una domenica pomeriggio, alla fine dell'estate del 1953, nuda sul letto, scaldata dalla torpida luce che filtrava dalle tende socchiuse. Gli aveva detto di essere incinta soltanto il giorno prima e già a Manfred sembrava che la pancia fosse gonfia e tesa come la pelle di un tamburo. Il suo corpo esprimeva una nuova abbondanza, una nuova pienezza. Con un pene duro come l'algebra, Manfred ansimava di desiderio: gli sembrava che non avrebbero mai fatto abbastanza all'amore. Sotto le sue dita quel ventre si gonfiava, e il suo desiderio si faceva sempre più insaziabile.

Piccole scosse elettriche di piacere gli si trasmisero lungo le braccia e la spina dorsale. Non era male essere vecchi. E avere in serbo momenti simili. Davanti alla metropolitana vide un robusto vagabondo di mezz'età seduto sul marciapiede con un sudicio berretto posato accanto: cantava *Nobody loves me, I'm nobody's child* con un malcelato accento irlandese di Roscommon. Nel berretto, una misera manciata di scialbe monete. Una grossa donna di colore si chinò all'improvviso mentre gli passava davanti per lasciar cadere qualcosa nel berretto. Il corpulento mendicante chinò la testa elegantemente senza smettere di cantare.

Manfred aveva cominciato ad ascoltare quello che Emma gli aveva detto la notte prima che lui se ne andasse di casa soltanto ora, vent'anni dopo. Per un anno cercò di raccogliere ogni tipo di informazione possibile riguardo allo sterminio degli ebrei. Lesse libri colmi di estenuanti liste dei nomi ripetitivi dei morti. Guardò vecchi film tetri che mostravano gruppi di ebrei nudi condotti alla morte. Alcuni degli inquilini di Tapper gli raccontarono storie terribili che avevano a loro volta sentito o di cui erano stati testimoni.

Manfred era allibito: l'Europa si era trasformata in una fabbrica di morte. Il grasso dei cadaveri era stato trasformato in sego; i campi di sterminio erano diventati fabbriche di candele, negozi di sapone. La follia nata da una rabbia o da una paura insensate aveva istigato all'annientamento di un'intera razza. I numeri erano numeri, lunghi e imparziali. Era stato definito olocausto. Emma l'aveva vissuto. Non era stata la guerra che aveva combattuto e perso Manfred: era stata la geenna, il luogo e il tempo delle fiamme dell'inferno.

Vide una serie di fotografie che non erano state riprodotte, perché considerate troppo raccapriccianti. Anche di un'altra raccolta di immagini era stata proibita la circolazione. A parte Emma, quelli come lei e coloro che avevano liberato i prigionieri dei campi di concentramento, non le aveva mai viste nessuno. Manfred ricordava un pomeriggio in un bar pieno di soldati a Berlino, in Potsdammerstrasse, subito dopo la guerra: un giornale inglese aveva pubblicato le fotografie naziste dei campi di sterminio. Manfred ricordava i soldati più giovani accalcati intorno al giornale, che divoravano con gli occhi quelle scene piene di donne nude. Un ragazzo aveva esclamato con voce roca e ansimante che avrebbe dato chissà cosa per essere stato lì, in mezzo a tutta quella carne fresca. Dovettero passare trent'anni prima che Manfred riuscisse a perdonare quei soldati. Probabilmente non avevano mai visto una donna nuda prima. Era in fondo la reazione, per quanto volgare e sconsiderata, di un secolo più sano.

Dopo qualche anno Manfred aveva smesso di cercare parole e immagini che descrivessero l'olocausto di Emma.

Prese persino a evitarle. La vera entità di quel che era accaduto era insondabile. Eppure, ogni notte, nei suoi sogni, Manfred cercava di modificare il passato. Cercava di trasformarlo in qualcosa di onesto e sicuro, come un debito. I sogni di vendetta e di salvezza andarono svanendo con gli anni, Manfred finì per fare sogni impossibili di nazisti benevoli, clementi revisioni dei campi di concentramento, trasformati in luoghi festosi come un giorno di vacanza. Di notte quelle scene apparivano quasi verosimili, prive di dolore e infamia, ma Manfred sapeva che era una consolazione solo sua. Lui non avrebbe mai subito quello di cui era stata vittima Emma. Era lei a recare su di sé il marchio del passato.

I primi anni della loro separazione furono vissuti in un prolungato differimento. Manfred trascorse un paio di anni bui, da un esanime autunno a un altro esanime autunno, stordito dal dolore e dalla vergogna. Trovò l'appartamento in cui avrebbe vissuto per vent'anni e più. Si abituò alla solitudine. Quella vita solitaria e metodica gli diede conforto e lo fece invecchiare. Non aveva ancora compiuto cinquant'anni che era già vecchio e curvo.

La mancanza di Emma era uno strazio continuo. Manfred visse il primo anno senza di lei in uno stato di angoscioso appannamento, recitando sul palcoscenico della propria vita e sopportandone il peso, senza che quel che faceva lasciasse in lui alcun ricordo o quasi. Qualche volta si chiedeva come fosse riuscito a sopravvivere a quei giorni di stordimento. Aveva lavorato, vissuto, mangiato, respirato, ma poi tutto era stato inghiottito da una sorta di buco nero della memoria.

Continuarono a incontrarsi come lei aveva chiesto. Il divieto di guardarla, inizialmente dovuto al deplorevole stato del suo viso, rimase. Con il passare dei mesi, quando i lividi erano probabilmente ormai spariti, Emma continuò a pretendere che lui non la guardasse. Una volta al mese Manfred si sedeva sulla solita panchina, con il viso rivolto dall'altra parte e gli occhi umidi, ciechi. Non parlò mai a nessuno della natura di quei loro incontri. Tapper sapeva che si incontravano, ma non si sarebbe mai immaginato che Manfred non potesse guardare Emma. Da bambino Martin non sapeva neanche che i genitori si vedessero. Manfred sapeva che gli altri consideravano quei loro incontri assurdi, insensati. La prova di un evidente squilibrio, di lui o di lei.

Manfred aveva picchiato Emma per avere vissuto prima di conoscerlo e senza di lui. L'aveva picchiata per la violenza subita non per *sua* mano. L'aveva picchiata per la guerra. L'aveva picchiata per la sua bellezza, per suo figlio, per il suo silenzio e per la sua sofferenza. L'aveva picchiata perché l'amava. Aveva cercato di schiacciare qualcosa dentro di lei. Aveva cercato di darle una forma che gli sarebbe stato più facile amare.

Cercò di trovare un modo per poter comprendere. L'antica meschinità l'aveva abbandonato. La sua vita senza Emma era ancor più profondamente dominata da lei di quanto non fosse stata prima. Lei era la parte migliore di lui. Ogni momento di solitudine nel suo squallido appartamento era una commemorazione della sua assenza. Manfred si sentiva controllato teneramente da quella moglie invisibile. L'idea fantastica che lei assistesse agli eventi solitari della sua vita plasmava il suo tempo inutile. Ma come in una storia, Manfred sapeva che non ci sarebbe stato un finale, una conclusione, un congedo definitivo. Nessuna prova d'amore, nessuna penitenza.

Ora Manfred sapeva cosa Emma aveva visto allo specchio, cosa aveva visto sul proprio volto. Aveva scorto i segni della violenza commessa e subita. Aveva visto Birkenau, i mucchi di morti senza ragione. Aveva visto il proprio viso sfigurato dalle mani di Manfred. Aveva visto una parte di sé morta per sempre, come accade ai sopravvissuti, incapaci di sopravvivere. Picchiandola, Manfred aveva confermato il suo ruolo di vittima. L'aveva seppellita.

E anche se ogni giorno Manfred cercava di trasformare il pensiero delle sofferenze di Emma in qualcosa di buono, esso continuava a imputridire. Manfred avrebbe voluto essere capace di perdonarsi. Di perdonare gli *altri*. Un giorno provò a contare gli ebrei morti. Si sedette su una sedia accanto alla finestra e continuò a contare mentre il giorno trascolorava e la stanza si faceva sempre più buia, finché non fu immersa nell'oscurità e nel silenzio, rotto soltanto da quei numeri pronunciati a mezza voce. Quando giunse a ventimila, Manfred aveva ormai la bocca secca e si sentiva la gola gonfia e ansimante. A quarantamila, le labbra cominciarono a spaccarsi e sanguinare. Ci sarebbe voluto un mese per contare il primo milione di morti e lui avrebbe tirato le cuoia molto prima.

Cercò di trovare un modo per poter comprendere. La terra straripava di cadaveri e il cielo era offuscato dalle loro ceneri. Un numero incalcolabile di morti tormentati. Come Emma, la loro debolezza non era stata debolezza. Talvolta, la notte, Manfred sognava quelle schiere sterminate di morti. Era convinto che potessero parlare. Sperava soltanto che potessero anche perdonare.

«Tutto bene? Ehilà? Tutto bene?».

Era seduto sui gradini di un'abitazione in rovina, non molto lontano da casa. Scorse una sagoma china su di sé mentre si stringeva la testa grigia tra le mani.

«Tutto bene?».

Manfred alzò gli occhi e vide Garth in piedi davanti a sé, che lo guardava con un'espressione preoccupata. Il suo viso e la sua sagoma erano scuri contro lo splendore posticcio di un improvviso raggio di sole. Cercò di rivolgergli un debole sorriso.

«Mi era sembrato che si trattasse di lei», disse Garth. «Non ha una gran bella faccia. Si sente male?».

«No, sto bene. Solo un attimo di stanchezza».

Garth lo guardò perplesso. «Sta andando a casa?».

Manfred annuì. Il giovane gli si sedette accanto. «Be', allora, se vuole, dopo che si è ripreso un attimo, faccio la strada con lei. Stavo andando a casa anch'io. Mi fa piacere avere la sua compagnia». Aveva parlato con tono disinvolto e allegro, cercando abilmente di non fare alcuna allusione a una possibile infermità da parte di Manfred. Il vecchio fu un po' infastidito da quel modo professionale.

«Sto bene adesso. Possiamo andare».

«Perfetto».

Garth si alzò e aspettò che Manfred si sollevasse senza il suo aiuto. Il vecchio sbuffò e soffiò, ma riuscì a tirarsi su senza grande difficoltà. S'incamminarono a un'andatura neutrale. Garth procedeva qualche passo davanti a lui. Camminarono per circa un minuto senza parlare. Manfred notò che la strada era piena di bambini che correvano qua e là, saltellavano o se ne stavano imbronciati in un angolo. Più di una volta Manfred e Garth dovettero aggirare un gruppetto di ragazzini assorti in qualche gioco complicato sul marciapiede. Erano appena cominciate le vacanze estive e i bambini erano felici di giocare per strada. Manfred aveva avuto l'impressione che ormai i bambini guardassero soltanto la televisione. Fu felice di vedere che non era così. Si voltò verso il giovane che gli camminava accanto.

«Mi ritiene vecchio?».

Garth sorrise e guardò per terra.

«Non è giovane», rispose con voce inespressiva.

«Ma mi definirebbe vecchio?».

Garth fece qualche rapido passo avanti e calciò un pallone verso un gruppetto di ragazzini che stavano giocando su un fazzoletto d'erba. Rise, felice di quella improvvisa dimostrazione della propria esaltante gioventù. Raggiunse Manfred e proseguì per qualche metro in silenzio mentre misurava la propria risposta.

«Non le piace essere vecchio?».

«Quand'ero ragazzino, incontrai un uomo vecchissimo che mi disse che non capiva perché il mondo non si stancasse. Non capii cosa intendesse. Ma adesso sono vecchio, sono stanco, e mi domando perché il mondo non si stanchi».

Garth rise.

«Ma è proprio così, invece. Non li legge i giornali? Il mondo è stanco morto».

Svoltarono nella strada in cui abitavano. Sul marciapiede opposto un uomo con due levrieri stava aprendo il cancello del proprio giardino. I cani erano grondanti di sudore e di piacere. Manfred avrebbe voluto salutarlo, ma l'uomo entrò in casa prima che Manfred trovasse il fiato e il coraggio di farlo.

Garth parlò. «Sono felice di questa nostra chiacchierata. Sono due mesi che lei vive sotto di me e ancora non c'era stata occasione di farlo. L'ho vista spesso in giro. Qualche volta ci si fa un'idea delle persone prima di conoscerle. Avevo immaginato che quel Webb fosse un pagliaccio, ma lei mi sembrava a posto. Sempre da solo, ma a posto».

Manfred accennò un sorriso. Era intenerito, ma sperava che il giovane non passasse a qualche commento riguardo alla necessità di farsi vedere da un dottore. Erano a una cinquantina di metri da casa. Se fosse riuscito a mantenere la conversazione sul vago fino all'ingresso, l'avrebbe fatta franca. Avrebbe detto che era stanco e che voleva dormire un po'.

«È malato, non è vero?».

Stavano camminando sotto un piccolo faggio. Il vecchio si scostò alcuni rami bassi dal viso. Garth si chinò per evitare il fogliame e proseguì. «Sono infermiere: lo vedo. Quella sera, davanti al portone, aveva davvero una brutta faccia. Fegato? Pancreas?».

Manfred scese dal marciapiede per attraversare la strada in direzione dell'edificio in cui abitavano entrambi. Garth lo seguì.

«Sì, lo so. Non le piacciono i dottori. Non è grave. Dobbiamo andarcene tutti prima o poi, ma mi stia a sentire, se vuole morire, lasci che le dia un consiglio».

Erano ormai davanti a casa. La mano di Garth sulla sua spalla lo costrinse a fermarsi. Si guardarono in faccia, il giovane e il vecchio. «Prenda una manciata di pillole. Si tagli le vene. Si spari alla tempia o si butti in un fiume. Ma non lasci che la natura faccia il suo corso. Non è piacevole. Non è per niente piacevole. Ho visto com'è. E non glielo consiglio, mi creda».

Gli rivolse un vivace sorriso e sollevò giocosamente le sopracciglia. Manfred aprì il cancello del giardino e si avviò lungo il sentiero che conduceva al portone di casa. Il sole era scomparso e il pomeriggio era tornato ad essere grigio e stanco. Il vecchio aprì il portone e lo tenne aperto. Fece cenno a Garth di entrare, e questi scosse la testa con aria indulgente e lo seguì nel corridoio. Manfred chiuse la porta. Si guardarono, incerti, imbarazzati. Garth aspettava una risposta. Manfred fece qualche passo verso il suo appartamento e tirò fuori la chiave. Si voltò a guardare Garth. Era gentile da parte sua anche soltanto essersene accorto. Non poteva essere scortese. Sorrise.

«Posso farle una domanda?», chiese Manfred.

«Naturalmente».

Manfred girò la chiave nella toppa e aprì la porta.

«Lo sapeva che sono ebreo?», domandò.

Garth rispose con un grande, enorme sorriso.

«E lei lo sapeva che io sono negro?».

Manfred scoppiò in una grande, enorme risata.

A mezzanotte Manfred aveva avuto modo di comprendere l'avvertimento di Garth. Il corso della natura è spietato e violento. Il dolore che lo tormentava si era fatto brutale, disgustoso. Manfred aveva pianto per due ore in bagno, chino sul lavandino e sulla tazza del water. Il suo corpo stava diventando freddo e nauseabondo. Vomitò sangue e grumi corposi di strane tinte. Vomitò una sostanza verde, di un colore che lo aveva terrorizzato: sembrava così innaturale, così improbabile. Immaginò che fosse bile e comprese di essere nei guai.

Naturalmente il dolore vero e proprio non aveva perso il passo con i nuovi sviluppi della malattia. Ogni nuovo conato e rigurgito era accompagnato da spaventosi crampi e fitte sempre più terribili. Manfred mormorava tra sé a bassa voce in quei momenti di dolore. Parlava come un poeta che legga poesie, con voce monotona e stremata. Sentiva il cuore e i polmoni stretti nella morsa della crisi. Alle due del mattino aveva deciso che sarebbe morto prima dell'alba. Il suo vecchio cuore scoraggiato correva a perdifiato e inciampava. I suoi occhi erano bui.

La follia ebbe fine poco prima dell'alba. All'improvviso il sangue riprese a scorrere nel corpo di Manfred con calma insensata. Soltanto il suo respiro, il querulo su e giù del suo petto, dimostrava che era ancora vivo. Arrancò fino alla poltrona accanto alla finestra. Le tende erano aperte. Sconvolto e stordito, continuò a guardare fuori finché la notte non ebbe fine e le strade si fecero pallide e fredde nella luce appena nata. Si fumò un'insapore sigaretta, felice di essere ancora vivo. Fece scorrere le mani sul proprio corpo, meravigliato della sua resistenza.

Poco dopo, quando il buio era ormai dissipato, Manfred si sentì infreddolito e pieno di sonno. Schiacciò la sigaretta nel posacenere. Sapeva che stava morendo sul serio. Definitivamente. Era terrorizzato, nient'affatto contento ormai. Tra qualche giorno sarebbe morto: era un pensiero mostruoso e nauseante. Ma era stanco adesso. Dormire era la cosa più importante. Sarebbe morto felicemente domani, se solo poteva farsi una bella dormita. Cercò di alzarsi, ma le sue gambe e le sue braccia erano stremate, inservibili. Ricadde sulla poltrona e frugò un po' nelle tasche in cerca di un'altra sigaretta. Prima di riuscire a trovarla, era addormentato, e sognava.

Dodici
(1962-)

Per più di vent'anni vissero separati. Il protocollo dei loro incontri divenne minuzioso e inviolabile. Quella ripetitività aveva una certa magia per entrambi. Si incontravano dodici volte all'anno, nel parco. Dopo i primi due o tre anni, Manfred dimenticò di avere mai cercato o desiderato vederla durante quegli incontri. L'invisibilità di Emma assunse una virtuosa irrazionalità, di una perfezione e di un'imperfezione assolute. Manfred era felice di sottomettersi alle regole di Emma, felice di sottostare a qualsiasi norma di fedeltà che lei dettasse.

Per più di vent'anni gli fu permesso di telefonarle una volta alla settimana. Una restrizione che egli non rispettò a lungo. Cominciò presto a chiamare Emma ogni volta che il dolore di averla persa e la sua solitudine minacciavano di soffocarlo. Se non si trattava di una telefonata concordata, Emma non parlava, ma non riattaccava mai immediatamente il ricevitore e Manfred riusciva a dire le parole che doveva dire. Sapeva che lei non lo ascoltava, ma ne traeva comunque un certo sollievo. In breve prese a chiamarla tanto spesso, tanto infruttuosamente, che non gli fu più possibile pagare la bolletta del telefono. Gli staccarono la linea. Manfred cominciò a usare i telefoni pubblici. L'umiliazione di quelle suppliche pubbliche fece prima diminuire e poi cessare del tutto le chiamate non prestabilite.

Vent'anni e più: una schiera di notti in cui Manfred andò lentamente avvizzendo nel suo venerabile letto solitario. Invecchiò. Il suo viso si fece consumato dal tempo e il suo corpo crepato come una statua antica. Il suo stomaco, un tempo perfetto e forte, si ricoprì di grinze e di pieghe sotto il peso dell'ostilità degli anni. Ogni giorno il suo vigore andò scemando. La sua muscolatura si indebolì, le ossa si irrigidirono. Il suo pene, un tempo prodigioso, si ridusse alle dimensioni di un funghetto. Ma Manfred non si vergognava del proprio decadimento. Il declino del suo corpo gli sembrava una giusta punizione. Era persino felice che ogni mese Emma lo vedesse più invecchiato e comprendesse quale castigo stesse pagando.

Martin crebbe. A differenza di molti altri padri, Manfred non fu sorpreso di vederlo uomo: Martin non era mai stato un vero bambino. L'età adulta gli si confaceva di più, essendo la sua serietà meno grottesca in un uomo. Andava a trovare Manfred ogni tanto, a distanza di qualche settimana, e il vecchio lo guardava crescere senza interesse. Le loro conversazioni erano sempre distratte e nessuno dei due parlava mai di Emma o di quello che il ragazzo poteva avere visto o sentito in casa. Martin andò all'università. Conobbe Julia. Finì l'università. Sposò Julia. Padre e figlio si allontanarono ancora di più. Si creò tra loro una distanza neutrale e conveniente, uno spazio di distacco austero e privo d'amore in cui gli antichi rancori furono lasciati a marcire. Le mute accuse del figlio si dissolsero in ricordi carichi di ostilità, e la delusione del padre svanì.

Di alcuni di quei vent'anni e più, la memoria conservava un sapore particolarmente amaro. E ci furono anni che ebbero un ben amaro sapore al tempo, come era giusto che fosse. Manfred era un vecchio ebreo: un insulto. Senza moglie, solo, sentiva di essere stato soffocato, annichilito e rifiutato. Il tempo passava su di lui come sale, o aceto. Erano anni inutili, sopportati a fatica, profondamente sofferti. Manfred dava la colpa alla guerra. Al ventesimo secolo. Persino al clima.

In quei vent'anni-e-più morì anche l'ultimo dei suoi vecchi amici. Spike fu trovato morto nel suo bagno sudicio; il cuore troppo pingue di Tapper capitolò il giorno del suo cinquantacinquesimo compleanno, e il fratello di Manfred sopravvissuto alla guerra morì di cancro in un ospedale di Boston. Manfred rimase sconcertato dall'intensità del dolore provato alla morte di Tapper. Comprese allora quanto rozzo affetto per il suo datore di lavoro avesse accumulato nel corso degli anni. Gli affari di Tapper erano stati quanto meno ambigui, se non palesemente illeciti. Aveva prosperato grazie a guadagni amorali, irretendo e soggiogando chiunque avesse mai conosciuto (compreso Manfred). Era vissuto senza gioie né dolori. Aveva fatto buoni affari e grandi profitti, esempio ideale del trafficante pieno di soldi ma del tutto privo di dignità e capace di qualsiasi sforzo quando si trattava di promuovere se stesso e i propri commerci. Manfred e Spike erano stati i suoi unici amici e avevano entrambi lavorato per lui. Tapper non sapeva che farsene degli amici. Faceva di tutto per non crearsene, neanche involontariamente. Eppure Manfred scoprì di avere innumerevoli ricordi di silenziose analisi della testa minuta di Tapper da ogni angolazione possibile. Forse era la sua mancanza d'amore a intenerire Manfred. Non ne era sicuro, ma di certo quel giorno, accanto alla lunga fossa in cui veniva calato il corpo di Tapper, fu afflitto da un'inaspettata sofferenza.

Gli affari morirono insieme a Tapper. Manfred continuò a lavorare in ufficio per qualche mese ancora, cercando di recuperare qualcosa dalla massa necrotica dei traffici di Tapper. Non era rimasto gran che. Tapper era morto giusto in tempo. L'impresa era oberata dai debiti e dalle conseguenze delle frodi perpetrate. Manfred rimase sconcertato dalla mole delle speculazioni di cui Tapper lo aveva sempre lasciato all'oscuro. Ma fu ancor più sorpreso di scoprire che Tapper aveva versato una rendita annuale in beneficenza: una considerevole somma di denaro era stata inviata ogni anno a un'organizzazione sionista europea. Il suo ebraismo fasullo lo aveva chiaramente attanagliato fino alla fine. Un simile gesto segreto era alquanto bizzarro: non poteva certo essere stato inteso a consolidare la sua inveterata simulazione di origini ebraiche. Il vecchio gioco pubblico era diventato privato, più reale che mistificatorio.

Manfred congedò i pochi impiegati rimasti. Alice, la segretaria, che aveva ormai raggiunto la mezz'età e che aveva tanto sognato di diventare un giorno la signora Tapper(stein), si lanciò in critiche accese. Era chiaro che Tapper era sempre stato un imbroglione. Un gentiluomo non si sarebbe mai abbigliato a quel modo, né avrebbe mai usato un simile linguaggio. Travolta dalla foga delle sue accuse cariche di frustrazione, insinuò persino che il suo datore di lavoro non si fosse comportato correttamente con lei. Manfred non riuscì a capire se il suo sdegno fosse un tradimento o un tentativo di consolazione per quel che aveva perso. Comunque sia, Alice fu irremovibile nel pretendere una liquidazione doppia rispetto a tutti gli altri impiegati di Tapper.

Con l'aiuto di diverse squadre di scialbi investitori, Manfred chiuse i battenti della società di Tapper. A quel tempo abbondavano in tutto il paese le imprese agonizzanti. Manfred fu felice che fosse finita. Era stata una vita da parassita senza altro risultato che quello di far soldi. Il sogno di Tapper, come tutti i suoi sogni, era stato arido e vano.

Manfred smise di lavorare soltanto un paio di anni prima di quanto avesse avuto intenzione di fare. Si era assicurato che la sua pensione sopravvivesse alle razzie predatorie degli altri contabili. Senza la distrazione del lavoro, era convinto che sarebbe avvizzito e deperito ancora più in fretta. La punizione che doveva scontare richiedeva tutto il suo tempo, tutte le sue ore. Si sentì presto inutile come aveva sperato. Non c'era nessuna occupazione a mitigare l'asprezza delle sue giornate. Non gli era rimasto altro che la trama di incontri mensili nel parco e di telefonate settimanali alla sua invisibile moglie.

Emma prosperò. In quei vent'anni-e-più la sua carriera fece continui progressi. Dopo aver lasciato il Middlesex Hospital, in cui aveva seguito il suo corso di qualificazione, andò a lavorare all'ospedale St Thomas. Si batté per la creazione di cliniche specializzate femminili, screening, maggiori possibilità per i medici donne. Pubblicò una relazione sull'attività d'assistenza infermieristica a domicilio. Fece parte di diversi comitati. Il suo nome cominciò a comparire regolarmente sui giornali che Manfred non leggeva. Divenne famosa nel suo ambito, piccolo ma dignitoso, facendo costantemente infuriare i giornalisti per la sua irremovibilità nel non voler essere fotografata. Una volta partecipò a un programma radiofonico. Manfred lo registrò e lo riascoltò infinite volte per mesi. Lo addolorava il suono nuovo che aveva acquisito la sua voce: priva della circospezione cui Manfred era abituato, resa più intensa e profonda dagli apparecchi dello studio, aveva un tono confidenziale e colmo di fascino. La gelosia e il dolore di averla persa lo dilaniavano con l'accanimento di un'ulcera. Finì per gettare via il nastro.

Ma il successo, l'affermazione professionale di Emma non erano più fonte di dolore per lui. Anzi, non lo ferivano affatto, non più. Manfred ora l'amava di un amore migliore. Lei era libera e Manfred poteva amarla senza egoistica avidità. Non potendo più contare sui propri occhi, Manfred si sforzò di trovare un nuovo modo di amarla, ciecamente. Ora che non poteva più vederla, comprese quanto in passato l'avesse amata attraverso gli occhi, per il suo aspetto. Fatta eccezione per le valutazioni annuali di quel che l'anno appena trascorso potesse avere sottratto, o accordato, al viso di Emma, e quale nuova bellezza potesse essersi perso, Manfred amava ormai senza immagini.

L'assenza di Emma rafforzava l'amore di Manfred. Privato di lei per così tanto tempo, poteva amarla senza alcuna ragione, l'unico amore che valga la pena di nutrire. Emma era completa senza di lui, intera e distinta. Manfred l'amava per procura: da cuore infranto a cuore infranto. Una volta, agli inizi della violenza, aveva pensato di amarla troppo, di essersi perso in lei. In seguito, quando fu solo, seppe di averla perduta nelle pieghe del proprio amore di sé. L'aveva amata solo per sé.

Manfred si adattò alla viva, brillante bellezza della mediocrità, la vita di un uomo senza Emma. Divenne come altri uomini, altri vecchi. Diede il benvenuto agli anni dell'afflizione. Sentì che il suo corpo assumeva la stessa forma di quei vecchi che lo avevano sempre intenerito quando era ragazzo. Uomini anziani con morbidi colli rasati e pochi capelli radi e corti, che passeggiavano per strada in mordibi abiti scuri. Uomini che aveva creduto non avessero vita, né passato, soltanto il peso dei loro anni. Lui stesso forse, ora, suscitava la stessa tenerezza. Sentimento che considerava quanto mai appropriato alla sua persona: essere commiserato non lo infastidiva più.

Una volta, un paio di anni prima della morte di Tapper, in un momento di sconsideratezza, Manfred aveva sperato. Era andato a fare un sopralluogo in una grande casa che Tapper aveva acquistato in Liverpool Road. Finito quello che aveva da fare, si era fermato a prendere un caffè in una piccola sala da tè di Islington che Emma amava. Era poco lontana dalla loro casa. Quella vicinanza lo aveva turbato, ma era stata l'atmosfera della sala da tè a fargli perdere la bussola. Le sedie e i tavolini di legno chiaro, le tovaglie verde scuro, il tintinnio di tazze e piattini, il chiacchierio sommesso degli altri avventori, l'ampia luce che riempiva la saletta, quella luce vivida, così intensamente *possibile*. In un mondo tanto misurato e squisito, ogni cosa era possibile, addirittura probabile. Manfred era stato sopraffatto da un sentimento di sicurezza e di gioia. La vita abbondava già di troppi mali per andare in cerca di pene inutili. Vivere senza Emma era una tale ingiustizia, un crimine contro natura. Con l'amore immenso che provava, non doveva fare altro che finire il suo caffè, avviarsi a piedi verso la casa che aveva comprato per lei, a soli cinque minuti di distanza, e chiederle di essere sua. Erano entrambi vecchi e malconci. Molte cose sarebbe state perdonate. Manfred avrebbe ritrovato la propria integrità. La ferita inflittagli dalla perdita di Emma si sarebbe sanata.

Quando ebbe pagato il caffè, quello stato d'euforia era ormai svanito. Esistevano colpe irreparabili. Emma non poteva essere criticata. Il volto che non voleva mostrargli era sfigurato dalla sofferenza, da delitti inenarrabili. Sopravviveva in lei un residuo di quell'era di atrocità che aveva vissuto. Doveva perdonare molto di più della crudeltà di Manfred.

Quei vent'anni-e-più furono più di vent'anni. Furono un aggregato di piccole bellezze e di un amore migliore. Mattine, pasti e sigarette. Parole inudite. Cieli e strade e persone. Lettere non scritte e ore difficili, lunghe e brevi. Senza Emma, la vita di Manfred era stata colma di lei. Il suo dolore era un tormento che non avrebbe avuto fine. Il mondo divenne un mondo stanco, e Manfred trascorse l'esile trama temporale di quei vent'anni come un osservatore esterno, affinando la testimonianza non scritta di quel suo grande, immenso amore.

Tredici

Quella mattina, prima ancora che fosse giorno pieno e il sole alto nel cielo, Manfred si rese conto che sarebbe morto quel giorno. Era arrivata l'estate e l'aria era calda e profumata. Il cielo terso, limpido e azzurro come una musica. Dalla sua finestra la strada sembrava una spiaggia assolata. I marciapiedi erano sbiaditi dal calore e dalla polvere, e i più giovani vicini di Manfred passeggiavano lentamente, felici, con indosso camicie e gonne vivaci come carta colorata. Le macchine luccicavano come scudi nel fulgore senza ombre della strada, e la sua stanza si riempì di rumori e di una luce chiassosa.

Era comparso un nuovo dolore. Per quanto fosse più esile, più lieve dell'altro dolore che lo aveva accompagnato, possedeva un indubbio carattere di finalità. Dentro di lui, giù in fondo allo stomaco, era morto qualcosa di vitale. Manfred sapeva che le cieche cavità del suo corpo stavano riempiendosi di sangue. Aveva vomitato meno quella mattina, ma solo sangue. Non c'era stata alcun'altra sostanza, cibo o segreta bile in quel rosso. Solo sangue, puro e semplice.

Ne era rimasto sorpreso. Si era sentito tradito, incurabile. Aveva persino pianto. Non si sentiva pronto. Non si era preparato. Provava un senso di deprivazione: morire gli sembrava molto meno elegante e inevitabile ora. Avrebbe voluto vedere altre mattine. Quel pensiero lo atterriva: non avrebbe visto altre mattine. Durante la guerra aveva osservato i cadaveri dei soldati. In Libia, in Egitto e in Italia, li aveva guardati restare immobili, senza parlare né respirare. La morte gli era sembrata una cosa semplice. Se fosse morto allora, morire sarebbe stato più facile, con tanti compagni defunti. Allora Manfred sarebbe quasi stato felice di smettere di muoversi, di respirare e di parlare. Ma ora era vecchio. Era solo e afflitto. La sua morte sembrava una cosa molto più grossa. Un evento di capitale importanza. Qualcosa da temere.

Poi aveva pianto. Aveva pianto per ore. Si era seduto sulla sedia accanto alla finestra e aveva pianto, guardando la strada. Ogni due o tre minuti accadeva qualcosa di bello, qualche piccolo evento incantevole. Un cane indolente disteso sul caldo marciapiede con un'espressione soddisfatta cambiava posizione per godersi appieno il sole. Dalla finestra di una casa vicina una risata scoppiava improvvisa e melodica e poi scemava. Le donne portavano le borse della spesa curve sotto i caldi raggi di sole. Le radio trasmettevano allegri frammenti di musica. I bambini strillavano. Le donne camminavano. Gli uomini parlavano. I vecchi piangevano.

Manfred piangeva per se stesso. E per Emma. L'amore sgorgava a fiotti dentro di lui, inondando il suo cuore malato. Nessun mondo avrebbe mai potuto essere abbastanza grande o abbastanza buono per ospitarla. Manfred sentiva che stava giungendo ai confini del suo amore. Stava estendendo il suo amore per lei sino alle profondità più remote e abissali. Non avrebbe mai potuto amarla più di quanto l'amava in quel momento.

Era stata più bella che mai sfigurata dalla violenza, più forte che mai nei momenti di debolezza. Era stata sfaccettata e completa al di là del vero. Lo aveva amato quando lui aveva cercato di annullare, schiacciare ogni amore in lei. Lo aveva lasciato con una profonda ferita, ma gli aveva dato il monte Pisgah, gli aveva dato tutti i suoi sogni.

Una volta, poco prima di sposarsi, l'aveva aspettata alla stazione della metropolitana di Notting Hill. Dovevano andare al cinema. Era arrivato presto e si era seduto su una panchina ad aspettarla, riscaldato dai bassi e ampi raggi di un tardo sole. Aveva guardato i treni fermarsi e scaricare gruppi di passeggeri, allungando il collo per cercare di scorgerla. Più aspettava, più la sua felicità aumentava. Quelle masse di persone erano meravigliose, vivaci e multiformi. Curiosamente, non lo deludeva scoprire che lei non era tra loro. Non si era mai sentito così giovane. Una gioia bizzarra, insensata lo aveva sopraffatto mentre guardava quelle persone. Quando Emma era arrivata, era rimasta sorpresa dallo stato d'animo di Manfred. Solitamente riservato in pubblico, lui l'aveva abbracciata platealmente e baciata. La gente li aveva guardati, qualcuno aveva sorriso del loro ardore. Quella sera Manfred era troppo felice per andare al cinema. Avevano passeggiato. Avevano passeggiato per le calde strade di Londra mentre scendeva la notte e la città si accendeva di piccole luci.

Per sopire quei pensieri di lei, il vecchio si mise a riordinare la casa. Lavoro peraltro del tutto superfluo: il suo appartamento era già ordinato, inutilmente, pietosamente a posto. Ma l'assurdità di quel lavoro lo rallegrò. Ancora una volta la morte gli apparve come la festosa prospettiva che per tanti mesi era stata ai suoi occhi. L'ordine che regnava nel suo appartamento lo fece sentire mediocre e mortale. Anche l'esiguità di quanto possedeva era patetica. Il mobilio da poco, i documenti inutili e tutte quelle carte erano la trita summa testuale di una vita vissuta a metà. Gli indumenti troppo scarsi e troppo banali per essere commoventi. I libri non erano mai stati letti e le poche fotografie che aveva erano neutrali ricordi privi di commento: i suoi defunti genitori, i suoi fratelli, anch'essi scomparsi, suo figlio ancora vivo, e rari amici occasionali, anche loro, per lo più, defunti. L'unica fotografia di Emma che possedeva non lo commuoveva più. Riponendola, si aspettava di provare una lieve ondata di rimpianto o di sgomento. Era affiorata una parca tristezza ma, per un uomo che aveva amato come lui, era una cosa da nulla, una delusione.

Poco dopo, tuttavia, la sua disposizione d'animo si fece quasi commemorativa. La nuova crisi che si stava combattendo nel suo stomaco sembrava avere raggiunto livelli di tollerabilità. Era la sua ultima giornata: innegabilmente, un'occasione speciale. Manfred avrebbe quasi voluto organizzare una festa d'addio o inviarsi un biglietto di auguri di morte. Cercò di trovare un gesto con cui poter celebrare l'ultimo dei suoi giorni. Pensò che avrebbe potuto mangiare qualcosa, ma era ormai stanco della sua dieta di rifiuti fibrosi e pane indigeribile. Si sarebbe versato un bicchierino, se solo fosse stato sicuro di non vomitarlo.

Verso le quattro il vecchio ebbe un altro collasso. Per qualche istante credette si trattasse della crisi finale. Era crollato in ginocchio con la testa in avanti e aveva vomitato succhi di strani colori, le ultime sostanze presenti nelle sue viscere agonizzanti. Più tardi, mentre puliva il tappeto, gli era improvvisamente venuta un'idea per un gesto di commiato. Si sarebbe masturbato. Più tardi, sdraiato sul letto, su un fianco, con il pene in mano (entrambi quasi altrettanto grinzosi) gli era venuta un'idea migliore. In un certo senso, l'unica. Avrebbe chiamato Emma. L'avrebbe chiamata anche se non era il giorno concordato. Aveva qualcosa da dirle.

Alle cinque guardò dalla finestra Webb rientrare dopo una giornata di indefinibile lavoro. Manfred si accucciò dietro la tenda per non farsi vedere. Sentì Webb lanciare qualche scintillante insulto ad alcuni ragazzi che si erano seduti sulla sua macchina. Quando udì sbattere la porta d'ingresso, guardò di nuovo fuori. Il sole era ancora forte. A differenza del vecchio, non mostrava segni di morte imminente.

Si preparò un bricco di caffè. Se lo preparò con cura: doveva essere buono. La cosa che lo irritava di più della morte era che nulla avrebbe avuto fine oltre a lui. Il vecchio aveva sempre sperato che, al termine della sua vita, la sua esistenza gli sarebbe parsa conclusa, che tutti i diversi fili della sua vita, dai più forti ai più esili, sarebbero stati raccolti e legati insieme. Ma ora, per quanto considerasse se stesso ormai finito, il resto della sua vita era ancora a metà, o neanche a metà. Mentre beveva il suo (mediocre) caffè, fu tormentato da quei pensieri di incompletezza.

Alle sei la pelle di Manfred era divenuta umida e gelida. Una pioggerellina di sudore freddo gli si era posata sulla fronte e sul cranio, alla radice dei capelli. Era strano, perché dentro si sentiva livido, liquefatto da un calore inaudito. Una conflagrazione mortale divampava tra le sue costole e con il trascorrere delle ore quel fuoco si era lentamente fatto strada sempre più su, avvolgendo nelle sue fiamme il cuore e i polmoni. Un dolore di un'intensità sbalorditiva.

Tornando a casa dal lavoro, Garth aveva bussato alla porta di Manfred. Quando gli era andato ad aprire, il viso di Garth aveva tradito la sua sorpresa.

«Che brutta faccia oggi, vecchio mio», aveva esclamato.

«Perché, non ce l'ho sempre?», aveva replicato Manfred.

Garth non si era trattenuto e la loro breve conversazione era stata quanto mai generica ma, senza alcuna ragione, aveva fatto sentire Manfred meno solo. Si era affezionato a Garth, che era sempre così gentile. Il vecchio avrebbe desiderato dirgli qualcosa di definitivo, ma non gli era venuto in mente niente di adeguato.

Alle sette una porta sbatté e Manfred si svegliò di soprassalto. Osservò Webb uscire e si infuriò di essersi addormentato. Non era neanche stanco. Era pura indolenza. Si stropicciò la faccia con entrambe le mani: la pelle era secca, sembrava quasi di carta, così sottile che si sarebbe detto che stesse pian piano sgretolandosi. Il vecchio si fumò una sigaretta. Doveva rimanere sveglio: aveva delle cose da fare. Quel sonnellino gli procurò un profondo sgomento. Non poteva permettersi di dormire. Non poteva permettersi di morire così.

Le otto. Di fuori, la strada era di nuovo piena di gente. Le coppiette camminavano lente, con le braccia intrecciate in mille pose diverse. Gruppetti di uomini marciavano in larghe formazioni in cerca di un pub. Le macchine si avvicinavano sussurrando e si allontanavano con un roco brontolio. Stavano tutti uscendo di casa. Persino la luce, perduto il suo bagliore metallico, era più delicata. Sopra Londra si stendeva un cielo ovattato e gentile, dai colori di un merletto di poco prezzo. Mancavano due ore alla notte. Il vecchio attendeva con impazienza quell'intervallo tra una giornata e l'altra, quell'oscurità che aveva tanto terrorizzato suo padre.

Alle nove il cielo al tramonto si era acceso di tinte vistose tra gonfi rotoli di nuvole. La strada era più silenziosa. Sparsi qua e là, uomini e donne fermi sui gradini di casa guardavano le sfaccettature del cielo. In bagno Manfred orinò, si lavò la faccia, vomitò, si spazzolò i capelli, vomitò ancora, fu sul punto di svenire e fissò il proprio riflesso nello specchio per trenta lentissimi minuti.

Alle dieci, controllando se aveva le chiavi in tasca, Manfred chiuse il portone di casa dietro di sé. Si era fatto buio. Il cielo era dipinto di viola e di un blu livido. L'aria traboccava dei profumi della sera. Dopo il caldo della giornata gli alberi esalavano aliti vegetali e le loro foglie frusciavano leggere nell'aria immota. I lampioni accesi, orlati di foglie cadute dagli alberi vicini, spargevano ombre frangiate sul marciapiede. Gli insetti sciamavano intorno alla luce e riflettevano per un istante bagliori d'oro e d'argento.

Ci mise mezz'ora a raggiungere la cabina telefonica. Camminava lentamente, con grande fatica. Gli tremavano le gambe e si sentiva già più morto che vivo. Una volta nella cabina, con il naso arricciato a causa del violento odore umano che vi ristagnava, dovette lasciar passare diversi minuti prima che fosse in grado di sollevare il ricevitore e fare il numero di Emma. Era terrorizzato. L'idea di telefonare a Emma era stata buona, aveva fornito una meta alla sua giornata, ma ora sapeva che dopo averle parlato avrebbe dovuto affrontare un'altra, irrevocabile meta.

Manfred afferrò il ricevitore. Fece il numero e si portò la cornetta all'orecchio. Quando udì il telefono squillare il suo cuore trasalì. Lo squillo si interruppe bruscamente quando Emma rispose. Manfred deglutì a fatica e iniziò a parlare.

Circa vent'anni prima, suo figlio, allora bambino, gli aveva detto cosa succedeva quando Manfred telefonava a sua moglie. Il bambino si era risentito di un'incauta gaffe da parte del padre e, gonfio d'orgoglio di vivere ancora con Emma, aveva raccontato a Manfred cosa faceva la madre quando lui le telefonava. A quanto pareva, non appena capiva chi c'era all'altro capo del filo, allontanava il telefono dall'orecchio appoggiando il gomito sulla pancia, così che la cornetta, ammutolita, riposava tra i suoi seni. Rimaneva in quella posizione finché Manfred parlava: unico suono, un debole rumore graffiante che le saliva lungo lo stomaco. Quando quel crepitio soffocato si smorzava o terminava, Emma riponeva delicatamente la cornetta al suo posto. Più tardi, il bambino si avvicinava al telefono muto e, toccandolo, vi sentiva ancora l'impronta del calore del corpo della madre.

Il cielo senza luna sembrava sporco, più marrone che nero, mentre il vecchio si dirigeva di nuovo verso casa. Scorse la luce sopra il portone, a un centinaio di metri di distanza. Gli sembrava che fossero passate delle ore da quando aveva parlato a sua moglie. Il ritorno era stato un incubo, una follia. Manfred non era più padrone del suo corpo, aveva camminato come un automa. Una grossa morsa scura gli serrava lo stomaco, stritolandoglielo e contorcendoglielo: forse la Morte stessa, demone nefando e ladro. Il pensiero di morire non lo rallegrava più. Era tutto sudato per l'inquietudine, per il terrore.

Il suo dolore era stato trasfigurato. Era divenuto una teoria della sofferenza: un nero ideale che lo assassinava con la propria pienezza, la propria totale, terrificante incorruttibilità. Spinto dal timore di morire per strada, il vecchio racimolò un brandello di forze e arrancò verso casa. Un cane latrò tristemente e sul marciapiede opposto si udirono per un attimo i miagolii e i brontolii sordi di una controversia felina. Il vecchio raggiunse il sentiero davanti a casa. Inciampò e cadde in avanti, protendendo le mani per attutire il colpo.

Quando riacquistò coscienza, si ritrovò disteso davanti al portone, con le gambe divaricate e inerti sotto di sé e la testa ai piedi della porta. Dopo qualche istante di stordimento, in cui non avrebbe saputo dire se fosse vivo o morto, un improvviso, lancinante spasmo allo stomaco lo ravvivò. Era furibondo di quella caduta, di quella umiliazione. Ma era contento di non essere ancora morto. Malgrado avesse già chiamato Emma, gli ultimi avanzi di vita di quella notte non erano ancora stati consumati.

Si guardò intorno. Era una notte plumbea. Alberi e siepi, ormai silenziosi, di tanto in tanto sembravano ammantarsi di piume al bagliore dei lampioni. Manfred temeva di non essere più in grado di muoversi di lì. Era contento, almeno, di morire all'aria aperta. Una strada, per quanto squallida o addormentata, era estremamente più avvincente e drammatica delle sue quattro mura.

Così vicina, la morte lo sgomentava. Lo attendevano sicuri terrori: i mezzo dimenticati borbottii di un centinaio di rabbini, racconti di deprivazione, rimorsi e angoscia. Spassionato nella sua non cristianità, Manfred rallentò il suo già lento respiro. Un altro cane levò al cielo il suo inutile richiamo. Il vecchio scivolò un po' più giù mentre passava una macchina, i cui fari disegnavano un'ondeggiante banda di luce sulla strada. Sorpreso e frastornato, Manfred scoprì di non voler affatto morire. Una nuova crisi di dolore gli graffiò le costole, e iniziò a piangere.

Emma sarebbe vissuta. Era giusto. Manfred pensò alla telefonata, alle sue ultime parole soffocate tra i seni di lei. Pensò al suo calore ancora sulla cornetta. Quella sera si era immaginato che quel tepore fosse risalito sino al ricevitore che stringeva tra le dita. Emma sarebbe vissuta. Avrebbe continuato a lasciare vive tracce di sé sugli oggetti che la circondavano. Era una sorta di infedeltà. Per la prima volta in più di vent'anni Manfred ebbe un moto di risentimento nei confronti di sua moglie. Era difficile morire, a quanto pareva. Davvero difficile.

Falene, zanzare e altri piccoli insetti notturni piroettavano e si tuffavano in picchiata nel chiarore diffuso che filtrava dal corridoio di casa di Manfred. Il vecchio si trovava al centro della loro orbita frenetica, le loro ali minuscole gli sfioravano il viso e le mani. Il suo moto d'ira lo aveva liberato. Era stanco del proprio asservimento alla moglie-vittima. La sua idea di lei era diventata un vitreo ideale. Ora la sua ira aveva rafforzato la consistenza del suo amore. Divenuto più robusto, le concedeva il privilegio di essere reale.

Le lacrime erano finite. Si portò una mano al viso e un altro sciame di falene luccicò nell'aria. Quegli insetti erano meravigliosi nella loro sfavillante turbolenza: lampi di luce contro il cielo nero, sembravano l'essenza della vita stessa. Il vecchio fu commosso dalla loro esile bellezza. Voltò il viso verso il muro, premendo la pelle calda contro la fresca parete. Così vicino, il muro aveva un aspetto imponente, formidabile, un'aria quasi assurda nella sua solidità fatta di infiniti, concretissimi mattoni. Sarebbe sopravvissuto alla sua morte. Manfred guardò i mattoni con simpatia. Il pensiero della propria morte era tornato ad esaltarlo. Il pensiero della vita che sarebbe prevalsa in maniera così imperante anche senza di lui lo rendeva esultante. Animati e inanimati, insetti e mattoni sarebbero rimasti. Anche Emma avrebbe continuato a vivere in questo mondo-senza-Manfred. Trasfigurato dalla gioia, il vecchio avvertì la grandiosa e benevola indifferenza di una vita senza Dio.

L'aria notturna si stava caricando di umidità. La strada cominciava ad avere un aspetto viscoso. Le pennellate di luce dei lampioni erano più nette e definite, dai confini come disegnati dall'aria madida. Ma era una notte indolente, smorzata: Manfred ne era deluso. Aveva sperato in un maggiore ardore da parte della sua ultima notte.

Sotto di lui, le sue gambe sembravano essersi riprese dopo la caduta. Ma anche se riusciva di nuovo a sentirle, non faceva alcuna differenza ormai: era troppo stanco. La sua volontà si era come prosciugata. Quella stanchezza aveva un fascino irresistibile. Non sarebbe tornato nel suo appartamento. Non lo avrebbe visto più. Per lo meno era in ordine.

Scorse una figura sul marciapiede opposto che si muoveva con passo malfermo da una pozza di luce all'altra. Sebbene procedesse di sghimbescio, sembrava dirigersi verso Manfred. Quando l'uomo si fermò accanto a un lampione a sputare, Manfred capì che si trattava di Webb. Lo vide lanciarsi verso il centro la strada, incespicando malamente. Gli apparve il lampo di una bottiglia in mano. Gli si strinse il cuore.

Webb si arrestò bruscamente. Aveva scorto Manfred ed era alquanto sorpreso di vedere qualcuno disteso davanti al portone di casa. Cercò di guardare meglio, ma l'ondeggiare del proprio corpo non gli rese il compito facile. Quando fu certo dell'identità di Manfred, ridacchiò tutto felice.

«Manny? Manny! Cos'è successo? Brutta serata, eh? Uscito? Buono, buono. Cerco la chiave. Ci facciamo una bevutina. Ecco qua».

Inciampò avvicinandosi al gradino su cui era caduto Manfred e crollò a peso morto in una massa sudicia e informe accanto al vecchio. Ridacchiò convulsamente del proprio impaccio e, sbronzo com'era, si tirò su a sedere facendo leva sul corpo di Manfred.

«Si sta bene qui. Nessun problema. Alzato il gomito, eh? Ah ah!».

Era palesemente contento di incontrare Manfred in una circostanza tanto informale ed era giunto alla fraterna conclusione che anche lui era brillo ed era caduto mentre cercava di aprire il portone.

«Uscito a bere? Tranquillo. So come vanno 'ste cose, io. Ancora giovane la notte. Domattina meglio. Attaccati qua. Una cannonata».

Webb gli porse la bottiglia, gettandogliela quasi in faccia e lasciandogliela cadere addosso. La giacca e la camicia di Manfred si bagnarono di whisky. Debolmente, il vecchio cercò di scostare la bottiglia e ripulirsi gli abiti, anche se si sentiva già la pancia bagnata, per quanto intorpidita. Avrebbe voluto protestare, ma parlare era ormai un'impresa quasi impossibile. Si sentiva i polmoni svuotati, inservibili, e la lingua ridotta a un grosso arnese cascante.

«Ooops! Tanto si asciuga. Roba buona, sicuro non la vuoi? Prendi pure, eh. Non se ne trova così».

I lineamenti di Webb erano appiattiti dall'alcol. Gli occhi insanguinati e ulcerati. Dalla bocca gli colava un incontrollato filo di saliva e il mento era umido e luccicante alla luce che proveniva dal corridoio. «Smesso di piovere. Stai qui? Ti pigli qualcosa se non stai attento. Questo qua ti riscalda».

Con orrore di Manfred, Webb parve cercare una posizione più comoda per poter avviare una tranquilla conversazione. Lo vide scivolare giù e appoggiare la testa contro il muro di fianco a lui. Tutti i suoi progetti di una morte solitaria ed elegante andarono in fumo. Non aveva mai immaginato che la sua morte avrebbe avuto come accompagnamento la volgarità di Webb. Era un'ingiustizia mostruosa. Non aveva fatto nulla per meritarsi una cosa simile. Fu assalito da una rabbia furiosa e impotente. Lì accanto a lui, Webb, tutto soddisfatto, trasudava cameratismo da sbronza.

«Bello stare qui con te, Manny. Più spesso, dobbiamo farlo. Ti penso, sai. Tutto il tempo. Sono un coglione. Ma con un po' di testa, sai chi ti vuol bene. In senso buono. Stare insieme, dobbiamo. Per questo ci sono. Gli amici».

Lo stomaco di Manfred era un rovo di spine che gli laceravano la carne. Sentì aprirsi dentro di sé una ferita sconfinata e astiosa. Trasalì. La sua spina dorsale fu come solleticata e la pelle stuzzicata dalla pura euforia terminale di quel dolore, quell'antitesi, quella morte. La bocca sapeva di sangue e gli sembrava di avere la lingua spaccata e disfatta. Persino Webb notò che il corpo del vecchio si era irrigidito estaticamente.

«Manny, Manny? Tutto bene? C'hai la faccia nera. Te ne sei fatti troppi, eh? Be', non sei il solo. Non preoccuparti, mio caro Manny. Bevi un sorso. Manny?».

Webb chinò il capo su Manfred per riuscire a udire le parole che il vecchio cercava di sputargli addosso.

«Come? Non sento niente. Manny? Cos'è che non vuoi che ti chiami? Cosa?... oh. Certo, grandioso. *Manfreid*. Sicuro, signore. Manfreid. Non c'è problema».

Il vecchio ricadde giù, sfinito. L'odio lo faceva fremere debolmente. Biascicò qualche muta invettiva alla volta di Webb e i suoi occhi si chiusero. Sentiva su di sé il peso opprimente della morte: le sue membra sembravano di piombo, schiacciate dal peso, lì sotto di lui, e il terreno gli sembrava essersi trasformato in una sottile membrana attraverso la quale sarebbe presto caduto. Era una sensazione orribile. Sentiva che mancavano pochi istanti alla propria morte e asciutte lacrime di rabbia gli fecero bruciare gli occhi.

Webb proseguì nel suo felice monologo alcolico.

«È in casa il negro? Quel come-si-chiama di sopra. Una domanda stupida... è amico tuo? Quel bastardo di un negro. Non dovevamo farli venire, l'ho sempre detto io. Tutti quei neri del cazzo. Deficienti merdosi. Rubano il lavoro ai bianchi. E le donne. Ci *rubano*, quei figli di puttana».

Si mise a rovistare nell'umido cavallo dei pantaloni e si girò dall'altra parte. Tirato fuori il suo membro, iniziò a pisciare. Manfred udì il sibilo dell'orina che atterrava nel giardinetto.

«Non ti dispiace, Manny, vero? No, scusa, Mandreid.

Storia vecchia. Si fa per parlare. Un altro goccio. Se ne va in un attimo».

Finito di pisciare, Webb diede una scrollatina affettuosa al suo piccolo pene e se lo rimise, ancora bagnato, nei pantaloni. Quando si rigirò, il vecchio si sentì soffocare e fu preso dai conati di vomito. Webb gli rifilò una gran pacca sulla schiena mentre una serie di spasmi disperati scuotevano il corpo di Manfred. Il viso di Webb assunse una vaga espressione di simpatia.

«Ecco, da bravo. Butta fuori tutto. Forza. Da' retta a me, ne so qualcosa io. Beviti un sorso. Ti senti meglio, questo ti rimette a posto lo stomaco. Nessun problema».

I conati di vomito si attenuarono. Un sudore viscoso velava il viso di Manfred. Una debole brezza sulle guance lo ravvivò un po'. Il viso di Webb gli apparve disgustosamente vicino. Improvvisamente il corpo del suo vicino era divenuto enorme, grande come la città. Manfred avrebbe potuto contare i pori e i solchi della sua faccia ruvida. La sua espressione era una grottesca pantomima di preoccupazione.

«Meglio adesso? Te l'avevo detto. Te ne sei fatti troppi. Una bella vomitata non ha mai ammazzato nessuno. Chiaro e limpido. Non è una passeggiata, lo so».

Il viso di Webb si allontanò soddisfatto. La morte di Manfred era salva con un osservatore simile: non c'era il rischio di salvataggi in extremis da parte sua. Una nuova eruzione vulcanica esplose nello stomaco del vecchio. I suoi organi interni stavano annegando in un gelido e denso pozzo nero. Manfred si sforzò di non lasciarsi assalire dal panico. Webb scoppiò in un'altra risatina balorda e cercò di tirarsi su a sedere.

«Non possiamo stare qui. Fare cose, vedere gente, dobbiamo. Dov'è che ci si diverte, Manny caro? Dai, andiamo in un localino. Ci facciamo qualche bicchiere. E qualche ragazza. Un paio di cosette nel bagno. Non sei vecchio se non ti ci senti».

Gli diede un'amichevole pacca sulla spalla e cadde all'indietro in uno stato d'incoscienza. La testa andò a sbattere contro la porta con un tonfo sordo. Per qualche istante straordinario la strada fu silenziosa. Il distante rombo di Londra era svanito e ci fu un magico, delicatissimo silenzio. Ma poi Webb iniziò a russare. Manfred lo guardò. Faceva un rumore sconcertante: la bocca aperta e gocciolante, le labbra che oscillavano ogni volta che espirava. Aveva di nuovo l'aspetto di un vecchio cane bastonato e pentito. Dal suo respiro graffiante e ansimante lo si sarebbe detto più terrorizzato di Manfred.

Manfred spostò con cautela la mano che Webb gli aveva lasciato cadere pesantemente sulle costole. Decise che gli sarebbe mancato Webb quanto gli sarebbe mancato tutto il resto. Con la sua volgarità, la sua voracità insaziabile, Webb sembrava il principio stesso dell'ardore vitale. Era un esemplare sudato e pisciante di esistenza animata. Incosciente, sbronzo, lì che gli russava accanto, era l'essenza del vivibile. Era completo. C'era qualcosa di impercettibilmente grandioso nella sua imponente presenza esanime.

Un'altra furiosa ondata di dolore. I rumori di Londra esplosero di nuovo. Raccapriccianti grida gli eruttarono all'interno del cranio. Un nuovo carosello di crampi gli serrò lo stomaco e il torace. Gli occhi gli si velarono di rosso e nero, e sul mondo iniziò a piovere sangue. Dilaniate e nauseabonde, le sue viscere deflagrarono come bombe. Il suo cuore all'improvviso si trasformò in quello che è un cuore: un muscolo ottuso e frenetico, che iniziò a guizzare come un forsennato mentre il suo ventre di dolore impazziva dentro di lui.

Una grande paura si impadronì di lui. Una mano nera gli chiuse gli occhi. Le sue gambe scalciavano convulsamente mentre lui singhiozzava disperato in cerca di ossigeno. Tentò di urlare, ma aveva la gola bloccata, inservibile. Fu colto dal panico mentre si dimenava nelle acque basse di una morte senza fede. Il terreno sottile come una membrana parve sollevarsi e poi cedere sotto di lui, ormai prossimo alla frattura. In cerca di un appiglio impossibile, le sue dita si serrarono con frenesia spasmodica. Malgrado la sua mente vorticasse tumultuosamente, il mondo gli apparve più semplice. Non esisteva altro. Nient'altro che questo morire. Questa morte.

All'improvviso il dolore si disperse come un rivoletto d'acqua. Le sue lacrime cariche di muco si arrestarono e Manfred fu colto da un inaspettato desiderio di ridere. La portiera di una macchina si chiuse con un tonfo, si udì il suono di un clacson, e poi delle risa e dei passi. La strada si era tramutata in una sinfonia. Manfred pensò di nuovo a Emma. Gli era stata negata qualsiasi grandiosità. Pensò al proprio cadavere scoperto accanto a Webb ubriaco. Era una situazione ridicola. Ma non priva di una sua grottesca vivacità. Il vecchio ridacchiò debolmente finché non gli mancò il respiro. Dopo tanta drammaticità assoluta, era felice che alla fine avesse la possibilità di riderci sopra.

Il suo respiro si era trasformato in una serie di rantoli aspri, ma il dolore era scomparso. Si sentiva il corpo in pezzi ma acquietato. Non sarebbe più morto di dolore. Mentre lottava per l'ossigeno, comprese che era *quello* che sarebbe finito. Gli sarebbe venuta a mancare l'aria e quella sete gli avrebbe sottratto la vita. Un periodo d'incoscienza seguito dalla cessazione degli organi, dei vari apparati e dell'anima. Un'impresa modesta in fondo, pensò.

Ed ecco che ebbe inizio. Dentro di lui, nelle profondità al centro del suo essere, una qualche valvola di vitale importanza si deformò, si incrinò ed esplose. Un sudore bruciante lo accecò e sentì un lieve tepore spandersi lungo le gambe via via che la vescica si svuotava. I suoi occhi si rischiararono mentre si sforzava disperatamente di respirare. I lampioni splendevano come fiamme lontane. Vide che stringeva tra le dita serrate qualche rado capello di Webb. Nella luce soffusa che si diffondeva da sotto il portico, scorse la massa ruvida di un albero vicino. Le falene gli vorticavano intorno. Sul marciapiede opposto c'era un cancello aperto, scrostato dal tempo. Aveva sperato in un addio da quelle scene, ma sembrava che la morte fosse una faccenda troppo complicata per una cosa simile. La strada aveva un aspetto morbido e scuro nella penombra. Le falene sfrecciavano e si tuffavano in picchiata come il tempo.

Per alcuni secondi il vecchio riuscì ancora a respirare. Poi qualcosa gli si serrò nel petto e si ritrovò senz'aria. I denti sbattevano gli uni contro gli altri mentre annaspava in cerca d'ossigeno. La bocca gli si riempì di sangue di cui non sentì il sapore. Aspirò freneticamente col naso e inalò un sottile filo d'aria. Era puro panico ora, martellante, quasi spassionato, mentre la membrana del terreno sotto di lui si tendeva sino a diventare sottile come un foglio di carta.

Disperatamente, frugò nel proprio cervello in cerca della cosa a cui si era ripromesso di pensare alla fine. Ma riusciva solo a scorgere la strada, l'oscurità nerastra e gli sciami di falene che volteggiavano scintillando come fiocchi di neve. Aspirò con veemenza col naso. Le sue mani toccarono l'uomo che gli giaceva accanto. Webb, ricordò. Poi, ricordò anche Emma. Sua moglie. Il vero motivo di tutto. Stava morendo per lei. Si sforzò di pensare: le aveva appena detto che stava morendo, parlando sterilmente ai suoi sordi seni. Era stata sua moglie, la sua dolorosa moglie. Lottò contro gli spasmi allucinatori. C'era una ragione in lei. Una ragione che spiegava tutto questo. Una ragione di cui la sua morte era la conseguenza. Nulla accadeva senza ragione.

Il suo ultimo respiro l'aveva ormai abbandonato e, quando aspirò di nuovo col naso, sentì la testa e la gola totalmente bloccate. La sua testa si stava riempiendo come un pallone. Una grossa protuberanza cancerosa gli comparve sul collo: se la toccò con le ultime forze che gli rimanevano. Una lunga pietà colmò il suo animo mentre i suoi ultimi istanti di asfissiato pensiero correvano via. Sotto di lui il terreno stava incrinandosi. Era sul punto di cadere ormai. Era sul punto di morire. Con conclusiva grazia e fissità, i suoi occhi si chiusero. Non più atterrito, fu affrancato. Prossimo all'uscita scorse la vera anima di Emma, l'anima che Dio avrebbe amato per l'eternità.

Nota dell'autore

Emma è ancora viva. Quando sono in città la vedo dove posso, quando posso. Alla sua vista sento il cuore traboccare di un dolore e di una gioia che mi abbandonano soltanto lentamente. Emma è vecchia ormai. È ormai libera di gran parte dell'antico dolore. Malgrado l'età, è cambiata poco e la sua bellezza ancora sorprende, ancora cattura. Senza di lei, la mia città, il mio mondo sarebbero sminuiti. Con lei c'è gioia, ma c'è anche molta tristezza. Con lei, ci sono Profitti e Perdite. Aspetta e vedrai. Il mio dolore. Il Dolore di Manfred.

Collana «Le strade»

51. Ronald Giphart, *Phileine chiede scusa*, traduzione di Claudia Di Palermo e Alessandra Corda.

52. Colm Tóibín, *Il faro di Blackwater*, traduzione di Laura Pelaschiar. (2ª ed.)

53. Fay Weldon, *Le peggiori paure*, traduzione di Maurizio Bartocci. (2ª ed.)

54. J.T. LeRoy, *Ingannevole è il cuore più di ogni cosa*, traduzione di Martina Testa. (8ª ed.)

55. Gore Vidal, *Impero*, traduzione di Benedetta Marietti.

56. Dawn Powell, *Angeli a colazione*, traduzione di Alessandra Osti.

57. Chuck Kinder, *Lune di miele. Precauzioni per l'uso*, traduzione di Giovanna Scocchera. (3ª ed.)

58. Zoë Jenny, *Il richiamo della conchiglia*, traduzione di Bice Rinaldi.

59. Leif Enger, *La pace come un fiume*, traduzione di Laura Pugno.

60. Leonard Cohen, *Il gioco preferito*, postfazione di Simone P. Barillari. Traduzione di Chiara Vatteroni.

61. Carme Riera, *Verso il cielo aperto*, traduzione di Francesco Ardolino.

62. Louis Auchincloss, *L'imbroglione*, traduzione di Monica Pavani.

63. Tim Winton, *Cloudstreet*, traduzione di Maurizio Bartocci.

64. Karel Glastra van Loon, *Il frutto della passione*, traduzione di Claudia Di Palermo e Alessandra Corda. (2ª ed.)

65. Tibor Fischer, *Adoro essere uccisa*, traduzione di Luca Scarlini.

66. Brian Moore, *Cielo gelido*, traduzione di Laura Evangelista.

67. Rohinton Mistry, *Firozsha Baag*, traduzione di Chiara Vatteroni.

68. Paula Fox, *Quello che rimane*, introduzione di Jonathan Franzen. Traduzione di Alessandro Cogolo. (2ª ed.)

69. Dennis Bock, *Il giardino di cenere*, traduzione di Alessandra Tubertini.

70. Gore Vidal, *Giuliano*, postfazione di Domenico De Masi. Traduzione di Chiara Vatteroni. (2ª ed.)

71. Pavel Kohout, *L'assassino delle vedove*, traduzione di Letizia Kostner. (2ª ed.)

72. Chuck Kinder, *Silver Ghost*, traduzione di Giovanna Scocchera.

73. Allegra Goodman, *Paradise Park*, traduzione di Cesare Avanzi.

74. Myla Goldberg, *La stagione delle api*, traduzione di Lucia Olivieri.

75. Zoë Jenny, *Una vita veloce*, traduzione di Bice Rinaldi.

76. Hubert Selby jr, *Requiem per un sogno*, traduzione di Adelaide Cioni e Grazia Giua.

77. Carolyn Parkhurst, *I cani di Babele*, traduzione di Monica Pavani. (2ª ed.)

78. Shifra Horn, *Tamara cammina sull'acqua*, traduzione di Elisa Carandina.

79. Hugo Hamilton, *Il cane che abbaiava alle onde*, prefazione di Nick Hornby. Traduzione di Isabella Zani.

80. Paula Fox, *Il silenzio di Laura*, traduzione di Monica Pavani.

81. Guillermo Arriaga, *Il bufalo della notte*, traduzione di Stefano Tummolini.

82. Hsu-Ming Teo, *Amore e vertigine*, traduzione di Simone Dal Pino Garzella.

83. Robert McLiam Wilson, *Il dolore di Manfred*, traduzione di Lucia Olivieri.

Finito di stampare
nel mese di settembre 2004
nello stabilimento grafico
Legatoria del Sud di Ariccia (Roma)
per conto di
Fazi Editore